Mein Ehemann, der Schauspieler

Eine wahre Geschichte des amerikanischen Bühnenlebens

Anonym

Writat

Diese Ausgabe erschien im Jahr 2024

ISBN: **9789359945095**

Herausgegeben von
Writat
E-Mail: info@writat.com

Inhalt

VORWORT
EIN RÜCKBLICK

Bei der Präsentation dieser Autobiografie der Öffentlichkeit fühlt sich die Autorin verpflichtet, ihren Lesern die Treue und das strikte Festhalten an der Wahrheit im Verhältnis zu den Bedingungen, die den Spieler umgeben, zu vermitteln. In keinem Fall gab es Übertreibungen oder einen Rückgriff auf fantasievolle Schöpfung. Es ist eine wahre Geschichte mit all der Hässlichkeit der Wahrheit, ungemildert und ungeschönt. Es handelt sich auch nicht um eine Ausnahmesituation. Man muss nur die Karriere eines durchschnittlichen Schauspielers verfolgen, um zu der Überzeugung zu gelangen, dass der Schauspielberuf nicht nur unvereinbar mit der Institution der Ehe ist, sondern ihr völlig feindlich gegenübersteht. Sowohl Manager als auch Schauspieler wissen und geben zu, dass dies die Wahrheit ist – untereinander. Was sie in der Presse sagen, ist natürlich nichts weiter als Selbstausbeutung. Der Erfolg eines jeden Zweigs des „Showbusiness" hängt von der Werbeagentur ab.

Für jemanden, der mit dem Leben der Schauspieler vertraut ist, sind die Ergüsse mancher Schauspielerfrauen, die von Zeit zu Zeit in Frauenmagazinen erscheinen, ironisch-humorvoll. Man kann sie als Geschwätz der Frischvermählten oder als Verlangen, ihre Namen gedruckt zu sehen, abtun. Wenn man die Frau eines Stars erklären hört, dass sie immer ins Theater geht und in den Kulissen sitzt, um ihrem Mann beim Spielen zuzusehen, dann ist das ein Vorbote der grellen Schlagzeilen einer Scheidung in nicht allzu ferner Zukunft. Wenn es nicht jetzt passiert, wird es doch passieren, denn jene Schauspieler, die mit nur einer oder sogar zwei Ehen durchs Leben gehen, sind die große Ausnahme von der Regel. Das Leben eines Schauspielers schließt Häuslichkeit aus, und ohne Häuslichkeit kann es keine erfolgreichen Ehen geben.

Jede Gemeinde hat ihre bühnenbegeisterten Mädchen. Jahr für Jahr bringen die Akademien für göttliche Kunst Absolventen hervor wie Wäscheklammern. Weder Anwärter noch Eltern scheinen ihre Eignung für die Karriere, die sie anstrebt, in Frage zu stellen. Beide haben keine Ahnung von den Bedingungen, denen sich der Tyrann gegenübersieht, oder sie haben eine völlig falsche Vorstellung vom Theaterleben – Vorstellungen, die sie aus den Artikeln zusammengesucht haben, die von Zeit zu Zeit in den Zeitschriften unter der Unterschrift einer prominenten Schauspielerin erscheinen. Der durchschnittliche Leser kann nicht wissen, dass diese Artikel nicht von der Schauspielerin selbst geschrieben wurden, sondern von einem bedürftigen Schreiberling, dem sie die Erlaubnis erteilt, ihren Namen zu verwenden, für die kostenlose Werbung, die sie im Gegenzug erhält. „Meine

Anfänge", „Ratschläge für bühnenbegeisterte Mädchen, die vorhaben, auf die Bühne zu gehen" usw. sind verlockende Schlagzeilen. Das Thema besteht aus einer Fülle schillernder und abgedroschener Allgemeingültigkeiten. Von den realen Verhältnissen, den Fallstricken, den zu bewältigenden Nachteilen erfährt der Außenstehende nichts. Und wenn einmal in einem Jahrzehnt ein Schreiber es wagt, sich wahrheitsgemäß über die moralische Atmosphäre im Theaterberuf zu äußern – (siehe Mr. Clement Scott) – ist die Luft voller Vorwürfe, Leugnungen und Proteste seitens der Mitglieder „des Berufsstandes". Interviews und Briefe füllen die unternehmungslustige Presse. Viele derjenigen, die am lautesten protestieren, haben am wenigsten zu verlieren.

Es wurde gesagt, dass die Kunst nichts mit der Moral zu tun hat; ebenso gut könnte man sagen, dass das Blut nichts mit der Gesundheit zu tun hat. Die Kunst muss für immer vom Geist ihres Schöpfers durchdrungen sein.

Der moralische Status der Bühne dürfte kein bisschen schlechter sein als der eines halben Dutzends anderer Berufe. Es ist möglich, aber kaum wahrscheinlich. Gerade die Erfordernisse im Leben des Spielers sorgen für Nachlässigkeit und Freiheit von Zwängen. Und in keinem anderen Beruf geht es so sehr um das Leben der einzelnen Mitglieder. Die weit verbreitete Behauptung, eine gute Frau könne und werde unter allen Umständen gut sein, ist ein Trugschluss. Der Einfluss der Umwelt ist unberechenbar. Ich glaube, dass meine kleine Freundin Leila im Grunde ein gutes Mädchen war: In jedem anderen Lebensbereich wäre sie ein gutes Mädchen geblieben. Ich glaube, dass mein Mann grundsätzlich ein guter Mann war: In jedem anderen Umfeld wäre er ein guter Ehemann gewesen. Die fantastische, unwirkliche und überreizte Atmosphäre, die der Spieler einatmet, ist einem gesunden und ausgeglichenen Leben nicht förderlich.

Und wenn ich durch die rücksichtslose Beseitigung der mit Flitter verzierten Illusionen, die das Bühnenmädchen in ihren Bann ziehen, einen Dienst erwiesen habe, wird mein eigenes Leiden nicht umsonst gewesen sein.

KAPITEL I

Es war unsere erste Trennung. Den ganzen Tag hatte ich die Tränen zurückgehalten, während ich Will half, seinen „Taylor"-Koffer zu packen. Keiner von uns sprach; ab und zu hielt Will inne, während er gerade ein Kleidungsstück zusammenlegte, und lächelte mich anerkennend an. Dann legte er mir den Arm um die Schultern und tätschelte mich zärtlich … Ich wandte mich ab und tat so, als wäre ich mit anderen Dingen beschäftigt, aber in Wirklichkeit wollte ich die Tränen verbergen, die sein stiller Ausdruck des Mitgefühls ungehemmt hatte … Will hatte bei einem Star unterschrieben, um Shakespeares Repertoire zu spielen. Die Frage der Garderobe war ein Grund zur Sorge, bis ich meine Dienste anbot; ich war eine gute Näherin, und nach den Skizzen, die Will machte, konnte ich mich als vollwertige Kostümbildnerin qualifizieren. Tagelang hatte ich herumgetüftelt, die alten Sachen aufgefrischt und neue gemacht, und manchmal half Will mit und ließ die Maschine über die dicken Nähte laufen … Ich habe einmal gelesen, dass die Frauen der Kommune die Initialen derer, die sie hassten, in ihre Strickwaren webten; also, ich habe die Nähte von Wills Kleidern voller Liebe, Hoffnung und Ehrgeiz genäht ... und sie mit Tränen benetzt... Als dann der Expressbote kam, um die Truhe abzuholen ... schien es, als würden sie einen Sarg wegbringen...

Erst in dieser Nacht, als wir zu Bett gegangen waren und ich Wills tiefen, rhythmischen Atem unter meinem Kopf spürte, der an seine Brust gedrückt lag, gab ich meinem Kummer nach. Ich schlich auf die andere Seite des Bettes und drehte mein Gesicht zur Wand – ich zitterte unter krampfhaftem Schluchzen.

Ab und zu wachte Will halb auf und streckte die Hand aus, tätschelte mir verträumt das Gesicht und strich mir das Haar zurück, wie man ein trauerndes Kind beruhigt. In solchen Momenten hielt ich den Atem an und wartete, bis er wieder ruhig war …

Jeder Vorfall unseres kurzen Ehelebens lief vor meinen brennenden Augen ab. Wir hatten unsere Saison Ende April beendet und waren mit weniger als fünfundsiebzig Dollar zusammen nach New York zurückgekehrt. Aber was uns an Geld fehlte, wurde durch unseren Enthusiasmus und unsere Illusion mehr als ausgeglichen – die Illusion zweier junger Menschen, die sehr ineinander verliebt sind. Ich war erst einmal zuvor in New York gewesen, und der Gedanke, in dieser großartigen Stadt zu leben und ein integraler Bestandteil davon zu werden, erfüllte mich mit Begeisterung. Will und ich standen vorne auf der Fähre und beobachteten das Panorama; Mit vertrauter Miene wies er auf die verschiedenen hohen Gebäude hin. Als wir an einem großen Ozeandampfer vorbeikamen, der gerade von zwei kleinen Schleppern ins Dock geschwenkt wurde, war sogar Will ganz aufgeregt. Er sagte mir, was „vorn" und „hinten" sei, und nannte verschiedene andere Teile des Bootes, die ich nicht verstand. Als wir uns das letzte Mal umgeschaut hatten, legte er meine Hand unter seinen Arm und sagte mir, dass er und ich eines Tages eine Reise ins Ausland machen sollten ...

Aufgrund unserer Geldknappheit hatten wir beschlossen, in eine Theaterpension zu gehen. Will war darauf angewiesen, dass sein Vater ihm den ganzen Sommer über ein Taschengeld schickte, und obwohl es für seine Bedürfnisse ausreichen würde, sollten wir jetzt, da er verheiratet war, die Gelegenheit haben, das Sprichwort zu testen, dass zwei so günstig leben können wie einer . Unsere Ehe war geheim gewesen – außer dem „Star" und ein oder zwei Mitgliedern der Firma hatten wir niemanden ins Vertrauen gezogen. Wills Familie – sein Vater, eine Schwester und ein Bruder – seine Mutter war ungefähr zu der Zeit gestorben, als ich in sein Leben trat – alle waren gegenüber der Bühne und ihren Menschen intolerant. Obwohl ich noch keine „richtige" Schauspielerin war, hätte die Tatsache, dass Will mich „im Beruf" kennengelernt hatte, sie voreingenommen gegen mich gehabt; Hinzu kam die Tatsache, dass Will, selbst ein Tyrann, der sich an der Schwelle seiner Karriere eine Frau nimmt, nicht durch unsere Liebesbrille betrachtet werden würde. Die Auswirkungen, die meine Ehe auf meine eigenen Verwandten haben könnte, haben mich nie beunruhigt; Mein Vater und meine Mutter gehörten zu der großen Klasse inkompetenter Eltern, die Kinder auf die Welt bringen, ohne sie wirklich zu lieben. Sie stellen ihre Eignung für die Kindererziehung nie in Frage und sehen keine größere Verantwortung als die Bereitstellung der körperlichen Notwendigkeiten und einer mehr oder weniger oberflächlichen Bildung. Als ich im unruhigen Alter von sechzehn Jahren meine Entschlossenheit verkündete, Schauspielerin zu werden, gab es oberflächlichen Widerstand, aber es wurden keine Versuche unternommen, mich nach meiner Eignung für den Schauspielberuf oder der Eignung des Schauspielberufs als Beruf zu erkundigen jedes unschuldige und schutzlose junge Mädchen. Ich war als Amateur sehr erfolgreich gewesen, und da es nicht notwendig war, meinen Lebensunterhalt selbst zu verdienen, erschien ihnen die Bühne als interessanter Spielplatz für eine dilettantische Tochter ...

Eine Woche in einer Theaterpension war alles, was wir ertragen konnten. Ich frage mich, warum die einfachen Leute der Theaterbranche sich so viel Mühe geben, einander ihre Wichtigkeit zu vermitteln. Die leichtfertige Vertraulichkeit, mit der sie von „Charley" oder „Dan" Frohman sprechen; die grobe Kritik an ihren Schauspielkollegen, die Will als „Knockout" bezeichnet; ihre leichte Missachtung der Konventionen, insbesondere zwischen den Geschlechtern; eine bombastische Berichterstattung über ihre eigenen Heldentaten, wie „wie ich nach nur einer Probe eingestiegen bin und die Show gerettet habe"; „Fachgespräche" unter Ausschluss aller anderen Themen der Welt. Ich hörte, wie eine der Schauspielerinnen am Nebentisch sagte, wir seien „sehr im Rampenlicht", was Will als „nicht gesellig und eine zu hohe Meinung von sich selbst" interpretierte. Keiner von uns war glücklich in unserer neuen Umgebung, und ich war erleichtert, als Will vorschlug, dass wir uns nach einer möblierten Wohnung umsehen sollten. Ich wollte den Beruf meines Mannes nicht kritisieren – ich versuchte ihm zuzustimmen, dass jeder Beruf seine unerwünschten Seiten hat.

Wir verbrachten Tage damit, schmale Treppen hinaufzusteigen, um in dunkle, schrankartige Öffnungen ohne Belüftung zu blicken; Selbst die kräftezehrende Feuchtigkeit der Straßen wirkte im Vergleich dazu frisch. Endlich fanden wir etwas weniger Unerwünschtes als die anderen. Das Gebäude war neu, und die Wohnung im hinteren Teil grenzte an eine Reihe von Privathäusern mit kleinen Höfen; Es gab Blumen und ein paar Bäume – kleine Oasen in einer Wüste aus Ziegeln und Mörtel. Der Hausmeister teilte uns mit, dass es drei Räume gäbe: Das Schlafzimmer sei eine Nische und vom Salon durch erbsengrüne Portièren getrennt; die Küche dahinter war so groß wie die Speisekammer in unserem Haus zu Hause; und die Einrichtung –! Das ganze Outfit könnte aus einem Schaufenster in der Seventh Avenue entfernt worden sein, wo „Komplett möblierte Wohnung für 49,99 $" angepriesen wird. Die fast aus Blattgold gefertigten Stühle waren so zerbrechlich, dass man Angst hatte, sich darauf zu setzen. Die allgemeine Atmosphäre des Salons erinnerte mich an die Bühnenbilder, die man in One-Night-Stand-Theatern vorfindet. Die Aussicht auf die Bäume und Blumen entschied jedoch über die bedeutsame Frage. Wir zahlten dann und dort eine Monatsmiete; Es hat ein schreckliches Loch in unseren letzten und einzigen Fünfzig-Dollar-Schein gerissen, aber keiner von uns hat sich große Sorgen darüber gemacht. Für die nächste Woche wurde das „Showgeschäft" in den Hintergrund gedrängt. Wir spielten „House" wie zwei Kinder; Wir ordneten die Möbel immer wieder neu, und Will baute aus zwei Packkisten ein bequemes Diwan. Wir gingen zum Markt auf der Ninth Avenue und Will trug den Korb auf seinem Arm. Dann versuchten wir uns im Kochen; Will erhielt die Ehre für Kaffee – und hartgekochte Eier. Ich habe das Geschirr abgewaschen und Will abgetrocknet – jetzt kann ich ihn sehen, wie er mit einer hoch unter dem Arm gebundenen Schürze Shakespeare deklamiert und mit dem Geschirr des Wirts jongliert.

Unser größtes Problem war der Mangel an Bademöglichkeiten. Wir lösten es, indem wir in den Waschzubern badeten; allerdings war es ein bisschen gefährlich, auf einem schrägen Boden zu stehen, und man lief Gefahr, aus dem Küchenfenster zu fallen, wenn man sich zu weit nach rechts neigte, oder auf den Boden zu kippen, wenn man sich zu weit nach links neigte. Aber es war ein Bad und, wie Will sagte, der Gemeinschaftsangelegenheit in der Pension vorzuziehen.

Der Sommer verging viel zu schnell. Es waren glückliche, glückliche Tage... Manchmal war der Geldmarkt angespannt – sehr angespannt; besonders, wenn Wills Vater es versäumte, Wills Taschengeld zu überweisen. Ich weinte bitterlich, als Will das erste Mal in ein Pfandhaus ging; es kam mir so demütigend vor, ihn das tun zu lassen. Will lachte und sagte, er betrachte es als eine Menge Erfahrung. Mehrmals in der Woche zogen wir unsere besten Kleider an und machten unsere Runde bei den Theaterarbeitsagenturen. Will hatte im Sommer mehrere Angebote bekommen, aber wir wollten ein gemeinsames Engagement; wir hatten uns bei unserer Hochzeit versprochen, dass nichts uns trennen sollte. Will und ich waren der Meinung, dass die erzwungene Trennung verheirateter Personen – der Mann in einer Kompanie, die Frau in einer anderen – auf die große Zahl der Scheidungen im Theatergewerbe zurückzuführen war. Als unser „Star" von unserer Hochzeit erfuhr, ließ er seinen guten Wünschen und Glückwünschen ein offenes Gespräch mit Will folgen.

„Schon gut, mein Junge", sagte er, „mach dir keine Vorwürfe. Sie ist ein bezauberndes Mädchen, und du bist in sie verliebt. Wenn es ein anderes Geschäft als das Showgeschäft wäre , würde ich es tun." Sagen Sie, Sie sind ein glücklicher Hund, aber – ich muss ganz ehrlich sein – ein Mann oder eine Frau im Theatergeschäft hat kein Recht zu heiraten. Solange Sie zusammen sind, ist alles sehr schön, aber Sie können es Die Chancen stehen *schlecht* – man hat vielleicht das Glück, in einer Saison ein gemeinsames Engagement zu bekommen, aber in der nächsten Saison ist man unterwegs, während sie in New York oder in einem anderen Teil des Landes spielt. Und wozu führt diese Trennung am Ende? Man sehnt sich nach Gesellschaft, Kameradschaft, und das Unvermeidliche geschieht, was die Ehe zum Erfolg macht schließt Häuslichkeit aus."

Als Will mir das alles erzählte, klang es sehr groß und sehr schrecklich – und auch sehr vage. Die Gefahr einer Trennung schien in weiter, ferner Zukunft zu liegen ... Wir waren uns einig, dass ein Mann und eine Frau, die sich aufgrund vorübergehender Trennungen entfremden ließen, nichts von echter Liebe wussten – jedenfalls von einer Liebe wie unserer ... Und jetzt, da der Sommer schnell voranschritt und keine gemeinsame Verabredung in Sicht war, nahm die Angst greifbare Formen an, die Angst vor der Trennung hing wie ein Leichentuch über mir. Will versuchte mich zu beruhigen, indem er sagte, es sei noch früh und wir würden durchhalten ... Ich glaubte mit kindlichem Glauben, was er sagte. Tatsächlich bin ich mir nicht so sicher, ob ich Will in diesen Tagen nicht mit der gleichen Verehrung verehrt habe, die ich der Jungfrau Maria dargebracht habe ... Die ganze Welt war zu einem einzigen Wesen verschmolzen – meinem Ehemann. Die Liebe zu meinem

Mann war die größte Leidenschaft meines Lebens. In meinem Zuhause war ich nie glücklich – mein Vater hatte eine zweite Frau geheiratet –, aber all die aufgestaute Zärtlichkeit und leidenschaftliche Liebe fanden in meiner Ehe ein Ventil. Manchmal fragte ich mich, was aus meinem Ehrgeiz geworden war: Auch dieser hatte sich auf ihn konzentriert. Natürlich hatte ich vor, als Schauspielerin erfolgreich zu sein, aber jetzt dachte ich an Erfolg nur im Lichte einer Unterstützung für ihn. Wir hatten bereits vereinbart, dass ich seine Hauptdarstellerin sein sollte, sobald er ein Star wurde. In unserem Leben sollte es keine Trennungen geben....

Die Wochen vergingen wie im Flug ... der Sommer ging zu Ende. Will wurde weniger beruhigend – er wirkte besorgt. Ich begann jeden Morgen mit einer widerlichen, ungreifbaren Besorgnis aufzuwachen. Nach einer Weile hörte ich auf, die Agenturen aufzusuchen. Es schien so vergeblich. Und dann, eines Tages, im Spätsommer, als die Theater am Broadway begonnen hatten, die Schilder von ihren Eingängen zu entfernen, kam es. Ich wusste, dass etwas passiert war, als Will die Tür öffnete. Anstatt mich sofort zu küssen, wie es seine Gewohnheit war, ging er ins Schlafzimmer, ohne mich anzusehen, und sagte: „Hallo, Girlie." Es lag immer etwas unendlich Zärtliches in der Art, wie er diese Worte sagte, aber heute war eine neue Note in seiner Stimme. Es dauerte lange, seinen Hut und seinen Stock wegzulegen; dann kam er heraus und küsste mich.

Ich habe Kartoffeln geschält. Er zog einen Stuhl heran, so dass unsere Knie sich trafen; dann legte er eine Hand auf jede Schulter und seine Finger packten mich. Wir sahen uns in die Augen... Nach einer Weile gelang es mir zu sagen: „Na, Schatz?" ... und als er antwortete, schien seine Stimme weit weg zu sein. Ich hatte das Gefühl, nach einem Schlag wieder zu Bewusstsein zu kommen ... Ich glaube, ich war ein wenig benommen ...

„Nun, mein Lieber, ich habe bei –" (er nannte einen Jungen namens Hamlet, der im gesamten Mittleren Westen bekannt ist) unterschrieben, „das Gehalt ist gut und ich spiele den König in Hamlet, Buckingham in Richard und, Wenn wir „Merchant" machen, werde ich für Gratiano gecastet ... Das Beste daran ist die Möglichkeit, für einen Auftritt nach New York zu kommen. Der Star möchte Hamlet am Broadway spielen, und mir wurde gesagt, dass er das möchte Ich habe gute Unterstützung... Also, kleines Mädchen... es wird vielleicht doch nicht mehr so lange dauern..."

An diesem Tag kam keiner von uns noch einmal auf das Thema zu sprechen; Wir versuchten auch nicht, fröhlich zu sein. Wir haben das Schweigen des anderen verstanden ... und es respektiert. Draußen regnete es in Strömen. Will stand am Fenster und schaute hinaus, aber ich bin mir sicher, dass er den Regen nicht gesehen hat ...

All diese Details zogen wie bewegte Bilder an meinem Kopf vorbei. Als ich schließlich einschlief, träumte ich von dem unpassenden, unzusammenhängenden Stoff, aus dem die Träume des Schauspielers bestehen; das Gefühl, zu spät zu einem Stichwort zu kommen oder das Stichwort gesprochen zu hören, zu merken, dass man nur halb angezogen ist, oder wiederum auf die Szene zu stürmen, nur um festzustellen, dass die Zeilen aus dem Gedächtnis gelöscht sind … Als ich aufwachte , ich hörte Will in der Küche; es roch nach kochendem Kaffee. Für einen Moment war ich mir meiner „douleureuse" nicht bewusst, dann erfasste mich die Erinnerung wie eine überwältigende Welle. Ich weinte laut; dann nahm Will mich in seine starken Arme und küsste meine geschwollenen Augen, oh, so zärtlich …

Sich an die Momente vor und nach Wills Weggang zu erinnern, verursacht – selbst an diesem späten Tag – eine Spannung im Herzen. Auf dem Kaminsims standen ein paar rote Rosen in einer billigen Glasvase; Will hatte sie an dem Morgen, als er die Zeitungen holen ging, bei einem Straßenhändler gekauft. Er hatte einen in mein dunkles Haar gesteckt … Nach vielen Fehlstarts und mit der Aufforderung „Kopf hoch, es wird nicht mehr lange dauern" schloss er die Tür hinter sich … Es war unsere erste Trennung.

KAPITEL II

DIE roten Rosen waren verwelkt; Ihre knusprigen Blütenblätter lagen verstreut über dem Kaminsims und auf dem Boden. Als ich mich bückte, um sie einzusammeln, wurde mir schwindlig; Mir wurde klar, dass ich schon – ich wusste nicht wie lange – nichts gegessen hatte. Ich ging in die Küche; Der Tisch lag so, wie wir ihn am Morgen beim Frühstück verlassen hatten. Da waren sein Stuhl und die Morgenzeitung. Ich weinte nicht – ich fühlte nur eine Schwere, eine Taubheit. Mechanisch machte ich mich daran, das Haus in Ordnung zu bringen; Mir wurde klar, dass ich mich zusammenreißen musste, und sei es nur, um Will zu gefallen. Ich schaffte es sogar, über meine eigene Dummheit zu lachen, als ich, nachdem ich meine Küchenschürze ordentlich gefaltet und auf ein Regal im Geschirrschrank gestellt hatte, die Zuckerdose an einen Haken hängte, wo die Schürze hätte stehen sollen, und von einem Regenguss durchnässt wurde Zucker gegen meine Schmerzen.

Mehrere Tage lang ernährte ich mich von Milch, die mir der Hausmeister auf dem Kellner servierte. Ich konnte nicht genug Mut aufbringen, um auf den Markt zu gehen. Das Sonnenlicht verspottete mich – ich ärgerte mich über das fröhliche Lachen der Familie auf der anderen Seite des Flurs. Der Ring des Postboten erweckte einige Tage später neues Leben in mir. Ich wusste, dass der Brief von Will war. Ich erwischte den Postboten, bevor er aufhörte zu klingeln, trug den Brief in mein Zimmer und verschlang ihn.

Es war voller interessanter Gerüchte über seine Stelle und bot humorvolle kleine Seitenblicke auf den Star und das Personal der Firma. Er bat mich, aufzumuntern und unsere Trennung nicht zu ernst zu nehmen; er versprach, jeden Tag zu schreiben, und bat mich, dasselbe zu tun. Ich markierte diesen kostbaren Brief mit einer großen „1" in blauem Stift und steckte ihn zu den Rosenblättern. Dann setzte ich mich hin, um zu schreiben – ich schrieb Unmengen. Es ist erstaunlich, wie viele Arten es gibt, „Ich liebe dich" auszudrücken. Diese vielen Seiten, die ich mit der dünnen, schrägen Handschrift meiner Mädchenzeit geschrieben habe, zu destillieren, würde bedeuten, die wahre Essenz der Romantik meines Lebens herauszufiltern – oder, soll ich sagen, der Tragödie.

Ich lebte für den Klingelton des Postboten. Die Sonntage waren am schwersten zu ertragen; es gab keine Postzustellung. Die Wochen zogen sich im Schneckentempo dahin. Schließlich trieben mich Einsamkeit und Isolation in einen Zustand der Verzweiflung, der mir wiederum den nötigen Mut gab, die Agenturen aufzusuchen. Will wollte mich nur ungern allein auf eine Veranstaltung einlassen; er ließ mich versprechen, dass ich einen solchen Schritt nicht ohne vorherige Rücksprache mit ihm unternehmen würde. Hätte er es nur gewusst, war mir der Gedanke, wieder allein mit einer

Theatertruppe zu reisen, zuwider; da ich von Natur aus sensibel und zurückhaltend war, hatte meine erste Saison im Schauspielberuf einige unangenehme Erinnerungen hinterlassen. Es fiel mir schwer, mich daran zu gewöhnen, allein in eine Hotellobby zu gehen oder, wenn ich in Gesellschaft anderer Mitglieder der Organisation war, zu hören, dass unsere Gruppe als „Truppe" bezeichnet wurde. Der allgegenwärtige Trommler, der an der Hotelrezeption herumlungerte, betrachtete uns mit unverschämter Kühnheit und machte hörbare Kommentare. Dann kommt man unbeaufsichtigt in einen Speisesaal und wird entweder an einen Tisch mit den anderen Mitgliedern der Gesellschaft gedrängt oder, wenn man woanders sitzt, den Avancen eines „Handelsreisenden" ausgesetzt. Und wenn man zum Theater oder zum Bahnhof geht, sieht man, wie sich die Stadtbewohner neugierig umdrehen und die Schauspieler mit einem herablassenden Lächeln betrachten, wobei sie die Mundwinkel nach unten ziehen und „Schauleute" flüstern. In größeren Städten sind diese Zeichen der Schande weniger ausgeprägt, aber dennoch vorhanden. Ich habe diese Einstellung gegenüber dem Theaterberuf abgelehnt, bis ich ihn besser kennengelernt habe. Es gibt Leute, die Freiheit mit Zügellosigkeit verwechseln, und anscheinend scheinen die Freiheit von Zwängen und der Mangel an Konventionen, die dieses Leben bietet, einer der Hauptgründe dafür zu sein, es zu wählen.

Es war jedoch sinnvoll, dass ich arbeiten sollte. Ich ließ vor meinen willigen Augen die Belohnung der Zukunft baumeln – die Zeit, in der mein Mann und ich zusammen spielen würden. Ich hatte sogar geplant, dass wir in unserer Hingabe und unserem hohen moralischen Ziel ein Vorbild für andere sein sollten; und so sollten wir durch die Reduzierung der Kosten für den Unterhalt zweier Einrichtungen – der Wohnung in New York und Wills Wohnen auf der Straße – besser gerüstet sein, um ein gemeinsames Engagement für die folgende Saison durchzuhalten.

Als ich eines Morgens im Büro eines Agenten wartete, dem Will mich vorgestellt hatte, geriet ich in ein Gespräch mit einer Schauspielerin, deren Fotos die Wände des Raumes schmückten. Sie hatte etwas Wichtiges an sich, ganz anders als die anderen Frauen, die warteten; Diese Frauen machten einen unterwürfigen Gesichtsausdruck. Sie hatten den mechanischen Ausdruck „bien être" gelockert, während die Ermüdung des Wartens sie belastete; Trotz des mehr oder weniger geschickt aufgetragenen Make-ups wirkten ihre Gesichter angespannt und angespannt. Auch ihre Kleidung zeugte vom Versuch, den Schein zu wahren. Ich empfand Mitgefühl und Verbundenheit mit diesen Arbeitslosen; Ich fragte mich, ob auch sie durch die Umstände von ihren Lieben getrennt wurden.

Miss Burton, die Dame von einiger Bedeutung, unterbrach meinen Gedankengang, indem sie mich überstürzt bat, „auf eine Tasse Tee vorbeizukommen". Sie versicherte mir, dass sie mich den „alten Tom" – sie nannte den Agenten mit dem vertrauten Diminutiv – nicht verpassen lassen würde und dass er, da er nach ihr geschickt hatte, mit Sicherheit warten würde. „Es macht einen gewaltigen Unterschied, ob sie nach Ihnen schicken oder ob Sie zu ihnen gehen, um sich zu verabreden", sagte sie mir mit einem sentenziösen Kopfnicken. Sie war so aufgeweckt und lebhaft und so völlig unbefangen, dass ich für einen Moment aus meiner verträumten Einsamkeit gerissen wurde.

Wir gingen in ein nahegelegenes Hotel. „Nehmen Sie, was Sie möchten", sagte sie und rief den Kellner herbei. „Bier für mich!"

Ich habe Tee genommen.

Während wir an unseren jeweiligen Getränken nippten, erzählte sie mir von sich. Sie war eine bekannte Komödiantin – „,Soubrettes' nannte man sie früher", erzählte sie freiwillig. Sie war seit Jahren immer mal wieder mit „Charley" Frohman zusammen und hatte vor, wieder zu ihm zurückzukehren.

„Ich stand in seinen schlechten Büchern", fuhr sie fort. „Ich hatte eine gute Sache, und ich wusste es nicht. Wenn ich daran denke, wie ich wegen dieser beiden großen Kerle falsch reingekommen bin –!" Meine Unfähigkeit, ihr zu folgen, spiegelte sich wahrscheinlich in meinem Gesicht wider, denn sie redete sofort weiter: „Sehen Sie, es war so. Als Jack und ich heirateten, waren wir in derselben Firma. Er war das, was sie den ‚kommissarischen Manager' nennen. ' reiste auf Reisen und vertrat das New Yorker Büro – verstehen Sie? Im nächsten Jahr bekamen wir kein gemeinsames Engagement; er ging auf Tour und ich schuf eine Rolle in einer New Yorker Produktion Sobald ich mich erinnern kann, fuhren wir die ganze Nacht in der Kombüse eines Güterzuges zu einer kleinen Müllkippe in der Stadt, in der Jack's Company am Samstag gespielt hatte Nacht. Kannst du es schaffen? Oh, ich sage dir, ich hatte es schlimm. Und Miss Burton vergrub ihre Gefühle und ihr Gesicht im Bierkrug. Nach einer Pause fuhr sie fort: „Nun, das gleiche teuflische Glück folgte uns in der nächsten Staffel; wir konnten keine gemeinsame Verlobung für Liebe oder Geld aushandeln – und wir haben auch mehreren Agenten eine nette kleine Rolle zugesteckt. Es ist einfach so." Es schien, als wären Manager absolut dagegen, einen Mann und eine Frau in derselben Firma zu haben. Einige von ihnen geben es lautstark zu, wenn Sie so wollen. Sie behaupten, dass ein Mann und eine Frau in derselben Firma Ärger machen wollen die gleiche Umkleidekabine, oder der Ehemann tritt, wenn seine Frau in der Umkleidekabine das Schlimmste erwischt. Oder, wenn der Ehemann zufällig ein Manager ist, besteht die Versuchung, seine Frau zu bevorzugen, und jemand anderes tritt auf Oh, sie haben genug Ausreden, ob sie gerechtfertigt sind oder nicht. Wie auch immer, das ist die Art von Blödsinn, mit der man es zu tun hat, wenn man in diesem Beruf heiratet ...

Wo war ich? … Na ja , nach zwei Saisons der Trennung, wurde mir klar, dass Jacky nicht so scharf darauf war, weite Sprünge zu machen, um Frauchen zu sehen; schon bald hörte ich Gerüchte darüber, dass er in der Gesellschaft, mit der er zusammen war, den Griff einer Fee hatte. Dann fing ich an, ihn zu beobachten … Ich habe ihn schon mit der Ware erwischt … Verschwinde, schnell, Jacky!" und mit einer ausdrucksvollen Handbewegung, um seinen Weggang anzuzeigen, rief Miss Burton nach einem weiteren Krug.

Ich fürchte, ich schien in den Augen der redseligen kleinen Dame ein Vollidiot zu sein. Ich konnte keinen Kommentar irgendeiner Art aufbringen. Miss Burton bemerkte mein Versäumnis jedoch nicht, denn sie raste mit der gleichen Energie im Ausdruck weiter.

"Dieser Schlag hat Mutter fast umgebracht, das kann ich dir sagen. Ich war wirklich in Jack verliebt… Es hat mich total fertig gemacht, dass er mich wegen so einer zweitklassigen Soubrette fallen ließ. Ich wünschte, du hättest es sehen können – einer dieser ‚Ich bin so launisch'-Idioten. Sie hat ihn fallen lassen, sobald sie ihn für das benutzt hatte, was er wert war… Ich habe angefangen zu saufen. Puh! Ich habe es eine Zeit lang wirklich hart getrieben! Das ist es, was mich mit CF verunsichert hat… Und was denkst du, was ich dann getan habe?" Miss Burton beugte sich vor, um mir die Bedeutung ihrer Offenbarung noch deutlicher zu machen: „Ich habe es ein zweites Mal versucht … Dieser hier war ein Schauspieler: eines dieser hübschen Gesichter aus der Rasierseifenwerbung – schöne Zähne und ein übertriebenes Lächeln, um es ihnen zu zeigen! … Schwarzes lockiges Haar, hohe Stirn, voller Busen – Sie wissen schon – das wahre Merkmal dicker Männer … Zettelwirtschaft, Damen der Gesellschaft, die ihm schöne Blicke zuwarfen und vergaßen, mich zu diesen kleinen improvisierten Abendessen einzuladen. Ha! … Fragen Sie mich nicht! Es war schlimmer als das erste Mal … Nein, Ma'am, Ehe und Bühne passen nicht zusammen. Sie sollten diese Warnung an jede Bühnentür nageln: ‚Alle, die hier hereinkommen, lassen die Ehe draußen.' Ja, ich weiß, was Sie sagen werden – dass es glückliche Ehen unter Bühnenleuten gibt, und Sie werden einige leuchtende Beispiele nennen. Das häusliche Glück von Mr. Great Star und seiner Frau macht sich im Druck bezahlt. Aber warten Sie einen Moment … Haben Sie Ihren Tee ausgetrunken? Gehen wir auf die Damentoilette – ich sterbe vor Verlangen nach einer Zigarette."

Auf dem Weg zurück ins Büro fragte mich Miss Burton nach meiner Person. Als ich von Will sprach, drehte sie sich abrupt um und sah mich mit verletzter Miene an.

„Warum, du armes Kind! Warum hast du mir nicht gesagt, dass du verheiratet bist? Nun, lass dich von dem, was ich gesagt habe, nicht ein bisschen beunruhigen. Jeder neigt dazu, aus persönlichen Erfahrungen allgemeine

Schlussfolgerungen zu ziehen. Es gibt immer die Ausnahme, die es zu beweisen gilt die Regel. Außerdem ..." Sie schob ihren Arm durch meinen und übte einen beruhigenden Druck auf mich aus.

Der Agent empfing sie in seinem Privatbüro, und als sie herauskam, war sie in bester Stimmung. Sie rief mich zu sich und vermittelte mir einen freundschaftlichen Kontakt zum Agenten, der versprach, mich im Auge zu behalten. Ich dankte ihr für ihr freundliches Interesse und ging nach Hause.

So trostlos die kleine Wohnung auch war, fand ich in ihren schützenden Wänden einen seltsamen Trost. Die Macht von Wills Persönlichkeit hatte den Ort durchdrungen, und ich spürte ihren wohltuenden Einfluss. Ich widmete den Abend dem Schreiben eines langen Briefes an meinen Mann, aber seltsamerweise wiederholte ich das Gespräch, das ich mit Miss Burton geführt hatte, nicht. In dieser Nacht betete ich, dass er und ich die Ausnahme sein könnten, die die Regel bestätigt …

Am nächsten Tag besuchte ich eine andere Agentur. Die vorsitzende Genie war eine korpulente Person mit kalten blauen Augen, die auf den ersten Blick einschüchterten. Sie stand hinter dem Geländer, das das Büro von den wartenden Bewerbern trennte, mit der Miene einer Richterin, die Recht spricht, ohne dabei Gnade zu zeigen. Es lag etwas Unverschämtes in der Art, wie sie die Eröffnungsansprachen der Bewerber mit den Worten „Nein, heute nichts für Sie; nichts zu tun, Mr. Blank" abschloss. Dann, als eine stark parfümierte und geschminkte Person hereinkam und mit den goldenen Schmuckstücken ihrer Schlossherrin klirrte, als sie vorbeirauschte, öffnete die Majoress-Domo das Tor und begrüßte sie mit den Worten „Kommen Sie herein, Liebes; ich habe auf Sie gewartet." Sie verschwanden im Allerheiligsten.

Die kleine schrumpelige Dame, die neben mir saß, schnaubte vor Ungeduld: „Hm! Ich schätze, das bedeutet noch eine halbe Stunde!" Sie fing an, mit einem Mann zu tratschen, dessen Gesicht schon auf sein „Geschäft" hindeutete – das eines irischen Komikers. Es war unmöglich, ihr Gespräch nicht zu belauschen. Das wunderschöne Geschöpf, das mit so offenen Armen empfangen worden war, war aufgrund ihres großzügigen und regelmäßigen „Selbstbehalts" ein Liebling des Establishments. Sie war eine mehr oder weniger prominente Dame der Gesellschaft aus Chicago gewesen; Nach einer aufsehenerregenden Scheidung wandte sie sich der Bühne zu, um ihrem überbordenden „Temperament" den richtigen Ausdruck zu verleihen. Da sie bereit war, für ein Gehalt zu arbeiten, von dem keine selbsttragende Frau leben konnte, und in der Lage war, sich „hübsch" zu kleiden, hatte sie keine Schwierigkeiten, sich eine Verlobung zu sichern. Die „Einbehaltsgebühren" erleichterten ihr zweifellos den Fortschritt.

Später erfuhr ich aus Wills Erfahrung, dass ein Scheck, der einem Bewerbungsschreiben an eine dieser dramatischen Arbeitsagenturen beigefügt war, deren Interesse am Absender weckte. Und selbst nachdem ein Schauspieler einen „Hit" gemacht hat, ist es ein gutes Geschäft, den Geschenkespender zu schmieren. Ich konnte die *Vorgehensweise nicht ganz verstehen* , bis sie mir von Miss Burton erklärt wurde. „Sehen Sie, wenn ein Manager darüber nachdenkt, ein Unternehmen zu engagieren, schickt er einen Agenten um eine Liste mit Namen. Vielleicht möchte er einen Hauptdarsteller oder einen Charakterdarsteller, und er kann den Agenten anweisen, mit einem bestimmten Schauspieler zu kommunizieren, von dem er glaubt, dass er mit ihm kommuniziert." Nun könnte es sein, dass dieser bestimmte Schauspieler nicht in den guten Büchern des Agenten steht, oder dass es einen anderen Schauspieler gibt, der die gleiche Branche spielt und regelmäßig und großzügig mit seinen „Einbehaltshonoraren" umgeht. Es ist nicht schwer zu verstehen, welcher der Schauspieler dem Manager vorgeschlagen oder sogar angeheuert wird. Unsere eigene Erfahrung bestand darin, direkt mit den Managern zu verhandeln. In vielen Fällen schicken die Manager die von ihnen engagierten Akteure jedoch selbst zu einem bevorzugten Agenten, um die Verhandlungen abzuschließen. Auf diese Weise kann der Agent vom Schauspieler ein Wochengehalt kassieren.

Der irische Komiker bezifferte das durchschnittliche Einkommen eines Agenten, der mehrere hundert Schauspieler mit Gehältern zwischen dreißig und dreihundert Dollar pro Woche „vermittelte", auf 5.000 Dollar pro Jahr. „Und wenn man die Fischhand betrachtet, die man einem gibt, wenn man nach einer Verlobung sucht, könnte man denken, *wir* wären die Schmarotzer – verdammte alte Parasiten!"

Als die Agentin schließlich von ihrer Konferenz zurückkam, äußerte ich schüchtern meine Wünsche. Vielleicht wirkte ich wie ein „Nicht-Gefolgsmann", wie der Komiker sie nannte, denn die korpulente Person musterte mich misstrauisch.

„Hatten Sie Erfahrung?" sie ist eingebrochen.

„Eine Staffel", antwortete ich.

„Nun, vielleicht hinterlassen Sie mir Ihre Adresse", blaffte sie und verwies mich an einen Assistenten.

Ich ging zurück zu Miss Burtons Freundin. Mr. Tom war ein Engländer und hatte die Manieren eines Gentlemans, die ihn nicht zuletzt lobten würden. Er begrüßte mich freundlich und bat mich zu warten. Mein Herz hüpfte vor Vorfreude. Dann überreichte er mir einen Brief. Ich erkannte die Adresse auf dem Umschlag als die eines prominenten Managers. Mir wurde gesagt, ich solle in sein Büro gehen, den Brief vorlegen und zurückkommen, um dem

Agenten das Ergebnis zu melden. Ich raste wirbelnd mit meinen Gedanken davon. Ich skizzierte bereits ein Telegramm an Will, in dem ich ihm von meiner Verlobung berichtete. Ich begann zu planen, wie ich die Kleider meiner letzten Saison umgestalten sollte, um die Kosten für eine neue Garderobe zu vermeiden. Nur einmal zuvor hatte ich mich für ein Engagement direkt an einen Manager gewandt. Ich blicke auf eigene Kosten amüsant auf den Vorfall zurück, den ich gleich erzählen werde. Für jeden, der sich für die Bühne interessiert, war und ist der Name Charles Frohman eine Art Magie. Als feststand, dass die Bühne mein Hobby sein sollte – ich verwende das Wort mit Bedacht, da mir nie beigebracht worden war, einen Beruf im Lichte einer Berufung zu betrachten –, reiste ich direkt nach New York mit der Absicht, Mr . Frohman, und ihm mein Talent zur Verfügung zu stellen. Ich erinnere mich, dass ich mich sorgfältig angezogen habe. Ich habe mir sogar das Gesicht stark gepudert, um den Eindruck einer vertrauten Vertrautheit mit der Make-up-Box zu hinterlassen. Als ich das Büro im Empire Theatre Building betrat, war der Bürojunge damit beschäftigt, Zeitungsausschnitte in ein Sammelalbum zu kleben. Am anderen Ende des Raumes saß ein hübsches, freches Mädchen und schrieb mit der Maschine. Der Bürojunge blickte fragend auf. Ich nahm meinen Mut in beide Hände.

„Ist Herr Frohman da?", erkundigte ich mich.

Der Junge schlurfte ins Nebenzimmer. Ich beschäftigte mich damit, die Fotos der Schauspielerinnen anzusehen, die an den Wänden hingen. Mein Herz klopfte wie wild, aber ich „spielte" die Rolle einer jungen Dame mit viel *Savoir-faire* . Der Junge kam zurück, gefolgt von einem Mann mittleren Alters, der mich freundlich anlächelte.

„Mr. Frohman?", wagte ich zu fragen.

„Herr Frohman ist nicht da", antwortete er mit einem höflichen Lächeln.

Ich wollte gerade fragen, wann er erwartet würde, als ich das Spiegelbild des Bürojungen in einem Spiegel an der Wand erblickte. Er zwinkerte dem Mädchen an der Schreibmaschine heftig zu; ich spürte, wie mir das Blut ins Gesicht stieg, und ich fürchte, ich verließ das Zimmer etwas verwirrt.

Will musste sich über meine Leichtgläubigkeit lustig machen. Ich war den ganzen Weg aus einer Stadt in Indiana gekommen, um Mr. Frohman zu besuchen, und die Chance, zu ihm vorgelassen zu werden, war ungefähr so groß wie die Chance, dass ein Kamel durch ein Nadelöhr schlüpft. Unnötig zu sagen, dass ich nie wieder den Mut aufbrachte, Mr. Frohman noch einmal aufzusuchen.

Heute jedoch war ich gewappnet. Der Manager, dem ich vom Agenten empfohlen worden war, ließ mir ausrichten, dass ich warten solle. Eine halbe Stunde später wurde ich zu ihm geführt. Als ich eintrat, saß er auf einem

Drehstuhl, einen Fuß auf einer kleinen ausziehbaren Ablage seines Schreibtischs und eine große schwarze Zigarre im Mundwinkel. Er stand nicht auf, sondern nickte mir zu und winkte mich auf den Stuhl gegenüber. Während er den Brief des Agenten las, nahm er sein Bein vom Tisch und schlug es über das andere. Er war ein kleiner, schwerer Mann mit einem üppigen Bauch. Er hatte dicke, lose Lippen und sein Kopf war so rund und glatt wie eine Billardkugel; seine Augen waren schwarz und bissig und strahlten so viel Feuer aus wie der riesige Diamant, den er an seinem kleinen Finger trug.

„Nun", sagte er schließlich, sah mich an und schob die große Zigarre in den anderen Mundwinkel, „das liest sich ganz gut. Sie sind also eine *Naive* " (er sprach es aus, als würde man es , *on-je-new'* *schreiben*), „oder?"

"Jawohl."

„Na, Sie sehen jedenfalls so aus … Wie viel Erfahrung haben Sie?"

„Eine Saison unterwegs mit Mr. O'Brien's Company, aber natürlich habe ich auch in Laientheaterstücken mitgespielt..."

„Starke Stimme?", brüllte er und lehnte sich in seinem Stuhl zurück.

„Oh ja, Sir", antwortete ich und benutzte das Pedal, um meine Behauptung zu beweisen.

„Klingt nicht so."

„Vielleicht nicht jetzt, aber –" Ich zögerte.

„Aber was?", fragte er und lächelte mich nachsichtig an.

Sein Lächeln machte mir Mut und ich antwortete wahrheitsgemäß: „Also, ich glaube, ich habe gerade ein bisschen Angst."

„Angst? Wovor?" Er nahm seine Zigarre heraus und spuckte das Ende aus, auf dem er gekaut hatte. Dann zündete er ein Streichholz an und redete weiter. „Du willst keine Angst vor *mir haben* – ich bin das Einfachste, was du je gesehen hast …" Dabei zwinkerte er mir zu. Dann paffte er eine Minute lang an seiner Zigarre und sah mich an. „Steh auf", war seine nächste Anweisung … „Du bist nicht sehr groß … du wirst schon gut aussehen."

„Was für eine Rolle ist das?", fragte ich.

„Hat Tom dir nicht davon erzählt? … Es ist eine hübsche Rolle – eine dieser unschuldigen Landmädchen, die nie die Straßen von Kairo gesehen haben – diese Art. Sie verliebt sich in einen Bösewicht, der sie in die große Stadt entführt, und wirft sie dann nieder – hart. Das arme Mädchen hat Angst, nach Hause und zur Mutter zurückzukehren, und gerade als sie Selbstmord begehen will, kommt ein gutmütiger Trottel und heiratet sie . Ich kann nicht anders, als einen Hit zu landen, und wir gehen davon aus, dass wir die ganze Saison über in New York auftreten werden.

„Wie hoch ist das Gehalt?" was bedeutet, sachlich zu wirken.

„Fünfundzwanzig in New York und dreißig unterwegs."

Ich antwortete nicht, denn mein Verstand führte schnelle Berechnungen durch. 25 Dollar pro Woche, mit der Aussicht, die ganze Saison in New York zu laufen! Nun, ich sollte in der Lage sein, meine Ausgaben selbst zu bezahlen und außerdem etwas beiseite zu legen.

„Das ist ein gutes Gehalt", begann der Manager und wertete mein Schweigen als Widerspruch. „Wenn du einen Treffer landest, erhöhe ich den Betrag um fünf. Ich sage dir, was ich tun werde: Ich gebe dir einen Brief an den Bühnenmanager. Sie proben jetzt. Die Dame, die wir für die Rolle engagiert haben, übrigens." Letzten Sommer habe ich heimlich geheiratet und muss aus familiären Gründen in den Ruhestand gehen. Er zwinkerte mir noch einmal zu, als er seinen Stift ergriff. Ich wartete unruhig, während er schrieb. „Hier ist der Brief", sagte er und befeuchtete die Umschlagklappe mit seinen Lippen. „Jetzt geh und besuche Mr. Thompson in der Akademie. Er ist der Arzt." Er erhob sich abweisend und deutete auf eine andere Tür als die, durch die ich gekommen war. Ich dankte ihm und versicherte ihm, dass meine Stimme ziemlich stark sei.

„Du bist ein hübsches kleines Ding", sagte er, als er mich zur Tür begleitete. „Hübsche kleine Figur ... was wiegst du?"

„Ich weiß nicht genau, wie viel, aber ich denke, ungefähr einhundertzehn Pfund", antwortete ich etwas verwirrt.

„So viel? Wo trägst du das alles?" Er ließ seine dicken, stämmigen Hände über meine Schultern und meine Hüften gleiten. Sein Lächeln wurde zu einem anzüglichen Blick. Bevor ich realisieren konnte, was geschah, hatte er mich in seine Arme genommen und seine schweren, nassen Lippen waren auf meinen Mund gepresst. Seine Hände spielten über meinen Körper, und obwohl ich versuchte, aufzuschreien und mich zu befreien, war ich nicht in der Lage, beides zu tun. Es schien, als ob meine Sinne mich verließen; dann ertönte das gedämpfte Klingeln des Telefons und er ließ mich los.

„Verdammte Glocke", sagte er. Übelkeit vor Ekel und Angst kauerte ich in der Ecke; Er versuchte, meine Hände von meinem Gesicht zu lösen und lachte, während er flüsterte: „Gefällt es, gefällt es dir, oder?" Dann fluchte er noch einmal, als er den anhaltenden Anruf vom Telefon hörte, und ging zu seinem Schreibtisch. „Lauf jetzt", befahl er, ohne hinzusehen ...

Ich wusste nie, wie ich die Treppe hinunter zur Straße fand. Ich habe nicht auf den Aufzug gewartet. Ich sah, dass die Leute mich ansahen, als ich die

Straße entlang eilte – wohin, fragte ich mich nicht. Erst als ich auf der Treppe mit jemandem zusammenstieß, wurde mir klar, dass ich direkt zum Büro des Agenten gegangen war.

„Hallo, kleine Dame!" Ich erkannte Miss Burtons Stimme. „Mein Gott, wir haben es eilig! Um Himmels willen, Kind, was ist mit dir passiert? Was ist los? Du siehst aus, als würdest du einen Anfall bekommen! Hier – lass uns in eine Apotheke gehen."

Nach einer Dosis Salpeter rief Miss Burton eine Droschke und bestand darauf, mich nach Hause zu bringen. Ich wollte nicht, dass sie mich begleitete. Ich wollte allein sein. Als wir sicher im Haus waren, verlor ich die Kontrolle. Sie ließ mich weinen, ohne eine Frage zu stellen. Dann, als ich mich beruhigt hatte, erzählte ich ihr, was passiert war.

„Der alte Schurke! Der alte Schurke! Das habe ich schon mal über ihn gehört. Warum hast du ihm keine gegeben? Warum hast du ihm keine ins Gesicht geschlagen?"

„Das überlasse ich meinem Mann", antwortete ich mit tränenerstickter Würde.

Miss Burton betrachtete mich zwischen heftigen Zügen an ihrer Zigarette. Dann schüttelte sie den Kopf. „Ähm, ähm, Mädchen; nein, Sir … Sie dürfen es Ihrem Mann nicht sagen."

„Warum nicht?", fragte ich.

„Nun, wenn Sie es Ihrem Mann sagen, und er ist der Mann, für den ich ihn halte, wird er direkt losgehen und das alte Biest niederschlagen. Das wird ihn in die Bredouille bringen; dieser Manager ist eine Macht und kontrolliert ein Dutzend Attraktionen, wie …" Es könnte für Ihren jungen Mann schwierig sein, in Zukunft ein Engagement zu bekommen.

Miss Burton hielt inne, damit die Idee in mein Gehirn eindringen konnte.

„Dann gibt es noch eine andere Seite. Wenn Sie es Ihrem Mann sagen und er nicht hinaufgeht und den frischen Herrn niederschlägt, werden Sie ihn dafür verachten … Oh ja, das werden Sie! Sie würden es nicht einmal sich selbst gegenüber anerkennen." , aber tief in deinem Herzen würdest du deinem Mann nie verzeihen, dass er dir die Beleidigung nicht übel genommen hat … Es ist besser, es ihm überhaupt nicht zu sagen …"

Wir schwiegen beide eine Zeit lang. Ich kämpfte mit tausend widersprüchlichen Gefühlen.

„Siehst du, Mädchen, du musst eine Menge lernen. Du bist neu im Spiel. Das ist der Grund, warum dir diese Dinge so schwer fallen."

„Meinen Sie, dass ‚diese Dinge' ein Teil – ein regulärer Teil – des Geschäfts sind?" Ich begann mit einem Ausbruch von Groll. „Ich glaube es nicht! Ich kann es nicht glauben! Ich bin sicher, meine Erfahrung war außergewöhnlich. Ich weiß, dass Mädchen, die ihren Lebensunterhalt mit der Schreibmaschine verdienen, Angestellte und sogar Hausmädchen unangenehme Erfahrungen machen, denn ich habe darüber im gelesen Es gibt in allen Gesellschaftsschichten böse Männer. Ich bin fast eine ganze Saison vor meiner Hochzeit gereist, und –"

Ich hielt inne. Ich stellte mir eine Situation vor. Als ich in die Truppe eintrat, in der ich meinen Mann kennengelernt hatte, schenkte mir der Star besondere Aufmerksamkeit. Ich hielt diese Aufmerksamkeit für ein freundliches Interesse an einer Anfängerin. Es kam mir nie in den Sinn, Absicht und Zweck zu hinterfragen. Ich war die Zweitbesetzung für die Hauptdarstellerin; der Star hatte mir gesagt, ich hätte außergewöhnliches Talent und würde mich mit der richtigen Anleitung zu einer großartigen emotionalen Schauspielerin entwickeln. Ziemlich oft hatten wir Privatproben – manchmal im Theater, aber häufiger in der Wohnung des Stars im Hotel. Ausnahmslos probten wir allein. Ich war geschmeichelt und aufrichtig dankbar für die Bemühungen des Stars, mein Talent zu fördern; wir spielten Szenen aus Romeo und Julia, und mein Star spielte Romeo mit solcher Begeisterung, dass ich meinen Text völlig vergaß. Als die Frau des Stars in die Truppe eintrat, wurden die Proben ausgesetzt; es schien mir ganz natürlich, dass der Star seine Zeit seiner Frau widmen wollte. Sie war immer noch eine schöne Frau, obwohl ihr Gesicht traurig und unzufrieden war. Sie hielt sich von der Truppe fern, und es hieß, sie sei gegen Bühnenleute, insbesondere gegen die Frauen. Ich fragte mich, warum sie einen Schauspieler geheiratet hatte. Später, als Will und ich Freunde wurden, befragte er mich über diese Privatproben; dann bemerkte ich, dass er es schaffte, bei den Proben im Hotel vorbeizuschauen, um dem Star einen Besuch abzustatten, oder er wartete an der Bühne, wenn wir im Theater waren. Das geschah häufig, während unsere Beziehung fortschritt. Ich erinnere mich, wie Will eines Tages, als er in den Kulissen entdeckt wurde, der Star ihm ziemlich gereizt zurief: „Sie wurden doch nicht zur Probe gerufen, oder, Mr. Hartley? Sie werden nicht gebraucht, und Ihre Anwesenheit macht Miss Gray verlegen."

Kurz darauf bestand Will darauf, dem Star unsere Verlobung zu verkünden. Seitdem bin ich nie mehr unbeaufsichtigt zu den Proben gegangen und die Anrufe wurden seltener. Bald wurden sie ganz aufgegeben. Jetzt verstand ich zum ersten Mal Wills Wachsamkeit – vielleicht verstand ich, warum die Frau des Stars ein so trauriges Gesicht hatte …

"Und was?" wiederholte Miss Burton nach mir.

„Ich dachte, das war alles."

„Mädchen, du wirst im Showgeschäft nie weiterkommen, es sei denn ... schau mal, ich werde dir die Augen für ein paar Dinge öffnen, die dir nützlich sein könnten ... Ich war auf der Bühne Seit ich ein Kind war, bin ich zum ersten Mal in den Armen meiner Mutter aufgetaucht, und es heißt, ich habe nie auf Signale gewartet, sondern habe durch die Warteschlangen anderer Leute hindurch geschrien. Ich war mit dem Spiel vertraut, bevor ich keine kurzen Röcke mehr trug. Ich war nie von der Bühne beeindruckt, wie du, und so viele dumme Mädchen, die Schauspielerei als „göttliche Kunst" ansehen. ' Ich musste meinen Lebensunterhalt selbst bestreiten, und die Bühne bietet einen ziemlich guten Lebensunterhalt, wenn man bereit ist, das Spiel zu spielen." Miss Burton sah mich vielsagend an.

"Das Spiel spielen?" Ich fragte.

„Ja, das ist genau das, was ich meine... Tugend und Keuschheit haben im Showgeschäft ungefähr so viele Chancen wie der berühmte kleine Schneeball des Fegefeuers. Ich kenne keinen anderen Beruf, in dem Unmoral eine Tugend ist. I Nehmen wir an, das ist das, was Sie als Paradox bezeichnen. Tugend und Erfolg gehen in diesem Geschäft nicht Hand in Hand — selbst unsere Mütter erkennen die Wahrheit dieser Aussage und zwinkern ihr zu . Lassen Sie jeden Star oder Manager begehrliche Blicke auf ihre Tochter werfen, lassen Sie sie nur die Hauptdarstellerin — oder den Ruhm — wittern, und sie wird sich nicht nur dazu eignen, sie zu intrigieren, sie kennt das Spiel, egal wie hübsch, wie talentiert, kann im Showgeschäft nicht weiterkommen, ohne aufzugeben. Sie muss Geld oder Einfluss haben, oder beides. Ich weiß nicht, was an der Bühne die niederen Leidenschaften zum Vorschein bringt, aber ich weiß, dass sie bis ins Mark verdorben ist wird dem Bösen geopfert. Bei anderen ist es die Lockerheit, die Freiheit von Zurückhaltung, die es gibt. Ich sehne mich nach der Bühne. Weil es ein bequemer Ort ist, um Waren zu zeigen. Jeder Millionär, jeder pelzige Mann in der Stadt betrachtet die Frauen der Bühne als seine legitime Beute direkt oder indirekt mit dem Showbusiness verbunden sind, um sich den Annäherungsversuchen des männlichen Wesens zu öffnen, das sich für sportlich hält. Sie mögen so keusch wie Eis und so rein wie Schnee sein, aber die Chancen stehen schlecht. wenn du auf der Bühne stehst.

Ich war fast erstickt vor Empörung. „Ich glaube Ihnen nicht, ich glaube nicht, dass das wahr ist", tobte ich. „Sehen Sie sich solche Frauen an wie ..." (ich nannte eine Reihe prominenter weiblicher Stars). „Sie werden geehrt und respektiert ..."

„Sie meinen, ihre Leistung, ihre Kunst wird gewürdigt. Jede einzelne dieser Frauen war Wasser auf die Mühlen der Theaterleute. Glauben Sie, dass diese Seite davon jemals die Öffentlichkeit erreicht? Nein, und außerdem geht es die Öffentlichkeit nichts an. Diese Frauen sind erfolgreich. Der Preis, den sie

bezahlt haben, ist ihr eigenes Geheimnis. Verstehen Sie mich nicht falsch –
ich urteile nicht über die Frauen auf der Bühne, genauso wenig wie ich über
Sie urteilen würde, wenn Sie einen Fehler gemacht hätten. Ich berichte Ihnen
von den Bedingungen, die herrschen – Bedingungen, mit denen sich jede
Frau, die in den Theaterberuf eintritt, früher oder später auseinandersetzen
muss. Sie haben heute Ihre erste Erfahrung gemacht …"

Im Zimmer war es ziemlich dunkel geworden. Miss Burton stand auf und
ging in der Dämmerung umher. Ich hasste sie fast. Ich konnte nicht anders,
als zu sagen: „Findest du es schön, sein eigenes Nest zu beschmutzen?"

Sie antwortete mir sanft: „Du verstehst mein Motiv nicht, Mädchen. Ich
würde so etwas um keinen Preis in der Welt einem Außenstehenden sagen.
Warum, wenn so etwas der Öffentlichkeit zugänglich gemacht würde, wäre
das Ganze theatralisch." Der Berufsstand würde sich in die Presse begeben,
um dies zu leugnen, aber *jeder einzelne von ihnen weiß, dass es die Wahrheit ist* , *die
Wahrheit Gottes* und *nichts als die Wahrheit* . Wir schwiegen wieder. Miss Burton
seufzte schwer.

„Weißt du, Mädchen, wenn ich Künstlerin wäre, würde ich gerne meine
Vorstellung von der ‚göttlichen Kunst' malen." Die göttliche Kunst ist eine
seelenlose Kupplerin; sie raubt dir deine Jugend, deine Schönheit und deine
Tugend und verstößt dich bei den ersten Anzeichen des Alters aus.

Miss Burton blieb vor dem großen Foto von Will stehen, das den Kaminsims
schmückte. Nach einer langen Prüfung sagte sie:

„Guter Kopf! Sieht aus, als hätte er einen guten Anwalt abgegeben."

„Er wurde für das Jurastudium ausgebildet", antwortete ich stolz.

Miss Burton schaute mit weitem Blick aus dem Fenster. Dann kam sie zu mir
und nahm meine beiden Hände in ihre.

„Kleines Mädchen, warum überredest du ihn nicht, die Bühne aufzugeben
und zum Gesetz zurückzukehren?"

„Weil ihm das Gesetz nicht gefällt und weil er eine große Karriere als
Schauspieler vor sich hat", erwiderte ich und war den Tränen nahe.

Nachdem Miss Burton ihren Hut und ihre Handschuhe angezogen hatte und
mit der Hand auf der Türklinke stand, sprach sie erneut:

„Ich werde Tom morgen sehen und dafür sorgen, dass er Ihnen hilft, mit
diesem alten Biest klarzukommen."

"Richtet *mich* auf!"

„Ja, weil Sie nicht in der Akademie erschienen sind. Ich würde sagen, Sie sind
in einen Straßenbahnstau geraten, und als Sie dort ankamen, waren sie weg.

Sie können morgen früh auftauchen – haben Sie nicht vor, den Termin anzunehmen?"

„Nicht, wenn ich nie wieder in meinem Leben einen Auftrag bekomme!", erklärte ich, und eine Welle des Ekels überkam mich.

Miss Burton zog mich in ihre Arme und küsste mich impulsiv: „Bleib dabei, Mädchen, und Gott segne dich!" und sie eilte davon....

Ich habe in dieser Nacht nicht viel geschlafen. Früh am nächsten Morgen kam ein Telegramm von Will, in dem er sagte, er erwarte, am Sonntag zu Hause zu sein. Seine Kompanie sollte zwei Wochen lang „ruhen" und proben, um sich auf den „Angriff" auf den Broadway vorzubereiten, wie er es ausdrückte. Das Wissen, dass ich bald seine Arme um mich spüren würde, wirkte wie ein Stärkungsmittel. Mein Groll gegen Miss Burton wich Mitleid. Warum waren nicht alle Ehemänner und Ehefrauen so sehr ineinander verliebt wie Will und ich?

KAPITEL III

Der junge Hamlet konnte das Publikum nicht begeistern. Nach zwei Wochen am Broadway wurde die Anzeige ausgehängt. Die Truppe sollte umorganisiert werden, was in diesem Fall Kostensenkungen bedeutete – und „zurück in die Wälder". Will willigte ein, den König mit dem Geist zu verdoppeln, gegen eine kleine Gehaltserhöhung und unter der Bedingung, dass ich in die Liste aufgenommen werde. Als Gegenleistung für meine Bahnfahrkarten spielte ich einen der Wanderschauspieler und die Spielerkönigin. Die Truppe machte nur One-Night-Stands; wir machten früh und lange Ausflüge in abgelegene Städte, die laut Will nicht auf der Karte verzeichnet waren. Die Hotels waren oft so schlecht, dass wir gezwungen waren, den Dorflebensmittelhändler zu besuchen und unsere Mahlzeiten mit Chafing-Dish-Gerichten zu ergänzen. Durch Regen, Schnee und Matsch stapften wir zu den Bahnhöfen; manchmal gab es eine Kutsche und die Frauen fuhren hin und her. Die Theater waren kalt und die Ankleideräume schmutzig. Der Bühneneingang führte immer in eine übelriechende Gasse, und wenn der Vorhang aufging, wehte ein durchdringender Luftzug über die Bühne. Einmal, nachdem Will in der Rolle des Königs von Hamlet getötet worden war und tot auf der Bühne lag, nieste er heftig. Das Publikum schien die Situation zu genießen. Aber trotz der körperlichen Beschwerden und der lähmenden Plackerei waren wir glücklich – wir waren zusammen.

Am Ende der Saison hatten wir fast dreihundert Dollar gespart. Dann spielte Will ein paar Wochen bei einer Sommeraktiengesellschaft – einem „Summer Snap", wie man es nennt – und im Herbst konnten wir uns für das ersehnte gemeinsame Engagement einsetzen.

Als sich die Kompanie am Bahnhof versammelte, der in eine Stadt im Mittleren Westen fuhr, ähnelte das eher einer Familienfeier als einer Theaterveranstaltung. Der Manager selbst spielte eine Rolle und seine Frau war die Bösewichtin. Die Komikerin und der Bühnentischler waren Mann und Frau, und die Hauptdarstellerin – ein Mädchen, das nicht viel älter als ich war – wurde von ihrer Mutter begleitet. Will war der Hauptdarsteller und ich der Unerfahrene. Es bestand die Aussicht auf eine angenehme Saison. Ich lächelte ein wenig verächtlich, als ich an Miss Burtons schreckliche Inszenierung der Bühne dachte. Sie hatte in ihrem Umgang Pech gehabt, das war alles, sagte ich mir.

Die Komödiantin und ich teilten uns die Garderobe. Sie war eine schöne Frau mit einem Hauch lateinamerikanischem Blut. Ich liebte sie vom ersten Augenblick an. Von ihrem Mann war ich enttäuscht; ihre überlegene Erziehung und Bildung ließen mich über ihre Wahl wundern. Später, als ich die Bedürfnisse der Frau besser verstand, begann ich ihn zu mögen; er war anständig und aufrichtig – Tugenden, von denen ich später erfuhr, dass sie unter Schauspielern selten sind.

Es war ungefähr in der zweiten Woche der Saison, als unsere Familienfeier zum ersten Mal Anzeichen von Unvereinbarkeit zeigte. Es gab Gerüchte, die den Namen der Hauptdarstellerin mit dem des Managers in Verbindung brachten, aber da sie von ihrer Mutter beschützt wurde, erschien mir das lächerlich und ungerechtfertigt. Eines Abends, als der Vorhang für den ersten Akt fiel, befahl die Frau des Regisseurs der Mutter der Hauptdarstellerin, die Kulissen zu verlassen. Sofort folgte ein Krieg hoher Stimmen, der durch die Wände unserer luftigen Umkleidekabine drang. Der Vorhang wurde aufgehoben und das Orchester spielte seine dritte Ouvertüre.

Während des Wartens erzählte mir Margherita, meine Mitbewohnerin in der Umkleidekabine, die Umstände des Falles. Die Mutter der Hauptdarstellerin war die „Freundin" des „Engels" des Unternehmens; In dieser Funktion übernahm sie Privilegien, die die Frau des Managers verärgerten. Wenn man dazu noch die Tatsache hinzufügt, dass ihr Mann zu offensichtlich an der Hauptdarstellerin interessiert war, war der Ausbruch nicht verwunderlich. Der Manager selbst war einer dieser rundlichen, schlaffen Männer, die an einen dicken, rückgratlosen Wurm erinnerten. Der Körperbau stimmt oft mit dem Charakter überein.

In dieser Nacht war die Mutter widerwärtiger als sonst gewesen. Es war ihre Gewohnheit, in den Kulissen zu stehen, während die Frau des Managers vor Ort war, und die Schauspielerin durch kleine Ablenkungen zum Ausdruck zu bringen.

Allmählich wurden Mitglieder der Gesellschaft in die Meinungsverschiedenheit hineingezogen; Es war eine unerträgliche Situation. Unser Mitgefühl galt der Frau des Managers, aber wir hielten uns diplomatisch zurück. Endlich erreichte die Sache ihren Höhepunkt. Eines Abends während der Aufführung gab es eine Bühnenwartezeit. Vergebens füllten Will und der schwere Mann die Lücke. Die Frau des Managers hatte die Hauptdarstellerin irgendwo hinter den Kulissen in den Armen ihres Mannes überrascht und ihr daraufhin eine Ohrfeige verpasst. Einen Augenblick später betrat sie die Bühne, um ihre „große" Szene zu spielen; Sie litt unter großen Emotionen, und ich dachte, sie hätte sich noch nie so gut verhalten. In einer Rede vor mir (ich spielte ihre Tochter) gehörte es zum Bühnengeschäft, dass ich ihre Hand in meine nahm; Ich bin mir nicht sicher, ob ich ihr nicht in stillem Mitgefühl die Hand gedrückt habe. Sie zog mich zu sich; In einem anderen Moment schluchzte die Bösewichtin in meinen Armen und es entstand ein emotionaler Sturm, der im Manuskript des Autors nicht erwähnt wurde. Ich führte sie auf die Bühne, während das Haus von ihrem großartigen Schauspiel begeistert war. Als der Beifallssturm verebbt war, spielten wir mit der Szene weiter, als wäre nichts gewesen.

Ich frage mich, warum Frauen ausnahmslos ihr eigenes Geschlecht bestrafen und den Mann davon ausnehmen. Fordern sie instinktiv einen höheren Ehrenkodex von ihrer Art, während sie sich demütig der konventionellen Lizenz für Männer fügen?

Anschließend trat der „Engel" der Truppe bei, und allem Anschein nach kam es zu einer Einigung. Für eine Weile war der Frieden wiederhergestellt. Die Hauptdarstellerin legte eine Miene gekränkter Unschuld an den Tag und hörte auf, ihre Wangen zu schminken, um den Effekt zu verstärken. Dann wurde plötzlich – oder allmählich, ich habe nie verstanden, wie es dazu kam – allen klar, dass die Hauptdarstellerin „sich um Will bemühte". Ihre Aufmerksamkeiten wurden so deutlich, dass die Männer der Truppe ihn deswegen aufzogen und erklärten, der Manager würde ihn gleich zu einem tödlichen Kampf herausfordern oder – und das war wahrscheinlicher – ihn aus der Truppe entlassen. Will nahm ihre Anspielungen größtenteils hin, aber ich bemerkte, dass ihm das Thema zuwider war. Mir gegenüber nannte er die Frau „eine kleine Närrin" und war verärgert, in eine so lächerliche Lage gebracht zu werden. Tatsächlich glaube ich, dass Will genauso darunter litt wie ich. Ohne unhöflich oder flegelhaft zu sein, konnte er nichts tun, um ihre Avancen zu unterbinden. Sie plante ihr *Debüt* als Star in der nächsten Saison und machte Will ein Angebot, ihr Hauptdarsteller zu werden; Sie beriet sich mit ihm über die neuen Stücke, die ihr vorgelegt wurden, und plante für die laufende Saison spezielle Matineen mit klassischen Stücken, die Will kannte. Sie rief ihn zu Vorproben und Diskussionen in ihre Zimmer im Hotel; manchmal rief sie ihn zwischen den Akten der Aufführung in ihre Garderobe, wo sie ihn im Negligé empfing . Neue Bühnenstücke wurden eingeführt oder alte ausgearbeitet; sie fuhr mit ihren Fingern durch sein Haar oder verlängerte die Küsse, die die Rolle verlangte; oder sie schmiegte sich in seiner Umarmung an seinen und wand sich bis zur Unanständigkeit um ihn. Auf zahllose, unfassbare Weisen schmeichelte sie ihm. Will erklärte, sie spiele ihn gegen den Manager aus, dessen Verhältnis zu ihr gespannt war, seit seine Frau sich eingemischt hatte. Bei allem wurde sie von ihrer Mutter unterstützt und angestiftet, die Will umschmeichelte und seine Lage noch zweideutiger machte. Meine eigenen Gefühle waren verwirrt; es war undenkbar, dass ich auf die Frau eifersüchtig sein könnte. Nein, sie weckte bei mir bloß Ekel. Auf meinen Mann eifersüchtig zu sein, zeugte von mangelndem Vertrauen, und er hatte mein Vertrauen in ihn nicht enttäuscht.

Eifersucht war mir immer als entwürdigendes und würdeloses Gefühl erschienen… Ich ärgerte mich über die Lage meines Mannes; ich wollte sein Unbehagen nicht noch vergrößern, indem ich ihn schikanierte. Als ich heiratete, hatte ich mir geschworen, nie eifersüchtig zu sein, wenn ich meinen

Mann mit einer anderen Frau auf der Bühne Liebe machen sah – vielleicht hatte ich in meinem Hinterkopf die Hoffnung, dass ich immer die andere Frau sein würde, seine Hauptdarstellerin. Trotzdem war ich entschlossen, die Prüfung ohne mit der Wimper zu zucken zu bestehen. Es war höchste Zeit, dass ich zu begreifen begann, dass die Umstände, mit denen ich konfrontiert war, nur ein Teil des Spiels waren – des *Spiels*! Das Wort erinnerte mich an Miss Burton. Ich wehrte mich blind und leidenschaftlich gegen diese Andeutung... Ich begann, mich vor Theaterbesuchen zu fürchten; oft, während ich mich schminkte, hefteten sich Margheritas Augen wehmütig auf mich – sie verrieten, wie sehr sie sich danach sehnte, mich zu trösten. Leider konnte ich nicht über das sprechen, was mich beunruhigte. Was sollte ich sagen? Es gibt Gefühle, die nie greifbar ausgedrückt werden können. Dann kam mir die Idee, meinen Mann zu bitten, aus der Firma auszutreten. Ich versuchte, die Frage aus materieller Sicht zu betrachten: Es würde nicht einfach sein, mitten in der Saison eine andere Anstellung zu finden, außerdem waren da die teuren Bahnfahrkarten zurück nach New York – wir waren damals auf Tour durch Kalifornien – und wahrscheinlich eine weitere Trennung ...

Vielleicht war es die Strapazen der harten Reise, oder vielleicht war es die Gewissheit meines Zustands, den ich bis dahin nur vermutet hatte, oder eine Kombination aus beidem, die mich die Selbstbeherrschung verlieren ließ. Ich hatte immer fest an den Einfluss der Suggestion auf das ungeborene Kind geglaubt, und die unreine Atmosphäre, in der ich lebte, nagte an meinem Verstand, bis es zu einer Obsession wurde. Ich begann, die Frau und ihre hexengleiche Mutter zu hassen. Wir hatten einige quälende Eisenbahnsprünge hinter uns, und der Schlafmangel machte sich bei jedem Mitglied der Truppe bemerkbar; die Hauptdarstellerin war mit Champagner anregend. Ihre Mutter stand mit Flasche und Glas in der Hand in den Kulissen und trug das Stärkungsmittel auf, wann immer das Mädchen von der Bühne kam. Eines Nachts, unter dem Einfluss des Weins, wurde sie in ihren Avancen gegenüber Will unverschämter; sie nahm sich Freiheiten heraus, die sogar ihre Mutter, die in den Kulissen zusah, vor Belustigung nach Luft schnappen ließen. Etwas, das sie mit gedämpfter *Stimme* zu ihrer Mutter sagte, drang an meine Ohren. Ich begann, sie zu beobachten. Im weiteren Verlauf der Handlung ging sie mit immer größerer Kühnheit auf die Einzelheiten ein, und als die Handlung erforderte, dass sie sich in Wills Arme warf, warf sie mir einen trotzig lachenden Blick zu und zwinkerte gleichzeitig ihrer Mutter – der alten Hekate mit den Flügeln – zu. Dann nagte sie an seinen Lippen wie ein Vampir, der Blut saugt.

Ich bin mir nicht sicher, ob ich auf das Zeichen reagiert habe, das sie einige Sekunden später in meine Arme brachte. (Wir waren verhaftete Nihilistenkollegen.) Der Kontakt ihrer Hand mit meiner ... Will sagte mir später, er hätte nie geglaubt, dass ich eine solche körperliche Stärke besäße. Ich würgte sie ... Ich trieb ihr meine Nägel ins Fleisch ... Ich zerrte sie zu den Flügeln und schlug sie mit meinen Fäusten ... Ich ließ die lange aufgestaute Wut an ihr aus ... Oh, die Schande, die Schande davon! Ich, die ich einen bösartigen Einfluss auf mein ungeborenes Kind ablehnte – ich, seine Mutter, war auf die Ebene einer Fischfrau herabgestiegen! ... Es war Margherita, die mich wieder zu Bewusstsein brachte; Sie war es, die mir einen Teil meiner Selbstachtung zurückgab. Ich glaube, sie war insgeheim zufrieden mit dem, was ich getan hatte.

Als sie an diesem Abend neben meinem Bett saß, erzählte sie mir etwas von sich. Als junges Mädchen besaß sie eine wunderbare Singstimme. Ihre Eltern – arme Italiener –, die als sie noch ein Säugling war, nach Amerika kamen, konnten sich keine richtigen Meister leisten. Sie ging auf die Bühne, um ihren Lebensunterhalt zu bestreiten, in der Hoffnung, genug zu verdienen, um ihre musikalische Ausbildung finanzieren zu können. Ihre Schönheit zog einen Mäzen „der Künste“ an; Zumindest wurde er in den Zeitungen so bezeichnet. Aber es war nicht Margheritas Kunst, die ihn interessierte – es war die Frau. Er betrachtete sein Geld als einen fairen Tausch für ihren Körper; Margherita war nicht bereit, den Preis zu zahlen. Sie kämpfte weiter und eines Tages, nach mehreren Jahren gefährlichen Daseins, strandete sie in einer Stadt im äußersten Westen, ohne Geld, ohne Freunde. In einem Zustand der Verzweiflung war sie an den Rand der Stadt gegangen und hatte sich dort in einem einsamen Wald niedergelassen, um über Leben und Tod zu entscheiden. In einem Moment der Ergriffenheit brach sie in ein Lied aus; Ihre aufgewühlte Seele fand Trost in Gounods *Ave Maria*. Am Ende brach ihre Stimme und sie schluchzte. Eine Hand wurde auf ihre Schulter gelegt. Es war eine große Hand, stark und sehnig. Der Mann, der dazugehörte, war groß – „durch und durch groß“, sagte Margherita stolz. Sie heirateten nicht lange danach; Seitdem war er an ihrer Seite und half ihr dabei, für eine saubere Karriere zu kämpfen ... und machte ihr Lebenswerk zu seinem ... Liebe Margherita! Ich kann dich jetzt sehen, mit deinen herrlichen schwarzen Augen, deinem Kranz aus rabenschwarzem Haar und den Mohnblumen über deinem hübschen Ohr ... Oh, wie schade das ist! Geschwächt durch die Strapazen und Entbehrungen, die ihr Leben mit sich brachte, starb sie einige Jahre später....

Als Will an diesem Abend das Zimmer betrat, hielt er ein Papier in der Hand. Es war unser Rücktritt. Seine Augen funkelten vor Humor, als er Margherita sagte, dass er den Stier bei den Hörnern packen und uns die Schmach einer Entlassung ersparen würde. Ich war froh zu sehen, dass er nicht böse auf mich war. Dann flüsterte Margherita ihm etwas ins Ohr. Er kam zum Bett und nahm mich in seine Arme, und was er sagte, betrifft nur einen Mann und eine Frau ... Margherita schlich sich davon, aber bevor sie ging, küsste sie uns beide und hatte Tränen in den Augen.

Auf dem Rückweg nach New York saßen Will und ich Hand in Hand und blickten auf das eintönige Stück Wüstenland. „Ich bin froh, dass es vorbei ist – ich bin froh, dass das nicht mehr in unserem Leben ist", wiederholte er und drückte meine Hand. „Es war faul!" Plötzlich brach er in Gelächter aus. Er fuhr lange und klangvoll fort. „Weißt du, Mädchen", sagte er, „weißt du, dass du mit etwas mehr Figur und zwei Zoll hohen Absätzen eine großartige Lady Macbeth abgeben würdest? Puh!" und er lachte wieder.

KAPITEL IV

Die Frage, Kinder zu bekommen, hatte mir schon so manche schlechte Stunde beschert. Mein Mann hatte das Gefühl, dass die Geburt eines Kindes zu Beginn seiner Karriere eine Belastung und ein Handicap sein würde; Sobald er etabliert sei und es sich leisten könne, ein Haus zu unterhalten, werde es Zeit genug sein, erklärte er. Seiner Meinung nach waren Kinder, die im Theaterberuf geboren und aufgewachsen waren, bestenfalls Opfer unnatürlicher Bedingungen. Es war nicht praktikabel, ein kleines Kind durch das Land zu tragen, und wenn man es der Obhut von Verwandten oder angestellten Betreuern überließ, wurde das Kind seines natürlichen Schutzes beraubt. Natürlich muss ich mich dazu entschließen, mich von dem einen oder anderen – meinem Kind oder meinem Mann – zu trennen, bis der Kleine alt genug zum Reisen ist.

Hier entstand ein weiteres kniffliges Problem. Kinder sind kleine menschliche Schwämme; Sie absorbieren die Atmosphäre ihrer Umgebung. Ein Bühnenkind ist gegen seine bösartigen Einflüsse ebenso wenig immun wie gegen einen Scharlach-Erreger. Sollte ich dann bereit sein, mein Kind Gefahren auszusetzen, die weitreichendere Folgen als nur körperliche Beschwerden haben, und das in einer Lebensphase, in der sich der Charakter formt? Mein Mann und ich diskutierten ausführlich über diese Probleme und kamen schließlich zu dem Schluss, dass es der klügste Weg sei, das Beste daraus zu machen, da das Unvermeidliche eingetreten sei. Ich frage mich, wie viele Kinder im gleichen Geist gezeugt werden? Wie viele Geburten sind auf einen Unfall zurückzuführen? Wie wenige planten mit dem Wunsch, dem kleinen Fremden das Beste aus Fleisch und Geist zu schenken? Kann der Einfluss einer unerwünschten Empfängnis auf das Kind selbst jemals berechnet werden? Können kriminelle Tendenzen und moralische Verfehlungen nicht auf eine solche Quelle zurückgeführt werden? Wenn ich am Anfang einer fehlgeleiteten Stimmung schuldig war, machte ich mir vorgenommen, das Unrecht zu korrigieren, während die Wochen zu Monaten wurden. Ich ärgerte mich nicht mehr über die Trennung; Ich lebte in einer Art spiritueller Erhebung. Meine Pläne und Träume für die Zukunft wurden nun auf die Geburt meines Kindes übertragen.

Will hatte das Glück, fast sofort ein weiteres Engagement zu bekommen. Sein Erfolg verschaffte ihm die Chance, die er sich am meisten gewünscht hatte, und im Frühherbst spielte er sein erstes Engagement als Hauptdarsteller einer New Yorker Produktion. Die Truppe hatte ihre Premiere außerhalb der Stadt; in der Theatersprache nennt man das „es auf die Schippe nehmen".

Unser Junge wurde während Wills Abwesenheit geboren. Es muss für Will sehr schwer gewesen sein, gleichzeitig die nervöse Anspannung einer Uraufführung und die Sorge um meine Krankheit zu ertragen. Ich war alleine ins Krankenhaus gegangen. Will hatte die Vorkehrungen getroffen, bevor er die Stadt verließ. Er sagte, er würde sich besser fühlen, wenn er wüsste, dass ich in erfahrenen Händen wäre und nicht der Gnade eines Hausverwalters ausgeliefert wäre. Es schien grausam, in einer solchen Zeit allein zu sein. Ich weinte ein wenig, als die große, fröhliche Krankenschwester meinen Jungen hielt, damit ich ihn küssen konnte ... Ich wollte Wills Arme um mich legen, da ich mich noch nie zuvor – oder danach – danach gesehnt hatte ... Der kleine Kerl hatte schwarze Haare wie Wills , und seine Stirn wölbte sich auf die gleiche Weise. Ich hatte Wills Stirn immer bewundert ...

Das Baby war sechs Wochen alt, als sein Vater es zum ersten Mal sah. Ich lachte, als er den Jungen in seinen Armen hielt – er wirkte so unbeholfen. Nach einer erfolgreichen New Yorker Eröffnung beruhigte sich das Stück. Wir zogen von unserem möblierten Zimmer in eine Wohnung. Es fiel Will schwer, mit einem schreienden Baby im selben Zimmer zu schlafen. Als das Kind zur Welt kam und die neue Position des „vorderen“ Wills es erforderte, war es schwierig, beide Ziele zu erreichen; Lange Zeit erledigte ich die Hausarbeit außer dem Waschen, aber als meine Gesundheit nachließ, zwang mich Will, einen Diener einzustellen.

Will mochte unseren kleinen Jungen sehr. Schon als kleines Baby zeigte das Kind seine Vorliebe für seinen Vater; Er würde aufhören zu weinen, sobald er Wills Stimme hörte. Tatsächlich glaube ich, dass es das Kind war, das ihn an mich drückte, als die Versuchung ihn in ihrer attraktivsten Form lockte.

Es gab jede Menge Versuchungen; sein Erfolg war uneingeschränkt gewesen. Die Kritiker feierten ihn als jungen Mann mit großer Zukunft. Seine Bilder erschienen in den Zeitschriften und in den Bildbeilagen der Sonntagszeitungen. Er trat einem Schauspielerclub bei, wo er an Matinée-Tagen speiste. Wills Familie entwickelte einen Stolz auf ihn, den sie bisher sorgfältig unterdrückte. Sie hatten unsere Heirat entschieden missbilligt, als es angebracht erschien, sie ihnen mitzuteilen. Meine Einführung in die Familie während der Woche, in der unsere spät beklagte Kompanie in Wills Heimatstadt gespielt hatte, war angespannt und unbefriedigend. Jetzt jedoch bereitete der Anblick des gedruckten Familiennamens Wills Vater ungetrübte Freude, der mit größerem Eifer als Will selbst Zeitungsausschnitte für Wills Sammelalbum sammelte. Will sagte, dieses plötzliche Interesse erinnere ihn an eine Geschichte, die er im Club gehört hatte. Es lief so:

Ein hübscher junger Ire aus bescheidenen Verhältnissen sehnte sich schon lange nach dem Rampenlicht. Da er sich nicht länger zurückhalten konnte, vertraute er seiner Mutter seine Ambitionen an. Die alte Dame war eine eifrige Kirchgängerin und betrachtete die Bühne als einen schnellen Abgrund ins Verderben.

„Jimmie, Jimmie, mein Junge! Und du willst Schauspieler werden? Und du willst deiner alten Mutter Schande bereiten und dem guten Namen deines toten Vaters Schande bereiten!"

Die alte Dame wiegte sich in ihrem Kummer hin und her. Vergeblich versuchte Jimmie, sie zu beruhigen. Schließlich kam ihm die Idee.

„Aber, Mutter, Mutter, Liebling", streichelte er, „ich werde keine Schande über deinen Namen bringen – du weißt, dass Schauspieler immer ihren Namen ändern, wenn sie auf die Bühne gehen, und niemand wird jemals wissen, wer ich bin."

Die alte Dame hörte auf zu stöhnen und schwieg einen Moment.

„Aber, Jimmie", protestierte sie, „Jimmie, angenommen, du würdest ein großer Mensch werden, angenommen, du würdest ein großer Löwe werden, und dein Bild wäre in allen Zeitungen und würde die Zäune schmücken ... wie sollen sie dann wissen, Jimmie, dass du mein Sohn bist?" ...

Bei einer Matinee sah ich Will zum ersten Mal in seiner neuen Rolle. Es war das erste Mal seit unserer Hochzeit, dass ich weder seinen Text gehört noch ihm bei seinen Kostümen geholfen hatte. Er hatte mir alles über das Stück erzählt, und ich kannte das Stichwort für seinen ersten Auftritt fast so gut wie er selbst. Mein Herz klopfte so heftig und schnell, dass ich befürchtete, mein Nachbar würde erraten, wer ich war. Sein Auftritt wurde mit einem Applaus in behandschuhten Händen begrüßt, begleitet von Ausrufen wie „Da ist er!", „Ist er nicht ein Schatz!" ... „Warten Sie nur, bis Sie sehen, wie er Liebe machen kann!" Ich muss gestehen, dass ich kaum wusste, ob ich stolz oder empört sein sollte. Die Vertraulichkeit, mit der sie über ihn sprachen, ging mir auf die Nerven; ich ärgerte mich über den besitzergreifenden Ton. Dann lächelte ich über meine Albernheit, denn mir wurde klar, dass genau dieses Interesse Popularität verschaffte, das wertvollste Gut des Schauspielers. Ich hörte dem Schwärmen der Matinee-Mädchen und ihren Diskussionen über das Privatleben der Theaterleute mit ziemlicher Belustigung zu.

Als ich aus dem Theater kam, hörte ich eine Frau eine andere fragen, ob Will verheiratet sei. Ich fragte mich, welchen Unterschied das für seine Popularität machen würde.

Nach der Matinée ging ich zurück in Wills Umkleidekabine. Will hatte etwas geplant, was er einen kleinen Ausflug nannte. Wir sollten gemeinsam in einem Restaurant speisen – ein Vergnügen, das wir uns oft nicht leisten konnten. Während Will sich wusch, erzählte ich ihm die schönen Dinge, die ich gehört hatte. Ich habe vorausgesagt, dass er ein wahres Matinée-Idol werden würde – ein Begriff, den er verachtete. Auf seinem Schminktisch lagen einige Briefe. Ich hob sie müßig auf; Will folgte meiner Aktion.

„Lesen Sie sie", sagte er. „Sie werden sich amüsieren. Es sind meine ersten Liebesbriefe." Sein Lächeln war so schelmisch, dass ich zurücklachte. Einige der Briefe waren unschuldig genug, in mädchenhafter Handschrift geschrieben, mit der Bitte um Autogramme und signierte Fotos. Ein oder zwei fragten Will nach seinem Rat bezüglich einer Karriere auf der Bühne, und da war einer von einer Zahnpulverfirma, die das Recht haben wollte, Wills Bild zu verwenden, auf dem seine Zähne zu sehen waren. Es gab einen – einen nach Veilchen duftenden Brief auf feinem Leinen, geschrieben in der großen, lockeren vertikalen Kritzelei, die so sehr von eleganten Frauen bevorzugt wird – ohne Unterschrift. Er lautete wie folgt:

„Wenn Sie diese etwas unkonventionelle Art, Ihre Bekanntschaft zu machen, verzeihen, mein lieber Mr. Hartley, würde ich mich sehr freuen, Sie nach der Matinée zum Tee bei Sherry's begrüßen zu dürfen (andere Getränke nicht ausgeschlossen). Ich war anwesend am Eröffnungsabend Ihres Stücks und war von Ihrer großartigen schauspielerischen Leistung ganz hingerissen. Wo *habe* ich seit der Premiere jeden Samstag die Matinée für die rechte Hand besetzt? Schmeichele ich mir, dass ich Ihnen beim Fallen des Vorhangs ein- oder zweimal aufgefallen bin? Kommen Sie doch, Mr. Hartley.

Als ich den Brief zusammenfaltete und wieder in den Umschlag steckte, fiel mir ein, dass Will mehrere Male zur rechten Proszeniumsloge geblickt *hatte*.

„Ich glaube, ich setze dich in ein Auto und schicke dich nach Hause", begann Will, aber etwas in seiner Stimme strafte seine Worte Lügen, und ich machte ihm einen frechen *Moué* . „Wie gefällt es dir, mit einem Matinee-Idol verheiratet zu sein?", fragte Will und gab seinem Kleid den letzten Schliff.

Ich antwortete nicht. Ich stellte mir die gleiche Frage.

KAPITEL V

WIRD leicht Freunde finden. Vielleicht wäre es besser, das Wort „Bekannte" zu verwenden. Jedenfalls dauerte es nicht lange, bis er mehr Einladungen erhielt, als er annehmen konnte. Er wurde aufgefordert, seine Dienste für wohltätige Zwecke anzubieten, aber ich bemerkte, dass diese Hostessen ihn nie in ihren Häusern empfingen. Es muss gesagt werden, dass Will selten eine Einladung annahm, bei der ich nicht dabei war, obwohl ich oft erkannte, dass ich als notwendiges Übel eingeladen wurde. Nach dem Abendessen spielten die Gäste ausnahmslos Poker, und ich hatte keine Ahnung von Karten. Die späten Stunden zehrten an meinen Kräften und mein Junge wachte immer früh am Morgen auf. Manchmal fanden die Abendessen in einem bekannten Restaurant wie Rector's oder Martin's statt. Für solche Anlässe fehlte mir die richtige Kleidung; Will musste sich unbedingt gut kleiden, und ich wollte nicht, dass man sagte, seine Frau sei schäbig. Die anderen Frauen trugen wunderschöne Kleider und viel Schmuck.

Nachdem ich den ganzen Winter lang diese Partys besucht hatte, konnte ich eine bestimmte Gruppe von der anderen unterscheiden. Es gibt eine elegante Gruppe, eine schnelle Gruppe und eine lockere Gruppe, die, obwohl man von keiner von ihnen sagen kann, dass sie strenggenommen „in der Gesellschaft" ist, eine Art Blaskapellenanhängsel oder Randgruppe bilden und sich nur in ihren Abstufungen – oder Degradierungen – der moralischen Laxheit voneinander unterscheiden. Es ist die lockere Gruppe, zu der sich der Schauspieler hingezogen fühlt oder zu der er neigt. In dieser besonderen Schicht findet man den Künstler, den Journalisten, die Geschiedene und die Doppelhausfrau, deren Namen Legion sind. Die Dame, die eine schöne Wohnung unterhält und großzügig Gäste bewirtet, ist wahrscheinlich eine „ausgehaltene" Frau mit einer zweideutigen Vergangenheit. Gelegentlich findet man eine mehrfach geschiedene Frau mit Geld, die die Gönnerin eines mittellosen Liedermachers oder gutaussehenden Schauspielers mit mehr Muskeln als Verstand spielt. Aber die „ausgehaltene" Dame überwiegt. Sie ist allgegenwärtig. Sie kleidet sich modisch, ist Stammgast in den schicken Restaurants und ein eingefleischter Premierengast. Ihr „besonderer Freund" ist vielleicht ein verheirateter Mann der Sorte „meine Frau versteht mich nicht", oder er ist einer der „Schnell-reich-werden-Flüchtigen", die am finanziellen Horizont ins Nichts fahren. An diese Gruppe wendet sich die stallgefütterte Frau der Freizeitklasse, um ihren abgestumpften Appetit anzuregen. Und „Sunday AT HOME" einer Gastgeberin erinnert stark an den „Nachruf" eines Town Topics. Individuell und kollektiv sind sie verdorben. Sie verwechseln die sexuelle Hitze, die durch Cocktails und andere alkoholische Getränke geweckt und angeregt wird, mit echter Liebe und Leidenschaft und suhlen sich nach Herzenslust im erotischen Sumpf.

Niemand kritisiert; niemand kümmert sich darum; je schneller das Tempo, desto größer die Freude.

Bei diesem Thema kam es zum ersten Mal zu einem echten Streit zwischen meinem Mann und mir. Er hatte den moralischen Ton einer kürzlichen Dinnerparty ziemlich leichtfertig kommentiert. Wir kamen auf die gesellschaftliche Stellung der Schauspieler zu sprechen. Mir war aufgefallen, dass der Schauspieler, mit ein oder zwei bemerkenswerten Ausnahmen, von „unseren besten Leuten" nicht empfangen wird. Sicher gibt es außerhalb von New York ein paar Städte, in denen recht angesehene Familien, gelangweilt von der tristen Routine der konventionellen Gesellschaft, den Schauspieler als eine Art *pikante Beilage* zu ihrem eintönigen Leben unterhalten. Aber das ist die Ausnahme und nicht die Regel. Will missverstand meine Motive völlig und verteidigte seinen Beruf mit blindem Vorurteil. Danach bat er mich nicht mehr, ihn zu den verschiedenen Veranstaltungen zu begleiten. Es wurde ganz normal, dass er mich vom Club aus anrief, um mir mitzuteilen, dass er erst spät am Abend nach Hause kommen würde. Es tat mir leid, dass ich mich Will gegenüber so deutlich ausgedrückt hatte; wenn ich ihm nur verständlich machen könnte, dass ich von ihm wollte, dass er seinem Besten treu bleibt … Es schmerzte mich, zu hören, wie er abschätzig über die Frauen sprach, mit denen er Umgang pflegte und immer noch mit ihnen verkehrte.

Miss Burton war jetzt eine häufige Besucherin in unserem Haus. Sie verehrte den Jungen und brachte ihm immer ein Geschenk mit, wenn sie kam. Sie nahm es auf sich, mir Vorwürfe zu machen, weil ich nicht mit Will ausging, und erklärte, ich würde ihn verwöhnen und ihn selbstsüchtig machen. Ich dachte über das nach, was sie gesagt hatte, und beschloss, dass ich mit Will gehen würde, wenn er mich das nächste Mal fragen würde. Außerdem begann ich, einen eigenen kleinen Kreis zu bilden. Es gab einen Bildhauer, zu dem ich mich besonders hingezogen fühlte. Er war ein Produkt des Westens und bereitete sich darauf vor, zum Studium ins Ausland zu gehen. Ich hatte schon immer eine Vorliebe für Bildhauerei gehabt, und während meines erzwungenen Ruhestands vergnügte ich mich damit, mit Ton zu modellieren. Eine Babyhand, die ich gemacht hatte, erregte seine Aufmerksamkeit, als er Will eines Tages besuchte. Er riet mir, meine Bemühungen fortzusetzen. Miss Burton schickte mir ein wundervolles Outfit und ich begann ernsthaft mit meiner Bildhauerarbeit. Mein Bildhauerfreund brachte andere Freunde mit, und es wurde für mich zur Gewohnheit, meine Freunde am Sonntagnachmittag zu empfangen. Ich sah, dass Will meine kleinen Partys genoss, obwohl sie einfach waren und ich keine Ansprüche stellte.

Eines Tages – es war zur Weihnachtszeit – schickte mir Miss Burton ein wunderschönes Kleid. Dem Paket lag eine charakteristische Nachricht bei: Sie bat mich, das Kleid anzunehmen und mich nicht gekränkt zu fühlen, denn sie sei völlig pleite und könne es sich nicht leisten, mir ein „anständiges"

Weihnachtsgeschenk zu machen. Das Kleid, sagte sie, sei von der Schneiderin verdorben worden, die es viel zu eng gemacht habe, und sie würde sich freuen, wenn ich es mit ihrer Liebe annehmen würde …

Es war so hübsch – ganz cremeweiß und flauschig, und über das Netz waren kleine rosa Blumen verstreut. Ich zog es an … und als ich mich im Spiegel betrachtete, war ich mit meinem Spiegelbild ganz zufrieden. Weiß stand mir immer gut … Ich erzählte Will nichts von meinem Geschenk, aber als er das nächste Mal beiläufig eine Einladung zum Abendessen erwähnte, nahm ich sie mit einer Bereitwilligkeit an, die ihn überraschte.

Als der Sonntag kam, zog ich mich mit der Aufregung eines Verschwörers an, und als Will mich rief, um ihm mit seiner Krawatte zu helfen, betrat ich sein Zimmer mit einer Unbekümmertheit, die eines Sterns würdig gewesen wäre. Will war entzückt über mein Aussehen.

Als wir das Haus unserer Gastgeberin betraten, verspürte ich nicht mehr das Bedürfnis, mich zu verstecken; stattdessen fühlte ich mich ganz Herrin meiner selbst. Es ist wunderbar, welchen Unterschied Kleidung auf die Gefühle eines Menschen machen kann. Miss Burton erzählte mir einmal, dass sie, wenn sie Pech hatte und deprimiert war, sofort auf Modesünden ging. Sie kaufte alles, was sie sah. Ihre neuen Kleider stellten ihre Selbstachtung wieder her, und irgendwie, auf irgendeine Weise, ergab sich eine gute Verlobung, die ihr half, ihre Verschwendungssucht zu bezahlen.

Wir kamen etwas spät an, und als ich aus dem Schlafzimmer herunterkam, wo ich meinen Umhang gelassen hatte, wurde gerade die zweite Runde Cocktails gereicht. Will stand am Fuß der Treppe und unterhielt sich mit seiner Gastgeberin. Eine große nackte Gestalt mit sanft abgeschirmten Lichtern schmückte den Pfosten und schützte mich vor der Sicht der Frau, die mit Will sprach.

„Du hübscher Hund!" Ich hörte sie sagen. „Was hast du mit Alice gemacht? Sie ist verrückt geworden – droht, ihren Mann zu verlassen, und trinkt wie ein Fisch!"

„Ich habe nichts getan", begann Will, aber in diesem Moment sah mich unsere Gastgeberin und stieß Will an, der sich zu mir gesellte und wir den Salon betraten.

Ich spürte Wills fragenden Blick auf meinem Gesicht, aber ich sah ihn nicht an; Stattdessen reichte ich eher impulsiv meine Hand meinem Bildhauerfreund, der allein dastand, und ich bemerkte den wiederkehrenden Druck erst, als mein Ehering ins Fleisch schnitt und mich zusammenzucken ließ. Ich fragte mich, wer „Alice" sein könnte und was Will mit ihr zu tun hatte. Der „Freund" unserer Gastgeberin war anwesend. Er war ein Mann mittleren Alters mit rötlicher Gesichtsfarbe, eisengrauen Haaren und einem kurzgeschnittenen Schnurrbart. Ich hatte ihn einmal auf der Pferdeschau in einer der Logen gesehen, und man hatte ihn mir als prominenten Eisenbahner vorgestellt. Er begrüßte Will lautstark.

„Hallo, Hartley“, schrie er, „du bist zu spät dran. Ich nehme an, du wolltest einen wirkungsvollen Auftritt hinlegen!“

Am Tisch saß ich neben dem Bildhauer; Auf der anderen Seite war ich ein Zahnarzt, der berühmt geworden war, weil er aus einem bestimmten europäischen Land ausgewiesen worden war, wo er eine erfolgreiche Praxis eröffnet hatte. Eine *Liaison* mit der Frau eines dem Thron nahestehenden Mannes hatte zu seinem Sturz geführt, und er war in sein Heimatland zurückgekehrt, um von der Gruppe, in der wir jetzt reisten, mit offenen Armen empfangen zu werden. Er hatte ein Gesicht, wie ich es mir von Molière für sein Tartuffe vorgestellt hatte; seine Stimme war streichelnd und machte mich schläfrig. Mir gegenüber saß ein bekannter Star. Er war berühmt für seine Anziehungskraft. Obwohl ich es nicht erkennen konnte, muss es so etwas gegeben haben, denn jede führende Frau, die sich mit ihm beschäftigte, erlag früher oder später seinem Charme. Ich selbst kannte ein Mädchen, dessen Leben fast ruiniert war, als er sich mit einer anderen Frau, die sich seiner Kompanie angeschlossen hatte, einließ, um ein besonderes Engagement zu spielen. Dieses Mädchen war eines der hübschesten, die ich je gesehen habe; Sie wurde von einer gefälligen Mutter „beaufsichtigt“. Dieser unwiderstehliche Herr war verheiratet, aber seine Frau weigerte sich, mit ihm zusammenzuleben und ließ sich im Ausland nieder. Um der Kinder willen weigerte sie sich, sich von ihm scheiden zu lassen.

Neben der Gastgeberin saß eine komische Opernsängerin. Der Zahnarzt, der davon ausging, dass ich die Situation kannte, fragte mich *sotto voce*, wie lange es meiner Meinung nach dauern würde, bis „Papa in die Tiefe stürzte“. Als ich zugab, dass ich ihm nicht folgen konnte, klärte er mich auf. Die Gastgeberin war von der Sängerin fasziniert, die so arm war wie Hiobs Truthahn, und während ihr Beschützer abwesend war (er war verheiratet und hatte mehrere erwachsene Kinder), tröstete sich die Dame mit Liedern. Diese lockere, sachliche Art und Weise, wie über diese Themen gesprochen wurde, die völlige Zurückhaltung der Geschlechter schockierte mich nicht mehr. Ich war kurz davor, meinen illegalen Nachrichtenlieferanten zu fragen, ob er mir sagen könne, wer Alice sei; Stattdessen wandte ich mich an den gelangweilten Mann zu meiner Rechten, und nach und nach brachte ich ihn dazu, mir von seinen Ambitionen, seiner Arbeit und seinen Lebensvorstellungen zu erzählen. Ich stellte fest, dass wir viel gemeinsam hatten.

Während wir redeten, kam es am anderen Ende des Tisches zu einem lauten Streit.

„Das würde ich keine Minute ertragen!", ertönte die Stimme unserer Gastgeberin und ich sah, wie sie der Sängerin einen bedeutungsvollen Blick zuwarf.

„Fragen Sie die Frau eines Schauspielers! Fragen Sie Mrs. Hartley!", brüllte der Gastgeber. „Mrs. Hartley?"

„Ja?", antwortete ich, ohne das Gesprächsthema zu kennen.

„Entschuldigen Sie, dass ich ein so interessantes Gespräch unterbreche, Calhoun", sagte er mit übertriebener Höflichkeit zu meinem Bildhauerfreund. „Ich gebe sie Ihnen gleich zurück … Mrs. Hartley, die Damen möchten wissen, wie es sich anfühlt, Ihrem Mann dabei zuzusehen, wie er mit einer anderen Frau Liebe macht?"

Ich begegnete Wills Blick. Zu einem anderen Zeitpunkt wäre ich verlegen gewesen. Heute Abend jedoch verspürte ich eine seltsame Selbstbeherrschung.

„Oh je, was für eine alte Kastanie!" Ich antwortete leichtfertig. „Ich glaube, das ist das neunhundertneunundneunzigste Mal, dass ich diese Frage in dieser Saison beantwortet habe." Mir fiel auf, dass meine Stimme einen gelangweilten Ton annahm.

„Nun, sagen Sie es uns!" drängte mein Gastgeber.

„Um die Wahrheit zu sagen", begann ich, „ich denke nie darüber nach."

Wills Augen funkelten; Er saß am anderen Ende des Tisches zwischen zwei Stallburschen.

„Das gehört zum Geschäft", fuhr ich fort, „so wie es zur Routine eines Geschäftsmannes gehört, seiner Schreibmaschine zu diktieren. Verdächtigt jede Frau den Stenographen ihres Mannes?"

"Ja ja!" kam der Refrain von den krummlinigen Herren am anderen Ende des Tisches.

Ich zuckte mit den Schultern. „Also gut, da Sie, meine Herren, sich nicht benehmen, ist es meiner Meinung nach die Aufgabe der Frauen, dafür zu sorgen, dass Sie es tun!" Ich setzte mich. Ich schämte mich für meine Vulgarität. Unser Gastgeber brachte einen Toast aus und stand auf. „Auf unsere Frauen und Liebsten – mögen sie sich nie begegnen!"

Es wurde weiter gelacht. Der Zahnarzt murmelte etwas über moosbewachsene Witze, und die Gastgeberin fragte, warum Ehemänner und Liebhaber ausgeschlossen seien. Ich spürte, wie sich meine Mundwinkel nach unten zogen, und vergrub meine Lippen in der American Beauty-Rose, die der Bildhauer aus dem Tafelaufsatz gestohlen hatte.

Wahrscheinlich war es das häufige Nachfüllen der Weingläser, das den Zahnarztarzt dazu brachte, seine ganze Faszination auf mich zu richten. Er kam immer näher, bis sogar die Gastgeberin seine Bemühungen bemerkte; sie fand es komisch. Schließlich schob er seine Hand unter den Tisch und ließ sie auf meinem Knie ruhen. Ich stand auf und bat den Bildhauer, mit mir den Platz zu tauschen. Ich glaube, er verstand, denn als ich an ihm vorbeiging, sagte er leise und eindringlich zu mir: „Nervt Sie dieses Biest?" Ich antwortete nicht. In meiner Verwirrung stieß ich ein Glas Wein um, und der Weinhändler am anderen Ende des Tisches sagte mir, es täte ihm leid, dass mir sein Wein nicht schmeckte.

Im Verlauf des Abendessens wurden einige pikante Geschichten ausgetauscht. Die Zeit, die wir am Tisch verweilten, schien endlos zu sein. Herr Calhoun sagte mir, ich solle einen Schluck Brandy trinken, da ich ganz blass werde. Er konnte natürlich nicht erkennen, dass mir in diesem Moment plötzlich aufgefallen war, dass Wills Begleiter ganz in Schwarz gekleidet war und Gardenien trug. Einen Moment später hatte die Gastgeberin sie „Alice" genannt. ... Sie starrte Will mit weinroten Augen an, ihr Atem ging in schnellen, kurzen Keuchen, und ich bemerkte, dass seine rechte und ihre linke Hand unter dem Tisch lagen ...

Als wir den Tisch verließen, hatte ich Mr. Calhoun gefragt, wie spät es sei. Als er mir sagte, es sei nach elf, rannte ich schnell die Treppe hinauf in das Zimmer, in dem ich ein Telefon gesehen hatte. Ich hatte die Angewohnheit, meinen Jungen jeden Abend um halb zehn zu wecken, um ihm etwas zu essen zu geben. Er wurde um fünf Uhr ins Bett gebracht, und die Zeit zwischen diesem Zeitpunkt und dem Morgen war zu lang, um ohne Essen auszukommen. Ich wollte mein Zimmermädchen fragen, ob sie sich an meine Anweisungen erinnert hatte. Das Telefon befand sich in einer Art Schrank neben dem Schlafzimmer der Gastgeberin; hinter dem Schlafzimmer lag ihr Boudoir, das durch eine Tür vom Flur aus zu erreichen war. Ich war mit meiner Nachricht fertig und wollte gerade nach unten gehen, wo das Singen begonnen hatte, als ich jemanden das Boudoir dahinter betreten hörte. Ich blieb stehen und wich zurück, warum, weiß ich nicht. Einen Moment später waren Schritte auf der Treppe zu hören, und Will betrat das Zimmer. Er kam schnell und begann sofort zu sprechen.

„Meine liebe Alice", sagte er, „diese Sache kann nicht weitergehen. Du machst mich und dich selbst lächerlich. Das erste, was du weißt, ist, dass dein Mann sich darauf einlässt, und der Teufel wird dafür bezahlen müssen!" "

„Das stimmt! Mach es mir schwerer", antwortete die Frau. „Warum ziehst du immer meinen Mann ins Gespräch? Du weißt, wie es zwischen uns ist. Wir haben jahrelang nicht mehr als Mann und Frau gelebt. Er hat mich nie verstanden und ich kann mit ihm nicht mehr weitermachen. Ich habe gewonnen." 't-das ist alles!'

Es gab eine Pause, bevor Will erneut sprach.

„Komm schon, mach nicht so weiter, jeder wird wissen, was passiert ist. Du wirst dir die Augen verderben."

Noch eine Pause. Ich denke, dieses Schweigen war am schwersten zu ertragen ...

„Sie hatten kein Recht, es so weit kommen zu lassen, wenn es Ihnen egal war", fuhr die Frau verärgert fort.

„Bis jetzt? Wie meinst du das? Es gab nichts, wofür du dich schämen müsstest – nichts, was du deinem Mann nicht sagen könntest, wenn es darauf ankäme", antwortete Will.

Die Frau lachte wütend. „Ist das so? Ich nehme an, Sie zählen ein paar Autofahrten und ein paar Abendessen nebenbei, nichts. Ich nehme an, es würde Ihnen nichts ausmachen, Ihrer Frau zu sagen, dass Sie mich in Ihren Armen gehalten und meine Augen und meine Haare geküsst haben ...“ ."

„Mein Gott! Keiner von uns hat etwas Falsches gemeint! Wir haben uns nur ein paar Minuten hinreißen lassen – du bist ein faszinierender Teufel – und der Wein hat einigen geholfen … Nun, tun Sie das nicht, tun Sie nichts von dieser dummen Sache mit mir ...“

Was machte sie, fragte ich mich? Hatte sie vor, ihn zu töten oder sich selbst? Da wäre ich fast losgegangen, um Will zu retten – sie lachte.

„Puder dir die Nase und lass uns runtergehen. Jemand wird unsere Abwesenheit bemerken."

Offensichtlich gehorchte sie, denn es entstand eine weitere Pause.

„Um deine Frau brauchst du dir keine Sorgen zu machen", sagte sie. „Der Riese aus dem Westen hält sie auf Trab. Behalte ihn lieber im Auge."

Will antwortete nicht. Das Blut, das mir in den Kopf schoss, schienen meine Trommelfelle zu platzen.

Sie kamen auf den Flur hinaus. Am oberen Ende der Treppe blieb sie stehen.

„Ich nehme an, es macht Ihnen Spaß, die Liebe der Frauen zu gewinnen", sagte sie.

„Meine liebe Frau, Sie lieben mich nicht; ich bilde mir nicht so viel ein."

Sie lachte höhnisch.

Würden sie nie gehen?

„Gib mir einen Gutenachtkuss und auf Wiedersehen“, flüsterte sie halb.

„Das ist das Letzte“, antwortete er, „das Letzte, vergiss es nicht.“

Als sie sich an ihn klammerte, ertönte ein unterdrückter Schrei, und ich sah, wie Will sich losließ und die Stufen hinunterrannte. Ein paar Minuten später folgte sie. Ich ging die Dienstbotentreppe hinunter und betrat das Esszimmer von der Speisekammer des Butlers aus. Als Will nach mir suchte, trank ich gerade Brandy-Frappée mit dem Weinhändler ... In dieser Nacht schlief ich auf einer Couch neben dem Kinderbett meines Jungen.

KAPITEL VI

NACH dieser denkwürdigen Dinnerparty war zwischen Will und mir nicht mehr ganz dasselbe. Ich bin mir jedoch sicher, dass Will sich dieser Tatsache nicht bewusst war. Er ging wie immer umher. Zu diesem Zeitpunkt erkrankte der Junge an Scharlach. Die erzwungene Quarantäne verhinderte jegliche Intimität zwischen meinem Mann und mir. Ich habe die Isolation begrüßt. Meine Gefühle hatten sich von dem blauen Fleck, den ich erlitten hatte, noch nicht erholt. Wie oft hatte ich die Szene noch einmal durchlebt, der ich widerwillig zugehört hatte! Ich machte mir Vorwürfe, weil ich mich nicht sofort gemeldet hatte. Ich entschuldigte mich mit der Begründung, dass dies Will in eine lächerliche und peinliche Situation gebracht hätte. Aus irgendeinem unerklärlichen Grund war mir die Vorstellung, meinen Mann in Verlegenheit zu bringen, zuwider. Mein Groll richtete sich gegen die Frau. Ich war mir sicher, dass sie die Schuld trug. Ich erfand alle möglichen Ausreden für Will und erkannte gleichzeitig, dass es sich um reine Erfindungen handelte. Ich konnte mich nicht dazu durchringen, meinen Mann zu küssen – zumindest nicht für eine lange, lange Zeit. Seine Arme symbolisierten keinen Zufluchtsort mehr. Wie völlig elend war ich – wie einsam und herzhungrig! Nur ein heftiger Kampf mit meiner Selbstachtung hielt mich davon ab, mich in die Arme meines Mannes zu werfen und meinen Schmerz an seiner Brust auszuschreien.

Nachdem Boy sich erholt hatte, bemerkte Will eines Tages, dass ich müde aussehe. Er meinte, ich würde zu nah drinnen bleiben – würde ich ihn nicht ein wenig begleiten … Ich kribbelte am ganzen Körper. Ich traute mir nicht, ihn anzusehen. Stattdessen zwang ich mich zu einem Lächeln und schüttelte verneinend den Kopf.

„Ich schätze, der Haufen gefällt dir nicht", fragte er.

„Ich fürchte, ich bin nicht einmal ein bisschen sportlich", antwortete ich.

Er sah mich aus dem Augenwinkel an. Der Blick war charakteristisch für Will. Oftmals hatte ich denselben Gesichtsausdruck gesehen, wenn ihn jemand auf der Straße oder in einem Restaurant erkannt hatte. Es war eine seltsame Mischung aus jungenhaftem Selbstbewusstsein und übertriebener Unbekümmertheit.

Mit Beginn des Sommers begann die alljährliche Jagd nach einer Verlobung. Ein Spaziergang entlang des als Rialto bekannten Teils des Broadway in den ersten Monaten des hitzigen Semesters hinterlässt den Eindruck, dass es zu einer Aussperrung des gesamten Theaterberufs gekommen ist. Schauspieler blockieren die Ecken und säumen die Gehwege. Das Angebot übersteigt die Nachfrage bei weitem. Jahr für Jahr machen sie die mühsamen Runden durch die Agenturen. Die Saison folgt auf die Saison, wobei viele von ihnen nur ein paar Wochen im Einsatz sind. Man wundert sich, dass die Vergänglichkeit seines Berufs den Schauspieler nicht zu anderen Berufen treibt – vielleicht wäre „Handwerk" das bessere Wort, da die Basis besser für Klempnerarbeiten als für die Schauspielerei geeignet ist. Die Mikrobe, die den Schauspieler infiziert, hat eine ebenso tödliche Wirkung wie die Tsi-tsi-Fliege. Es erzeugt ein übertriebenes Ego, von dem sich das Opfer nie erholt. Das einzige Linderungsmittel ist das Rampenlicht. Der Rückzug von der Bühne ist nie dauerhaft. Abschiedstouren prominenter Spieler dauern wie der Bach ewig. Es ist der Geist der Fantasie, von dem der Schauspieler durchdrungen ist und der ihn dazu bringt, selbst vor seinen Mitbrüdern eine Fassade zu machen. „Für die nächste Saison unterschrieben?" man hört zu und drängt sich durch die Menge.

„Nein, noch nicht – ich habe mehrere gute Angebote bekommen, aber nicht genau das, was ich will. Ich habe es nicht eilig", und er wirbelt seinen Stock mit lässiger Miene herum, obwohl er vielleicht nicht genug Geld für die Verpflegungsrechnung der nächsten Woche hat. Und so geht es weiter, ad infinitum. Sein Reich ist das des Bluffs.

Will gehörte zu den Glücklichen. Nach wochenlangem Feilschen um das Gehalt wurde er von „Amerikas führendem Produzenten" engagiert. Schauspieler mit etablierter Position – „etabliert" ist hier nur eine Redensart, denn die Position des Schauspielers ist bestenfalls eine aleatorische – verlangen normalerweise, das Stück zu lesen, bevor sie einen Vertrag unterschreiben. In diesem Fall verzichtete Will auf dieses Privileg. Über den Charakter des Stücks wurde absolutes Stillschweigen gewahrt. Der Grund dafür lag darin, dass der Manager mit dem Theatersyndikat im Krieg lag. Er hatte seine Beschwerden der Öffentlichkeit mitgeteilt. Als einsamer, einsamer Heiliger Georg der *Kunst*, der gegen den Monsterdrachen Kommerz kämpfte , „versuchte" er die Sympathie des Publikums – und gewann sie.

Nachdem die wichtige Frage der Beschäftigung geklärt war, machten wir uns auf den Weg zu unserem Sommerurlaub. Wills erste Idee war, in ein Dorf auf der Insel Nantucket zu fahren. Hier hatte eine Gruppe mehr oder weniger erfolgreicher Schauspieler eine Sommerkolonie gegründet. Einige von ihnen besaßen komfortable Bungalows oder waren gerade dabei, sie zu kaufen. Nach reiflicher Überlegung kam Will zu dem Schluss, dass er eine Veränderung der „Atmosphäre" wollte. Mit anderen Worten, er wollte weg vom „Geschäft". Schließlich entschied man sich für einen Wohnpark in den Catskills. Die Bewohner der Cottages waren größtenteils nüchterne Familien aus Brooklyn, und Will fühlte sich in dieser Umgebung einigermaßen sicher, dass er seine Privatsphäre hatte. Diese Täuschung währte jedoch nicht lange. Als wir den Zug verließen und zum Bus gingen, der uns zum Park bringen sollte, hörte ich ein Flüstern und Kichern von einer Schar hübscher

Mädchen, die zum Bahnhof gekommen waren, um die Neuankömmlinge zu beobachten. „Da ist Mr. Blank, der Schauspieler!", und Will begriff, dass er „entdeckt" worden war. Einige der Mädchen stiegen in den Bus, andere folgten zu Fuß. Alle kicherten und machten bedeutungsvolle Bemerkungen. Im Gasthof sprach man sofort darüber, dass ein Schauspieler „in unserer Mitte" sei. Wir wurden zum Mittelpunkt aller Blicke. Neugierige junge Damen musterten uns – aus respektvoller Entfernung. Unsere unbedeutendsten Bewegungen wurden beobachtet. Nun ist es eine Sache, auf der Bühne angestarrt zu werden; eine ganz andere, wenn das kleinste Detail des eigenen Privatlebens ständig überwacht wird. Will, der vorhatte, ein einfaches Leben zu führen, das er sich so vorgestellt hatte, dass er sich tagelang unrasiert verhielt, den ganzen Tag weite Hosen und Flanellhemden trug und in diesem Gewand speiste, wenn es ihm gefiel, trug nun weiße Leinenkleider (das Bergwerk der Garderobe einer vergangenen Saison), spielte Tennis oder Bridge oder lungerte auf der Piazza herum und beantwortete endlose alberne Fragen über die Bühne und ihre Leute. Wenn wir spazieren gingen, wurden wir bald überholt; wenn wir einen ruhigen Tag im Wald planten, wurde eine spontane Picknick-Party organisiert, die uns begleitete. Natürlich war die Aufmerksamkeit, die man uns entgegenbrachte, wohlwollend gemeint, obwohl Will erklärte, die Freude sei ihnen vergönnt und mehr oder weniger eigennützig. Ein Schauspieler und seine Familie aus nächster Nähe sind eine ebenso begehrte Neuheit wie ein Mann am Meer nach der Hejira am Wochenende, der in die Stadt zurückgekehrt ist.

Eine Woche Essen im Gasthof brachte Will dazu, Magentabletten einzunehmen. Anstelle von frischem Gemüse, selbstgezüchtetem Geflügel und den anderen Beilagen der bäuerlichen Illusionen wurden uns Köstlichkeiten wie Kabeljau-Creme, Lachs aus der Dose und Johnny Cake serviert. Ich kam zu dem Schluss, dass die Probleme mit der Haushaltsführung und dem Personal die Bewohner Brooklyns in einen Zustand der Unterwerfung getrieben hatten, in dem selbst die im Gasthaus angebotenen Speisen besser waren als Bridgets Diktat.

Die Räume der Karawanserei waren wahre Herzmuschelschalen. Die Trennwände waren so dünn, dass wir alle Gespräche im gedämpften Flüsterton führten. Wir wünschten, dass andere Gäste unserem Beispiel nacheifern würden, leider! Up with the Lerche und frühmorgendliche Sunbursts standen nicht auf Wills Lehrplan. Er sagte, er hätte nichts gegen einen Sonnenaufgang, wenn er die ganze Nacht mit geselligen Freunden sitzen und darauf warten könnte. Und wenn ein Mann die Angewohnheit hat, bis zum Mittag im Bett zu liegen, ist es schwierig, seine Lebensweise zu ändern. Er entwickelte bald Nerven. Eines Morgens, nach vergeblichen Versuchen einzuschlafen, kroch Will in seine Kleider und verschwand. Als er schließlich zurückkam, hatte er das schelmische Gesicht eines Jungen, der kleine rote Äpfel gestohlen hatte. Er hatte ein Bauernhaus gefunden und nach einigem Streit auf beiden Seiten hatte er Haus, Bauernhof und alles für den Rest der Saison gemietet.

„Denk mal, Mädchen", schwärmte er, „was für ein Zirkus das sein wird! Es gibt einen Garten mit allen möglichen Gemüsesorten, eine Kuh, Scheffel Hühner, einen alten Klepper, einen Hund, ganz zu schweigen von den Schweinen und – —"

„Wer", keuchte ich, „wer wird sich um diese Menagerie kümmern?"

„Das sind wir – du und ich. Außerdem brauche ich die Übung. Ich möchte ein paar Pfund von diesem Embonpoint abnehmen, sonst verliere ich meinen ‚Figger'." Natürlich gibt es einen angeheuerten Mann, der das Melken und die schwere Arbeit übernimmt, und seine Schwester wird für uns kochen und „aufräumen". Das wird großartig!" Er hielt lange genug inne, um die Brust herauszustrecken, tief einzuatmen und geräuschvoll auszuatmen, während er seine Lungen hämmerte – ein kleiner Trick, den er hatte, um sein Wohlbefinden auszudrücken. „Frisches Gemüse, frische Eier und die Kuh – stellen Sie sich vor, was die Kuh für das Kind tun wird! Sie haben mich nie arbeiten sehen, oder? Komm im Sommer nach Hause, Mädchen, lass uns die Dinge zusammenbringen .

Er schwang Boy über seine Schulter und trug ihn auf einem Rückentragestuhl in unser Zimmer. Während wir packten, erzählte er mir die Einzelheiten seines „Fundes". Die Farm gehörte einem alten Mann und seiner Frau, deren Kinder – drei Söhne – dem Ruf der Stadt erlegen waren. Nach und nach hatte das einsame alte Paar das Land verkauft, da sie es nicht selbst bearbeiten konnten und ihre Versuche, die Kinder zu bewegen, zu ihrem Erbe zurückzukehren, erfolglos waren. Sie hatten sich schon lange danach „gesehnt", die Jungen in Brooklyn zu besuchen, aber das Geld war knapp und die kleine Farm mit dem Vieh konnte nicht unbeaufsichtigt bleiben. Der alte Mann hatte das Gehöft zur Miete angeboten, möbliert. „Die wenigen, die kamen, um es sich anzusehen, hatten die eine oder andere Ausrede, warum sie es nicht wollten", hatte der alte Mann Will erzählt. „Die meisten wollten ein Bad und fließendes Wasser und scheuten vor den Öllampen."

„Sie wollten offensichtlich ein einfaches Leben mit allen modernen Geräten", fuhr Will fort. „Nachdem wir mit Mama darüber gesprochen hatten, während ich auf der Veranda wartete und Buttermilch trank, kam Papa zurück und fragte, ob ich es ernst meinte. Ich versicherte ihm, dass ich es ernst meinte und bewies es, indem ich anbot, die Sommermiete im Voraus zu bezahlen."

Ich hielt den Atem an. Ich konnte nicht im Kopf rechnen. Will hatte mir vor meiner Abreise aus New York gesagt, wir würden „ziemlich knapp spielen", und ich wusste, was das bedeutete. Wenn Will meine Verärgerung bemerkte, ließ er sich nichts anmerken, sondern fuhr in der gleichen enthusiastischen Art und Weise fort. „Pa und Ma haben es noch einmal besprochen: ‚Wenn Ma nicht die Lust verloren hat, Brooklyn zu besuchen' – Ma hatte es nicht, aber sie wollte eine Woche, um sich fertigzumachen. Pa sagte, er könne alles, was er wollte, in eine Papiertüte packen. Ich sagte, ich müsse die Wohnung sofort haben oder gar nicht – und – hier sind wir." Ich war nicht überrascht über unseren plötzlichen Standortwechsel. Will handelte immer spontan.

Als Will hinunterging, um unsere Hotelrechnung zu bezahlen, war es Mittagszeit. Fast alle Häusler im Park hatten sich versammelt. Wir drückten großes Bedauern darüber aus, dass wir das Gasthaus verlassen hatten. (Ich verstand durchaus, dass „unser" nur eine Form der Höflichkeit war, da man mich nur als Anhängsel an einem Stern betrachtete.) Will gab dem Jungen die Schuld an unserem Verlassen. „Er braucht eine Kuh", erklärte er einer Gruppe von Bewunderern höflich. „Ein Kind in seinem Alter braucht Milch einer bestimmten Sorte. Bei heißem Wetter kann man nicht vorsichtig genug sein, wissen Sie", und Wills gesamte Haltung spiegelte väterliche Fürsorge wider. Der Bauernwagen kam pünktlich an. Will zwinkerte mir zu. Er hatte mir gesagt, dass er das Mittagessen mit getrockneten Limabohnen und Kabeljau-Creme „ausweichen" würde. „Ich wollte es natürlich elegant machen. Sie sind alle nette Leute und es ist ein gutes Geschäft. Das ist die Art von Dingen, die einem Schauspieler seine Gefolgschaft verschaffen; trotzdem bin ich froh, wegzukommen und mich zu entspannen. Das ist immer angesagt." Parade – Sie gewähren einem Schauspieler einfach keine Privatsphäre. Sie erwarten von Ihnen, dass Sie sich „on" und „off" verhalten.

Es war eine lange und holprige Fahrt zur Farm. Wir hätten sie in einem Drittel der Zeit zu Fuß zurücklegen können, wenn wir querfeldein gegangen wären. Das arme alte Pferd, das von Aaih, dem Landarbeiter, gelenkt wurde, sah mottenzerfressen und abgenutzt aus. Es tat meinem Gewissen weh, ihm noch mehr Last aufzubürden, also stiegen Will und ich ab und gingen den Rest des Weges zu Fuß. Will, der Boy zuerst auf der Schulter und dann auf dem Rücken trug, erinnerte mich an Bilder, die ich von frühen Siedlern gesehen hatte, die auf der Suche nach einem Zuhause durch die Wildnis zogen. Ab und zu brach Will in ein lustvolles „Halloa" aus, das den Himmel erschallen ließ. „Halloa" schallte von den widerhallenden Hügeln zurück. Sogar Boy grüßte den großen Gott Pan. Es lag eine Erheiterung in der Luft, die einen froh machte, am Leben zu sein.

Es war ein lautes Trio, das in die Gasse einbog, die zum Bauernhaus führte. Ma wartete auf der Veranda auf uns. In ihrem rostigen schwarzen Alpaka mit der halb umgeschlagenen Gingham-Schürze unter dem Arm gab sie ein uriges Bild ab. An ihrem Hals hing eine alte Daguerreotypie in einer Brosche – wahrscheinlich das Bild eines Kindes, das sie verloren hatte. Die glanzlosen Augen blickten freundlich, fast nachdenklich, und die roten Flecken auf ihren

Wangen zeigten die Aufregung, unter der sie litt. Während wir uns auf der Veranda ausstreckten, machte sie sich geschäftig auf die Suche nach Buttermilch. Boy hatte Aaih ins Herz geschlossen und weigerte sich, ihn für die „eine Milchsorte" zu verlassen, deren Vorzüge Will den Landbewohnerinnen erklärt hatte. Pa rief uns einen freundlichen Gruß aus der Küche zu, wo er auf Befehl seiner Frau „das Feuer schürte". Der Geruch von Kochutensilien weckte unseren ohnehin schon großen Appetit. „Ich habe Pa in letzter Minute ein Huhn schlachten lassen", erklärte die liebe alte Dame, „für alle, die aufs Land kommen und sich nach gebratenem Huhn sehnen." Ich warf Will einen Blick zu. Will war „ein guter Esser" und ich hoffte inständig, dass sein Feinschmeckergeschmack nicht vor einem frisch geschlachteten Huhn zurückschrecken würde. Es wäre eine Sünde, die Freundlichkeit der alten Dame nicht zu schätzen. Im Geiste beschloss ich, jede Portion aufzuessen, und wenn es mich umbringen würde.

Ich fürchte, Aaih hatte nicht viel zu tun, nachdem wir den Tisch verlassen hatten. Ich half Ma beim Abwaschen, und nachdem alles abgeräumt war, zeigte sie mir, wie das Haus funktioniert. Später gesellten wir uns zu den Männern nach draußen und machten einen Rundgang über die Farm. Es war etwas Mitleidiges in der Art, wie sie uns baten, gut auf Snyder aufzupassen, dessen Mischling an die viel beworbenen Pickles erinnerte. Der alte Ben, so wurde uns gesagt, war nicht schnell, aber er war vertrauenswürdig, sogar angesichts von Autos. Man zeigte uns gute Legehennen, aber ich konnte mir nie eine von der anderen merken. Wir lernten Bossy kennen und wurden gewarnt, dass die andere Kuh mit einem Kalb nicht so freundlich war. Wir redeten so lange, dass Ma im letzten Moment nervös wurde. Sie hätte beinahe die selbstgemachte Marmelade vergessen, die sie ihrer Nichte nach Kingston bringen wollte, wo sie übernachten wollten, und am nächsten Tag weiter nach New York fuhren. Als sie schließlich losfuhren, um den Zug zu nehmen, folgten wir der Kutsche bis zum Ende der Straße und sahen ihnen dann mit viel Gewinke und wiederholten Verabschiedungen nach, bis sie außer Sichtweite waren. Die Sonne versank hinter den Gipfeln. Über das Tal hinweg zeichneten sich spiralförmige Rauchschwaden grau gegen die blaugrünen Hügel ab. Wie ruhig, wie heiter es war! Keiner sprach ein Wort. Will lehnte an dem Lattenzaun und grübelte nachdenklich. Dann begann er leise zu pfeifen. Ich lächelte. „Grüße Broadway von mir, grüße mich am Herald Square" passte völlig nicht zu unserer Umgebung. Will erriet meine Gedanken und lächelte mich über die Schulter hinweg fragend an. „Es ist ein weiter Weg vom Broadway, was, Mädchen?"

„Bei weitem nicht lange genug!" Ich habe geantwortet. Und ich hatte recht. Wenn wir uns beim Verlassen des Gasthauses mit dem Gedanken getäuscht hatten, uns aus der Öffentlichkeit zurückzuziehen, entdeckten wir bald unseren Fehler. Unser Rückzugsort wurde ausgegraben; unsere Privatsphäre wurde verletzt. In ungünstigen Momenten tauchten Passanten auf, angeblich um sich nach dem Weg zu erkundigen, offensichtlich um einen Blick auf den Schauspieler „im Spiel" zu werfen. Es wurde ärgerlich, besonders nachdem Will dabei ertappt wurde, wie er einen Ententeich räumte oder Aaih dabei half, einen Hühnerstall zu tünchen. Als Will sich der Handarbeit hingab, entledigte er sich aller überflüssigen Kleidungsstücke. Wenn ein Held so etwas auf der Bühne tut, schafft er es irgendwie, hübsch auszusehen. Aber ein Matinée-Idol mit Streifen von Tünche auf der verschwitzten Stirn, diversen Kleidungsstücken in verrufenen Hosen und einem Taschentuch um den Hals unter völliger Missachtung künstlerischer Wirkung ist ein Genuss, der nur der Brust seiner unmittelbaren Familie vorbehalten ist. Nach wiederholten Verstößen, während die Besucher durch die drohende Ermahnung – in mehr oder weniger ungleichmäßiger Schrift – abgeschreckt wurden,

„Privateigentum – kein Zutritt."

Experience Dorset war Aaihs Schwester. Sie hätte seine Zwillingsschwester sein können, so ähnlich waren sie sich. Der einzige offensichtliche Unterschied bestand darin, dass Schlichtheit bei einem Mann zur Gemütlichkeit bei einer Frau wird. Soweit wir herausfinden konnten, hat Experience ihren Namen Lügen gestraft. Zwar backte sie köstliches Brot und Kekse, und man spürte ihre Apfelknödel nach achtundvierzig Stunden nicht mehr, aber abgesehen davon war Experiences Erlebnis ebenso düster wie ihr Teint. Sie sprach langsam – und erschöpfend. Ihr unveränderliches „Nun, Ma'am, was werde ich als nächstes fliegen?" stand im Widerspruch zu ihrer Überlegung. Nichts brachte sie aus der Fassung. In einer temperamentvollen Familie ist dieser Vorteil nicht zu verachten. Den Willen zu erleben war ein Rätsel. Nachdem sie sich mit unserer Familie verbündet hatte, vertraute sie mir an, dass sie nie sicher sei, wann Will das tat und wann er er selbst war. Sie war sicher, dass er sich manchmal durcheinander bringen musste. Es war ihre Art, eine duale Persönlichkeit zu erklären.

Will spielte gern Golf. Mehrmals in der Woche wanderten wir über die Hügel zum Club, der etwa drei Kilometer entfernt war. Wir verließen den Golfplatz nie ohne mehrere Mädchen in unserem Gefolge. Es war unmöglich, sie abzuschütteln. Manchmal begleiteten sie uns zum Haus und setzten sich auf die Veranda, um sich auszuruhen. Später entdeckten sie, dass der Nachmittagstee für mich eine Institution war. Ich bin sicher, dass Experience diese kleinen Teepartys genauso genoss wie die Mädchen. Pünktlich um vier Uhr erschien sie auf der Veranda, ordentlich gekleidet. Mit der Schere in der Hand durchsuchte sie die Blumenbeete nach Frauenschuh und Nelkengeranien, um den Tisch zu schmücken. Der Steinkrug, in dem sie die Kekse aufbewahrte, war nie leer. Und als die Mädchen die Gasse heraufmarschierten, war sie die Erste, die sie hörte und Will aus seiner Siesta weckte.

Will sagte, er fühle sich bei diesen ungezwungenen Tees wie ein Bulle im Porzellanladen. Ich fand ihn charmant und angenehm, obwohl er so tat, als wäre er gelangweilt. Nach dem Tee gingen wir hinaus. Fast alle Mädchen machten Schnappschüsse von Will. Er versuchte, für jeden von ihnen eine neue Pose zu finden. „Der Mann mit der Hacke" zeigte Will zwischen den Kohlköpfen, auf dem Griff der Hacke ruhend. „Unter dem alten Apfelbaum" war auch dann wirksam, wenn der Apfelbaum eine Eiche war. Das Liegen auf einem Heuhaufen, den der treue Aaih eigens zu diesem Zweck gekarrt hatte, trug die Aufschrift „In der guten alten Sommerzeit". „Der Schauspieler im Spiel" zeigte Will mit einem Golfschläger in der Hand. Später signierte Will die Bilder.

Wir mussten viele Fragen zum Thema Bühnenkarriere beantworten. Wir wurden gebeten, alle möglichen albernen Gerüchte über Schauspieler zu überprüfen. Es war nahezu unmöglich, sie davon zu überzeugen, dass nicht alle männlichen Stars in ihre Hauptdarstellerinnen verliebt waren und umgekehrt. Es versteht sich von selbst, dass ich der unvermeidlichen Frage nicht aus dem Weg gehen konnte: „Wie habe ich mich gefühlt, als ich gesehen habe, wie mein Mann mit einer anderen Frau schlief?" Es amüsierte mich, die kleinen Ausreden zu beobachten, zu denen die Mädchen griffen, um meine Gunst zu gewinnen. Bonbons waren die angesagtesten Bestechungsgeschenke. Eines Tages hörte ich, wie eine Neue in unserem Kreis einem anderen Mädchen sagte: „Du hast mir nicht gesagt, dass er verheiratet ist – und auch ein Baby. Wie furchtbar unromantisch! Ich werde mir in meinem Leben nie wieder eine seiner Schauspielerinnen ansehen."

Will und ich lachten über die Situation, obwohl es eine Menge Gründe für die Behauptung der Manager gibt, dass Schauspieler und Schauspielerinnen nicht heiraten sollten oder dass diese Tatsache, wenn sie verheiratet sind, eher verschwiegen als bekannt gemacht werden sollte. Wer möchte sich schon gerne vorstellen, dass ihr Romeo in den frühen Morgenstunden ein Baby mit Koliken herumtrödelt, wenn er eigentlich mit ungezügelter Begeisterung ausrufen sollte: „Welches Licht bricht aus jenem Fenster? Es ist der Osten, und Julia ist die Sonne!" Ich erinnere mich an eine Tragödie aus meiner eigenen romantischen Jugend, als ich herausfand, dass ein Lieblingsschauspieler nicht nur Vater war, sondern – oh, schrecklich, höchst schrecklich – ein Toupet trug!

An den Laientheatern führte kein Weg vorbei. Ich hatte es schon im Frühsommer vorhergesagt. Der Erlös der Unterhaltung sollte zur Tilgung der Schulden des Golfclubs verwendet werden. Will wurde gebeten, die gesamte Leitung des Programms zu übernehmen. Seine Position war keine Pfründe.

Ihre erste Absicht war es, „Wie es euch gefällt" öffentlich vorzutragen, aber da jede junge Frau dachte, sie sei den Anforderungen Rosalinds besonders gewachsen, befand sich Will in einer heiklen Lage. Die jungen Männer der Gemeinde haben selbst den gordischen Knoten durchgeschlagen. Sie wollten Komiker werden. Die Entscheidung fiel schließlich auf Vaudeville. Ein Quartett von College-Studenten machte sich schwarz und gab eine Minnesängershow. Einige der Witze waren lokal und zielten auf die Eigenheiten der Häusler ab. Andere wurden aus Jo Millers Witzbuch gestohlen. Es gab ein Posaunensolo des Dorfschmieds, mehrere Gesangsduette und eine Auswahl aus dem Mikado. Will hat mehrere Monologe beigesteuert. Der Star des Abends war jedoch der Auftritt von Dolly in einer Szene aus „Der Zauberer von Oz". Sie war ein zierliches Geschöpf mit Dresdner Porzellanschönheit und Rinderaugen und wurde von der männlichen Truppe der Kolonie sehr bewundert. Jeder war sich sicher, dass für ihn etwas dabei war. Es gab. Als Dolly mit der liebenswürdigen Bossy eintrat, hallte ein Keuchen durch die ehemalige Bowlingbahn. Dollys kurzer Rock enthüllte die unteren Extremitäten, die Barnums dicker Dame oder einem kleinen Flügel große Ehre gemacht hätten!

Unser Urlaub verging viel zu schnell. Der Tag rückte näher, an dem wir unserem Rückzugsort Lebewohl sagen mussten... Die Erinnerung an das alte Bauernhaus ist noch da. Die Kälte in der Luft bei Einbruch der Nacht; die Wärme des Kaminfeuers; das Gefühl von Behaglichkeit und Zufriedenheit; der grüne Pappschirm an der Lampe; der Flickenteppich auf dem Boden. Vor meinem geistigen Auge sehe ich das alte Paar, das hier in Winternächten sitzt; Ma, die die bunten Lumpen für das Sommerweben zusammensetzt; Pa, der bei den Nachrichten der letzten Woche nickt; Snyder, der vor dem Feuer ausgestreckt liegt und in seinen Träumen wimmert. Wie weit entfernt von dem fieberhaften Weg unseres Lebens mit seinen Hoffnungen, seinen Kämpfen, seinem Sodbrennen und seinem leeren Ruhm! Und doch waren sie, wie wir, „nur Spieler".

KAPITEL VII

Die Proben für das neue Stück begannen im August. Die Tage neigten sich dem Ende zu, aber die Theaterwelt war in Bewegung. Alle verfügbaren Bühnen, Säle und Lofts wurden beschlagnahmt. Mehrere Unternehmen teilten sich die gleiche Bühne und teilten sich die Stunden untereinander auf. Wills Manager hatte sein eigenes Theater und die Proben waren ganztägig. Will lernte seine Rolle nachts, nachdem „die Familie" in den Ruhestand gegangen war. Manchmal lag ich wach und hörte ihm zu, redete laut, las eine Zeile zuerst mit einem Tonfall und versuchte es dann mit einem anderen. Wills Stimme war einer seiner größten Vorzüge.

Die Erfahrung war mit uns in die Stadt zurückgekehrt. Bevor er die Berge verließ, hatte Will sie scherzhaft gefragt, ob sie gerne den Broadway sehen würde. Sie nahm ihn beim Wort. Wir schmeichelten uns, dass sie uns lieb gewonnen hatte. Später stellten wir fest, dass es der Beruf und nicht die Familie war, der sie lockte. Sie hatte einen neuen Band mit Feengeschichten gefunden. Will war der Feenprinz. Manchmal fragte ich mich, wie Experience Wills Morgenmuffel mit ihrer vorgefassten Vorstellung von einem Helden in Einklang bringen konnte. Ich erinnere mich, wie er sie, nachdem er Will in einer neuen Rolle gesehen hatte, fragte, wie sie ihn mochte. Sie äußerte sich zufrieden mit dem Stück im Allgemeinen und mit ihm im Besonderen. Aber nachdem er den Raum verlassen hatte, vertraute sie mir Folgendes an: „Ist es nicht das Natürlichste, wenn er diesen Mann mit den gepuderten Haaren anschreit, Jackwees oder so etwas in der Art – ‚Mackwees, bringt mir mein Schwert!' Ich erkläre, gnädige Frau, ich bin einen Fuß hochgesprungen und habe mich auf das Schwert gestürzt! Es war so natürlich, dass er schreit, wenn ich die Morgenzeitungen vergesse.

Die Zuverlässigkeit von Experience brachte mir mehr Freizeit. Ich konnte frei umhergehen, ohne mir Sorgen um den Jungen zu machen. Ich hatte das Gefühl, dass ich intellektuell Impulse brauchte und plante eine Winterarbeit. Natürlich hing alles davon ab, dass das Stück „überstanden" wurde, wie es in der Umgangssprache heißt. Will sagte, er sehe nicht, wie es scheitern könnte. Alle, die mit der Produktion zu tun hatten, sagten dasselbe. Der Erfolg lag in der Luft. Mehrmals war ich vorbeigekommen, um einer Probe beizuwohnen. Mich interessierte die „Methode" dieses bestimmten Managers, über den so viel geschrieben worden war. Seine Inszenierungen waren stets effektvoll inszeniert. In Zeitschriftenartikeln und ganzseitigen Interviews wurden von Zeit zu Zeit seine Rezepte für die Entwicklung erfolgreicher Stars sowie Theaterstücke zum Geldverdienen abgedruckt. Besonders ein spannender Bericht – angeblich seine eigenen Worte – erzählte von der anstrengenden Ausbildung des Tyros; wie er bei seinen Schauspielern genau das Maß an Emotionen hervorrief, das für eine bestimmte Szene erforderlich war. „Ich habe sie an den Haaren gezerrt!" oder „Ich stellte mir ihre eigene Mutter vor, die tot und schändlich ermordet vor ihr lag, bis sie bei dem Bild, das ich heraufbeschworen hatte, laut weinte." Noch einmal: „Ich fesselte meine Handgelenke, rollte mich über den Boden und kämpfte darum, mich zu befreien; ich wollte genau das fühlen, was ein Mann unter ähnlichen Bedingungen fühlen würde!" Diese und andere sehr farbige Aussagen waren von Zeit zu Zeit der Öffentlichkeit zugestellt worden. Es ist erstaunlich, wie leichtgläubig die Öffentlichkeit in den Wurm des Presseagenten beißt. In fast allen derartigen Fällen könnte nichts weiter von der Wahrheit entfernt sein. Meine eigene Beobachtung überzeugte mich davon, dass die Genialität dieses Mannes in seiner Fähigkeit lag, die richtige Person für den richtigen Ort auszuwählen. Nachdem er die Wahl getroffen hatte, spielte er mit der *Liebe* seiner Puppen. Er ließ sie glauben, dass er großes Vertrauen in ihre Fähigkeiten hatte. Der Trick hatte Erfolg. Es liegt in der Natur des Menschen, sich mit der guten Meinung anderer messen zu wollen.

Seine Methoden, eine Probe zu leiten, waren die einfachsten. Er hatte unendliche Geduld und Ausdauer. Er überließ nichts dem Zufall. Eine Szene oder ein Effekt wurde wiederholt, bis die „Mechanik" automatisch wurde. Seine Stimme wurde nie über einen Gesprächston hinausgehoben. Er wusste, dass er, um anderen Befehle erteilen zu können, zuerst sich selbst beherrschen musste. Das Brüllen überließ er kleinlichen Hilfskräften mit aufgeblasenen Vorstellungen von ihrer eigenen Wichtigkeit. Nur alle Jubeljahre ließ er los. Die Wirkung war elektrisierend. Ich vermutete jedoch stark, dass diese Ausbrüche mehr oder weniger „Schauspielerei" waren. So wie sein widerwilliges Erscheinen vor dem Vorhang bei Premieren ein „sorgfältig vorbereitetes Stück improvisiertes Schauspiel" war. Der verängstigte Ausdruck seines Gesichts; der schnelle, nervöse Gang; die fast unhörbare Stimme, als er seinem Publikum dankte, „im Namen des Stars, des Autors (oder Co-Autors), der Musiker, der Kostümbildner, der Bühnenbildner" und so weiter; dies mit seiner Manier, an einer malerischen Stirnlocke zu ziehen, war allein schon den Eintrittspreis wert. In erster Linie war er ein guter Showman. Der Star, der das Sprungbrett zu seinem Ruhm und Reichtum war, war eine Dame mit Vergangenheit. Sie war durch das Werbemedium des Scheidungsgerichts auf die Bühne gekommen. Nach mehreren erfolglosen Versuchen, eine Hauptrolle zu spielen, begab sie sich unter die Anleitung des Managers und ging dann zu einer Schauspielschule. Ausgestattet mit reichlich animalischer Vitalität – „Magnetismus", wenn Sie so wollen – sowie „Temperament" entwickelte sich das hässliche Entlein zu einem Star ersten Ranges. Als Will in die Truppe eintrat, war sie auf dem Höhepunkt ihres Erfolgs – ein Erfolg, der später die feineren künstlerischen Zurückhaltungen abstumpfte und sie in Richtung Abwärts tendieren ließ. Aber sie konnte schauspielern, indem sie jede Stimme, jeden Register des emotionalen Organs mit einer Überzeugung spielte, zu der nur wenige

Schauspielerinnen fähig sind. Bei der Auswahl der Stücke zeigte sich wieder einmal das Genie des Mannes: das richtige Stück für die richtige Person. Zweifellos war ihm klar, dass das Temperament letztlich nichts weiter ist als die Flut unserer natürlichen Vorlieben.

Für den Laien ist eine Probe eine verwirrende und düstere Angelegenheit. Ein Student der menschlichen Natur, der im „vorderen Teil des Hauses" im feuchten Schatten verhüllter Sitze sitzt, findet viel Interessantes für ihn. Im Licht eines einzelnen „Bündels" oder der „bleichenden" unregelmäßigen Füße sehen die Spieler alt und unbedeutend aus. Das blau-weiße Licht legt die Linien und Nähte auf grausame Weise frei. Sie sitzen herum oder stehen in Gruppen, die blau eingebundenen, maschinengeschriebenen Stimmen in der Hand, und warten auf den Aufruf des ersten Akts. Ein junger Mann, wahrscheinlich der stellvertretende Bühnenmanager, richtet die Bühne ein; das heißt, er markiert die Eingänge und Grenzen mit einfachen Holzstühlen und Bühnenstreben. Der einfache Holzstuhl spielt viele Rollen; mal steht er für einen Kamin oder einen Flügel, mal kann er ein felsiger Pass sein, hinter dem sich die Berge befinden.

Ein müde aussehender Mann betritt die Bühnentür mit hastiger, wichtiger Miene. An dem Bündel Manuskripte unter seinem Arm erkennen Sie ihn. Es ist der Bühnenmanager. Er begrüßt die Mitglieder der Truppe mit knapper, geistesabwesender Miene und eilt zum Pünktchentribüne. Es gibt Beratungen mit dem Personal und vielleicht mit einem oder zwei der Schauspieler. Während er damit beschäftigt ist, wollen wir uns nach dem Personal der Truppe erkundigen; diese große, gutaussehende Frau in dem gut geschnittenen Kleid ist ein Neuling auf der Bühne. Sie hat eine kleine Rolle bekommen – höchstens ein halbes Dutzend Zeilen. Für zwanzig Dollar die Woche trägt sie ein Dienstmädchen – und ein Schmuckkästchen. Nein, sie muss nicht *für* ihren Lebensunterhalt arbeiten; sie ist auch nicht das verwöhnte Kind eines Multimillionärs. Sie gehört zu jener großen Klasse von Frauen, die keine Klasse haben. Die Zeit hängt schwer an ihren Händen. Es sieht besser aus, mit irgendeiner Art von Beruf verbunden zu sein; einem legitimen Beruf. Außerdem bringt ihre Eitelkeit sie dazu, „etwas tun zu wollen". Die Bühne hat sie schon immer gereizt. Mit ein wenig „Einfluss" bekommt sie eine Rolle. Das Gehalt spielt keine Rolle. Vielleicht hat das Management bei dem Deal fünf oder zehn Dollar pro Woche gespart. Auf jeden Fall verleiht eine gutaussehende Person dem Personal „Klasse". Sie fährt mit dem Taxi zum Theater; manchmal kommt sie in einer großen Limousine, begleitet von einem älteren Herrn mit wässrigen Augen. Am Premierenabend wird er ihr große Schachteln mit American Beauty-Rosen schicken. Nach der Vorstellung werden sie bei Rector zu Abend essen, und seine Freunde, die mit ihm vor der Bühne waren, werden ihr sagen, wie hübsch sie aussah. Natürlich wird sie nicht mit der Truppe auf Tournee gehen. Nein, auf keinen Fall! Das wird sie einem anderen Mädchen überlassen, das nicht so jung und nicht so hübsch ist, aber das Geld braucht.

Die weißhaarige Dame mit dem süßen Gesicht und der strenge alte Mann, der ihr einen Stuhl gebracht hat, sind Mann und Frau. Ihre Ehe ist eine der wenigen Bühnenehen, die Bestand haben. Vielleicht ist es gerade die Seltenheit des Gehäuses, die sie so beliebt und beliebt macht. Man hört sie immer als „Lieber alter Herr und Frau So und So" bezeichnet. Man blickt sie wehmütig an und wundert sich über das Geheimnis ihres Erfolgs....

Der Schauspieler mit dem Monokel, den seltsam geschnittenen Kleidern und dem überwältigenden Savoir-faire ist eine englische Einfuhr. Manager behaupten, dass der durchschnittliche englische Schauspieler den Gentleman besser spielt als sein amerikanischer Cousin. Es hängt alles davon ab, welche Art von Gentleman die Rolle erfordert. Wenn ein Engländer aufgefordert wird, einen Gentleman-Offizier der US-Armee darzustellen, ist die Wirkung gelinde gesagt unpassend. Der amerikanische Manager, selbst vulgär und ungehobelt, ist von der englischen Selbstgefälligkeit beeindruckt. Er ist ein Bluffer und hat heimlichen Respekt vor jedem, der blufft und damit durchkommt.

Die verschiedenen jüngeren Männer mit einem Hauch von Weiblichkeit in ihrem Make-up könnte man die „stationären" oder „wandelnden Herren" nennen. Eines dieser *Genres* ist in fast jedem Unternehmen zu finden. Zu stolz für die Bandtheke, zu unberechenbar für das Geschäftsleben, stürzt er sich in den Beruf, weil er den Ruf des künstlerischen Temperaments verspürt. Er spielt kleine Rollen, verbreitet Klatsch, schmeichelt dem Star – oder der Hauptdarstellerin –, liest ein wenig, schläft viel – und trinkt mehr.

Dieser bullig aussehende Mann ist der führende Heavy. Es ist noch nicht lange her, seit er ein führender Mann war. Wenn nun ein führender Mann Fleisch annimmt, ist er mit einer Wertminderung konfrontiert. Der erste Rückschritt in seiner Karriere ist der Tag, an dem er anfängt, Heavys zu spielen. Sicherlich gibt es schwere Männer, die nie Führungspersönlichkeiten waren; diese fallen jedoch unter die Kategorie der charakterstarken Charaktere. Der Gentleman-Typ strebt stets nach heroischen Rollen. Der derzeitige Amtsinhaber der Schurkerei sei „auf die Füße gefallen". Einige Saisons zuvor hatte er unter derselben Leitung ein belangloses Engagement gespielt. Der Star fand Gefallen an ihm. Von nun an waren seine Verlobungen gesichert – bis die Lust nachließ. Jeder hat es verstanden; Sie zuckten mit den Schultern und lächelten. Niemand kümmerte sich. Der schwere Mann auch nicht.

Charakterdarsteller sind ausnahmslos neidisch auf den Hauptdarsteller. „Das soll Schauspielerei sein?", fragt der Mann hinter der Maske. „Das soll

Schauspielerei sein, wenn man auf die Bühne kommt und sich selbst spielt? Das ist doch ein Kinderspiel!"

" *Oh, ist es das?* ", erwidert der Hauptdarsteller. "Das sollten Sie mal versuchen. Es ist das Schwierigste auf der Welt, aufzutreten und dabei vollkommen natürlich zu sein. Ich würde gern sehen, wie einige von Ihnen, die sich hinter Ihren Perücken und komischen Schminken verstecken, eine seriöse Rolle spielen. Sie wissen ja gar nicht, was Sie mit Ihren Händen tun sollen!" ...

Die Frau, die im Schatten der hoch an der Wand aufgetürmten Kulissen saß, hatte etwas Klagendes an sich. Das Rouge auf ihren Wangen betonte jedoch die Linien in ihrem Gesicht. Das messingfarbene Gold auf ihrem Haar hob sich grau von ihren Schläfen ab. „Bessere Tage" war ihr deutlich eingeprägt. Vielleicht dachte sie an jene Tage – als *sie* ein Star war; Als ein Star zu sein mehr bedeutete als nur ein animierter Wäscheständer. Ihre Mutter war zu Booths und Barretts Zeiten eine großartige Schauspielerin gewesen. Sie selbst hatte damit ein paar kindische Zeilen gelipst. Später war sie eine Soubrette und ein Star in lustigen kleinen Theaterstücken geworden, in denen sie an einem Abend sang, tanzte und „emotional" war. Heutzutage gibt es keine Soubrettes mehr. Der Begriff ist zu einem umgangssprachlichen Beinamen verkommen. „Ingénue" hat es ersetzt; Von einem *Einfallsreichtum* wird nichts anderes verlangt als zuckersüße Süße und leere Schönheit – und Jugend, Jugend, *Jugend* ! O, die Ernte des Alters! Das Publikum, das sie jahrelang amüsiert hatte, hat sie vergessen. Sie erinnern sich kaum an ihre Existenz, nicht einmal eine Hand des Erkennens bei ihrem Eintritt. Gelegentlich hebt ein Rezensent sie aus dem Staub der Vergangenheit hervor – nur um von ihr als „in Memoriam" zu sprechen. Auch Manager zögern, sie zu engagieren. Es gibt so viele Vorhandene und so wenige Teile, die dazu passen . Außerdem sind frischgebackene Schüler aus den göttlichen Akademien zu finden. Warum Geld verschwenden?...

Eine psychische Welle stört den Äther. Hälse recken sich zur Tür. Der Stern kommt. Sie kommt langsam, mit der Miene einer Person, die sich eines wirkungsvollen Auftritts sicher ist. Sie unterbricht ihr angeregtes Gespräch mit dem Manager mit einem Lächeln und Nicken. Diese sanftmütig wirkende Person, die das Schlusslicht bildet, ist der Autor. Er tastet sich durch den dunklen Gang zur Vorderseite des Hauses und gerät in Vergessenheit.

"Erster Akt!" ruft den Souffleur. *"Erster Akt!"*

*   *   *   *

Das Stück wurde außerhalb der Stadt aufgeführt. Die Arbeitskräfte wurden mit der Kulisse und dem Gepäck vorausgeschickt. Für das Unternehmen gab es einen Sonderzug. Neben dem Stammpersonal waren auch Kunden, Blitzlichtfotografen, Angehörige der Spieler und Gäste des Managements anwesend. Zu den Gästen gehörten mehrere Kritiker bestimmter New Yorker Zeitschriften. Einer von ihnen hatte eine ehrgeizige Frau, die Mitglied des Unternehmens war. Gerüchten zufolge stand der andere auf der Gehaltsliste des Managements. Das mag wahr gewesen sein oder auch nicht. Die anschließenden überschwänglichen Kritiken und die Art und Weise, wie diese Kritiker gegen die Feinde des Managers vorgingen, zeugten jedoch nicht von einer unvoreingenommenen Meinung. „Subventioniert oder hypnotisiert" – das war die Frage. Die überzeugende Kunst des „Reparierens" ist nicht auf die Politik beschränkt.

Als der Zug in —— ankam, blieb kaum Zeit für einen hastigen Happen, bevor es losging ins Theater. Schon am Bühneneingang spürte man die prickelnde Aufregung. Sogar der Hintertürhüter war infiziert. Als Will anhielt, um in den Postfächern nach Post zu suchen, stellte der Hüter des heiligen Portals gerade einen brandneuen Wurf Kätzchen zur Schau. „Jeder von ihnen ist schwarz, genau wie ihre Mutter. Ihre Show wird ein großer Erfolg – sprechen Sie über Ihre Maskottchen!" Bühnenleute sind so abergläubisch wie eine Nigger-Mami. Ein ganzes Kapitel könnte ihrer Überlieferung gewidmet werden. Einer der größten Dummköpfe ist es, vor der Premiere den Titel eines Theaterstücks auszusprechen. Der Titel eines Theaterstücks sind die letzten Worte unmittelbar vor dem endgültigen Fall des Vorhangs. Wenn es um das Schlagwort geht, hält der Schauspieler, dem die letzten Zeilen zufallen, entweder mit einer Geste inne oder er entwendet vielleicht Hamlets letzte Worte: „Der Rest ist Schweigen."

Zurück auf der Bühne waren Hämmergeräusche zu hören, die Rufe der Bühnenarbeiter zu den Männern in den Fliegen, „Tropfen" wurden angepasst, Warnrufe an eine rücksichtslose Person, die in diesem Moment mit einem heruntergelassenen Sandsack in Kontakt kommen würde von den Fliegen. Abrupte Orchesterklänge dringen an die Ohren. Die musikalischen Stichworte werden geprobt, der Regisseur schreit gegen den Lärm auf der Bühne. Auf der „Schürze" steht der Produzent, eine Flasche Milch in der Hand und umgeben von einem halben Dutzend nackter und schwitzender Männer. Ein Lichtstrahl schießt von der Scheinwerfermaschine in der Galerie und schwebt über der Bühne wie ein Suchscheinwerfer auf See. Grüne, gelbe, rote und blaue Dias werden ausprobiert und ein seltsamer, wellenartiger Bewegtbildeffekt löst bei den privilegierten Zuschauern vorne Gelächter aus. In den Umkleidekabinen versöhnen sich die Spieler. Die Garderobenherrin eilt mit Nadel und Faden in der Hand von einem zum anderen. Es gibt ungeduldige Anrufe nach dem Hauptkunden; „Requisiten" klopfen an die Türen und liefern die Eigenschaften, die die verschiedenen Schauspieler im Stück tragen sollen. Die Schauspieler unterhalten sich über die Trennwände hinweg oder durchlaufen Zeilen einer „wackeligen" Szene. „Fünfzehn Minuten – fünfzehn Minuten!" warnt der stellvertretende Bühnenmanager, der seine Runde macht. Unter der Bühne sitzen die Supers oder „extra people" in lauten Gruppen herum und warten auf den Anruf. Manche von ihnen sind „nervös wie eine Katze", um ihren eigenen Ausdruck zu verwenden. Dabei handelt es sich nicht um die Basis der Statisten. Das Versprechen einer langen Karriere in New York verleitet oft Frauen, die „gesprochene Zeilen" haben, dazu, als zusätzliche Damen weiterzumachen. Als Nebenbeschäftigung erhalten sie eine Hauptrolle als Zweitbesetzung. Die Aufregung ist ansteckend. Mit dem Herablassen des Vorhangs und den ersten Klängen des Orchesters rückt man instinktiv nach vorne zur Sitzkante.

Entweder sind es die Lichter oder eine fehlende Requisite oder eine Unterbrechung zwischen Rede und Handlung, die bei der ersten Bekanntschaft mit der Szenerie entsteht, oder ein „durcheinandergeratenes" Ensemble oder etwas Unerwartetes, das die Probe abrupt zum Stillstand bringt. Der Dialog verstummt wie ein Megafon, das plötzlich abgeschaltet wird. Der Regisseur eilt den Mittelgang entlang, der Kopf des Souffleurs erscheint am Proszeniumsbogen. „Ich habe es nicht mehr geliebt!", wiederholt der Schauspieler und blickt erwartungsvoll von der Bühne. „Ich habe es nicht mehr geliebt!", brüllt der Bühnenmanager und mischt sich ins Spiel ein. „Das ist *Ihr* Stichwort, Herr Premierminister. Herr Jones. Herr Jones! Wo *ist* Herr Jones?"

„Jones! Jones!" schallt es von der Bühne und aus dem Hosenschlitz.

"Hier bin ich! Ich höre Sie!", antwortet eine gedämpfte Stimme von hinten auf der Bühne. "Ich komme nicht durch. Der Eingang ist durch einen heiligen Elefanten blockiert!" Bühnenarbeiter stürmen in die angegebene Richtung. Gleichzeitig erscheint Mr. Jones. "Es tut mir leid", sagt er, "aber ich konnte mich nicht durch die Steinmauern des Schlosses drängen, oder?" und deutet auf die Kulissen, die die Außenwände der Szene bildeten.

Das Hindernis wird in einer hitzigen Besprechung beseitigt und die Bühne für die Handlung freigegeben. „Gehen Sie zurück – gehen Sie zurück zu Miss Melons Auftritt." Miss Melon tritt ein. Die Szene beginnt ziemlich eintönig. Es ist schwierig, eine Szene aufzunehmen und sofort wieder in die Atmosphäre einzutauchen. Man muss sich „dafür warm machen".

Ein Star braucht einen wirkungsvollen Auftritt. Das Publikum muss über ihre Annäherung informiert sein. „Da kommt sie jetzt!" (begleitet von einem Blick hinter die Bühne.) Oder ein Lakai kommt herein und verkündet feierlich: „Seine Hoheit, Prinz von Ptomania, steigt die Stufen hinauf." Diese hilfreichen Hinweise bereiten den Empfang vor, den die Platzanweiser im psychologischen Moment beginnen. Viele Leute zögern, aus Angst, einen Fehler zu machen, zu applaudieren: Folgen Sie einfach dem Platzanweiser. Die Nebendarsteller wissen, dass von ihnen erwartet wird, den Applaus zu „ertragen", sei es bei einem Auftritt oder für eine Szene. Stars ermutigen ihre

Nebendarsteller jedoch nicht immer zum Applaus. Einige von ihnen gehen so weit, ihn „abzuschalten", indem sie das Saallicht auf einen Vorhang aufleuchten lassen, auf dem sie nicht zu sehen sind, oder die Füße dimmen oder die Schauspieler anweisen, mit der nächsten Rede „einzuspringen".

Inmitten einer Szene, die einem einen kleinen Schauer über den Rücken jagt, zögert der Star, stammelt, wiederholt und interpoliert dann, während er hektisch in den Papieren auf dem Tisch nach der fehlenden Requisite sucht. „Wo ist das Messer – der tödliche Dolch?" fordert sie und lässt die Rolle fallen, als würde man aus einem Unterrock steigen. Der Mann, der getötet werden soll, beteiligt sich an der Jagd nach der tödlichen Waffe. „Ohne ein Messer kann ich dich nicht so gut töten, oder, Jack? Es sei denn, ich ersteche dich mit einer Hutnadel …" Die schnellen Kontraste haben etwas so Unpassendes, dass alle, auch der Star selbst, in Gelächter ausbrechen. Unterdessen haben die Rufe des Bühnenmanagers nach Requisiten den Übeltäter von den Fliegen geholt, wo er mit einem Pinsel eine feuchte Wolke ausgebessert hat.

"Das Messer!" ein Refrain schleudert ihn an.

„Welches Messer?" fordert er und vermischt weiterhin den Silberstreif am Horizont mit der Wolke.

„Der Dolch! Das Letzte, was ich dir gesagt habe, ist, ihn nicht zu vergessen!" schimpft der aufgeblasene Bühnenmanager.

„Ach, was ist los mit dir?" antwortet Props vernichtend. Dann schlendert er zu dem Stern hinab, der inzwischen in ein kleines Seitenspiel mit ihrem schweren Mann versunken ist. „Miss Blank", beginnt er mit Satzzeichen zwischen den einzelnen Wörtern, „Miss Blank, haben Sie mir nicht gesagt, dass ich das Messer auf Ihrem Frisiertisch liegen lassen soll, damit Sie es an der gewünschten Stelle in der Tischmitte platzieren können?"

„Das habe ich, das habe ich! Ich entschuldige mich, Johnny – ich bitte alle um Verzeihung!" Sie verneigt sich reumütig in Richtung der Vorderseite des Hauses. Johnny schlurft davon, vor sich hin murmelnd, und Madames Zofe kommt mit dem fehlenden Bindeglied herein. „Lass uns bei deinem Kreuz beginnen", sagt Madame zu dem Schwergewicht. „Gerade bevor du sagst: ‚Liebling, mein Leben, meine Liebe, du gehörst endlich mir!' Und Jack – ich hoffe, dein hölzerner Brustschutz sitzt richtig, denn ich werde heute Nacht zuschlagen, genau wie ich es morgen Nacht tun werde, und ihn rrrrrrr drehen und rrrrrr, als ob ich dein Blut liebte – und Herr Direktor", sie steht auf und schirmt ihre Augen vor dem grellen Licht ab, „Herr Direktor, können Sie nicht gerade jetzt ein bisschen mehr *Klavier spielen*? Ich möchte, dass mein Entzückensgurgeln vorbeigeht – verstanden? … O, Mr. Hartley, während ich daran denke –"

Während sie spricht, spielt sie mit den Verzierungen an seinem Kleid. „Gib mir in unserer nächsten Szene etwas mehr Platz; spiele weiter unten auf der Bühne. Das ist besser für unsere Szene." Mr. Hartley lächelt vor sich hin, als er hinter den Kulissen verschwindet. Er kennt sich mit den kleinen Tricks von Stars und Hauptdarstellerinnen aus. Ein *Gegenüber* dazu zu bringen, die Szene auf der Bühne abzuspielen, bedeutet, ihm jede wirksame Beteiligung an der Szene zu nehmen. „To hog" ist der vulgäre, aber ausdrucksstarke Infinitiv für diesen Trick.

Nach vielen Fehlstarts ist das Ende des Aktes endlich erreicht. Die Schauspieler werden dann in bestimmten wirkungsvollen Szenen des Stücks posiert und die Blitzlichtaufnahmen gemacht. Dann folgt ein Kostümwechsel und der zweite Akt ist vorbereitet. Während der langen Wartezeit kommen Mitglieder der Truppe nach vorne, um einen Blick auf die Kulisse zu werfen oder mit ihren Freunden über das Stück und die Aufführung zu sprechen. Ich erinnere mich an einen Fall, der die Eifersucht eines Stars auf einen anderen verdeutlicht, besonders wenn er unter derselben Leitung steht. In den ersten Jahren seiner Karriere hatte Will in einer Sommertheatergruppe gespielt. Die Hauptdarstellerin der Organisation war nun einer der Stars unter Wills gegenwärtiger Leitung. Sie war aus ihrem Landhaus gekommen (ihre eigene Saison hatte noch nicht begonnen) und war eine interessierte Zuschauerin der Generalprobe. Sie und Will hatten in den vergangenen Jahren ein flüchtiges Interesse aufrechterhalten und standen auf freundschaftlichem Fuß. „Was halten Sie von dem Stück?", fragte er und setzte sich neben sie.

„Es ist eine Sensation", sagte sie voraus. „Wie läuft Ihre Rolle ab?"

„Oh, das ist eine faire Rolle. Ich habe ein paar große Szenen, aber das *Schwere* dreht sich um ihn herum. Wenn ich das Stück gelesen hätte, bevor ich unterschrieben habe, hätte ich es meiner Meinung nach ablehnen sollen."

„Was kümmert es dich – du bist der *Held*, und das ist es, was bei den Frauen zählt. Es passt dir wie angegossen; und wenn wir gerade von Rollen sprechen, was hältst du davon *für* eine Starrolle? Hast du das jemals gesehen? So etwas? Sie ist die ganze Show … Wenn ich an die *Mitläuferin denke*, spiele ich um eine Starrolle … lassen Sie mich Ihnen sagen – ganz unter uns –, dass er mir etwas Dickeres geben muss In der nächsten Staffel wird sich etwas in eine andere Richtung entwickeln, und – man kann nie sagen, dass ich in meinem Leben eine solche Rolle als Schauspielerin gesehen habe Bühne zwei Minuten während des gesamten ersten Aktes!"

*   *   *   *

Es ist nach Mitternacht, als der Vorhang zum zweiten Akt fällt. Die Beleuchtung hat schlecht funktioniert, und eine Stunde lang haben die

Elektriker alles gegeben, bis der gewünschte Effekt erreicht ist. Die Stimmung beginnt zu sinken. Die Frau des Engländers stellt einen Teekorb auf; Freunde und Verwandte werden losgeschickt, um Sandwiches und „etwas zum Runterspülen" zu holen. In dieser Phase der Belagerung wird man zu einer bloßen Maschine. Es wird kein Versuch unternommen, zu schauspielern. Es ist jetzt eine mechanische Perfektion. Wenn die Bühneneffekte sich weigern, auf Stichworte zu reagieren oder diese „vorwegzunehmen", oder wenn die Statisten durcheinander geraten und alle verärgert und „gereizt" werden, schaudert es einen, wenn man bedenkt, dass die Premiere vor der Tür steht. Man hofft und betet, dass es morgen Abend nicht so läuft. Ein Trost ist das alte Sprichwort: „Eine schlechte Generalprobe – eine gute Premiere."

Wir verlassen das Theater, wenn der Milchmann seine Runde macht. Ein Tag mit unruhigem Schlaf und unterschwelliger Anspannung; die Premiere mit auf Hochtouren laufenden Nerven, und dann Erfolg oder Misserfolg, wer kann das schon sagen? Die Kinokasse entscheidet.

Die Premiere ist nicht die einzige Belastung, die mit einer Neuinszenierung einhergeht. Man ist tage-, vielleicht wochenlang wie auf glühenden Kohlen, um zu erfahren, ob das Stück "ankommt" oder nicht. Positive, ja sogar lobende Kritiken werden das Publikum nicht ins Theater locken, wenn ihm das Stück nicht gefällt. Stars mögen eine gewisse Anziehungskraft haben, aber "das Stück ist das Wichtigste". Noch nie hat ein Star ein schlechtes Stück vor der Vergessenheit gerettet oder ein gutes Stück durch schlechtes Schauspiel verdorben.

Ich bin sicher, dass Will und die Mitglieder der Truppe die „Häuser" durch die Gucklöcher im Vorhang genauso gespannt beobachteten wie der Star und das Management die Kasseneinnahmen im Auge behielten. „Wie war das Haus gestern Abend?" war die tägliche Frage, die ich Will bei seinem Morgenkaffee stellte. Schließlich machten wir es uns gemütlich mit der Gewissheit, dass wir eine Saison lang spielen könnten. Ich setzte die Pläne in die Tat um, die ich mir vorgenommen hatte. Ich überredete Will, eine Zeit lang mit mir Sprachen zu lernen, aber seine Stunden waren so unsicher, dass er schließlich aufgab. Musik war meine Leidenschaft. Ich spielte eine ganze Saison lang die Opernvorführungen, die ich mir jahrelang versprochen hatte. Will mochte auch Musik, und manchmal gingen wir zusammen zu den Sonntagabendkonzerten im Metropolitan. Natürlich gab es immer noch die Dinnerpartys und die Souperpartys und Matineen für wohltätige Zwecke. Will schien die Partys satt zu haben und verbrachte immer mehr Zeit im Lambs. Er kam heutzutage nach dem Theater nie mehr zum Abendessen nach Hause. Ich vermisste meine kleinen Gespräche mit ihm am Abendbrottisch. Es war nicht mehr nötig, mir kaltes Wasser ins Gesicht zu schütten, um mich bis zu seiner Ankunft frisch zu halten. Manchmal, wenn ich wach war, hörte ich ihn hereinkommen; es war normalerweise Tageslicht. Manchmal, am Sonntagmorgen, wenn er mich wach vorfand, gab er mir das Morgentelegramm. Kein Wunder, dass sie es „das Frühstück der Chormädchen" nennen. Unter anderem mochte ich an den Lambs nicht, dass der Telefonjunge immer so nervig fragte: „Wer ruft an, bitte?" Will sagte, das machen sie in allen Clubs.

KAPITEL VIII

Mittlerweile hatte ich meinen eigenen kleinen *Zirkel*, und ich war stolz darauf, dass es eine kosmopolitische Versammlung war, die unsere kleine Wohnung am zweiten und dritten Sonntag des Monats beehrte. Es gab so viel zu lernen, die Interessen waren so vielfältig, dass ich Mitglieder anderer Berufe als unseres eigenen freudig willkommen hieß – wenn es sich lohnte. Unser Bildhauerfreund brachte Männer mit, die in entlegene Teile der Welt gereist waren; diese wiederum brachten andere mit. Zu uns zählten mehrere Armee- und Marineoffiziere, ein deutscher Wissenschaftler, Journalistinnen und Journalisten, ein Cartoonist und ein Künstler, Frauen, die in der Siedlungsarbeit tätig waren, und der urige alte Französischprofessor, der mir die Sprache beibrachte. Wenn wir seine Schüchternheit überwinden konnten, war er eine wahre Fundgrube an Informationen. Er hatte die Pariser Kommune miterlebt und arbeitete an einem Buch zu diesem Thema.

Pastiche vom Realen zu trennen . Die Zeitkiller und Neugierigen schieden bald aus. Es war nicht schwer, unseren *Kreis* auf die Größe unseres Zuhauses zu beschränken . Ich konnte nicht umhin, meine einfachen „Zuhause" mit denen der Dingleys zu vergleichen. Wir hatten mehrere Karten für ihre Sonntage erhalten und Will sagte, wir müssten zu mindestens einer davon gehen. Die Dingleys hatten bescheidene Anfänge. Sie wurden scherzhaft als „Zehn, Zwanzig und Dreißig" bezeichnet.

Als ich ein kleines Mädchen in kurzen Röcken war, waren sie Mitglieder einer Repertoiregruppe, die in unserer Stadt während der County Fair-Woche spielte. Das Repertoire umfasste so gute alte Stücke wie The Two Orphans, The Danites, East Lynne, The Silver King, Streets of New York, Camille und The Ticket-of-Leave Man. Mrs. Dingley war die Hauptdarstellerin und ihr Mann der Handwerker. Sie war mein Ideal einer Heldin – damals. Ihr Haar war sehr golden und als weinerliche Heldin trug sie ein schwarzes Samtkleid mit langer Schleppe. Dieser schwarze Samt (später erfuhr ich, dass es Baumwollsamt war) spielte viele Rollen. Es war eine Prinzessin und für den Abend musste nur die Guimpe entfernt werden. Oder wenn die Heldin kränklich war, wie es sich für eine verfolgte Frau gehört, wurde die Prinzessin mit Hilfe eines durchgehenden Vorderteils in ein Teekleid verwandelt. Wiederum wurde es als Reitkleid verwendet, an einer Seite hochgehangen und von dem Seidenhut des Mannes bedeckt, der mit einem Schleier umwickelt war. Mit viel Kreppstoff an der Haube erfüllte das Kleid die Anforderungen der Witwentracht. Ich beschloss, dass ich, wenn ich Schauspielerin würde, genau so ein prestigeträchtiges Kleid in meinem Kleiderschrank haben sollte.

Dank harter Arbeit von Mrs. Dingley und unbändiger Nervenstärke ihres Mannes waren sie schließlich am Broadway angekommen. Sie hatten vor kurzem ein großes Haus in der Altstadt erworben und ich verstand, dass es Mrs. Dingleys Idee war, einen *Salon zu eröffnen* . Sie hatte jedenfalls Erfolg damit, viele Leute anzuziehen. Das Haus war auffallend möbliert. Es gab viele goldene Möbel und antiken Krimskrams, Himmelbetten und monogrammierte Tagesdecken. Nach einer persönlichen Führung durch das Haus und einer aufschlussreichen Abhandlung über den wahren Wert und die Preise der Einrichtungsgegenstände behielt man das verwirrende Gefühl, eine Übung in Kopfrechnen hinter sich zu haben.

Es schien ziemlich gehässig von den Frauen, sich hinter ihrem Rücken über die Dingleys lustig zu machen und gleichzeitig ihre Gastfreundschaft anzunehmen. Zwei klug aussehende Frauen, die ich als Mitglieder von Mrs. D's erkannte. Die Gesellschaft schien sich über das Wappen auf Mrs. Dingleys Bett nicht wenig zu freuen. „Warum haben sie nicht einen Bierkrug entwendet, der auf einem lackierten Tablett lag?" Ich hörte einen sagen.

„Oder ein Holsteiner Bulle, der auf einem Baumwollfeld herumläuft", kicherte der andere.

Ich konnte die Bedeutung ihrer Bemerkungen nicht begreifen, obwohl ich den Humor in ihrer Anspielung auf die leeren Bücherregale sah, die die Wände der Bibliothek säumten. „Warum nicht mehrere hundert Fuß Bücher mit rotem Rücken kaufen, wie ein gewisser Politiker, der die Wandfläche seiner Bibliothek füllen wollte?"

„Pshaw! Es wäre billiger, Requisiten zu verwenden", spottete der andere.

Ich selbst hielt ein Wörterbuch und ein paar Grammatiken für einen vernünftigen Anfang, da Mrs. Dingley eine wahre Mrs. Malaprop war. Später beging ich einen *Fauxpas* , obwohl ich sie nicht beleidigen wollte. In meinem Bemühen, meiner Gastgeberin etwas Nettes zu sagen, bemerkte ich, dass ich sie vor Jahren in den ersten Tagen ihres Kampfes gesehen hatte und dass ich einer ihrer glühenden Verehrer gewesen war. Die Art, wie sie mit frostigem Tonfall „Ja?" sagte, ließ mich verstehen, dass sie sich nicht gern an ihre Anfänge erinnerte.

Während wir Tee aus unbezahlbaren Tassen tranken – deren Geschichte von unserem Gastgeber erzählt wurde – herrschte Aufregung und Halsverrenken in Richtung Treppe. Die Gastgeberin eilte herbei, um die verspätete Ankunft zu begrüßen. Als ein kleiner Mann mit freundlichem Gesicht und Van-Dyke-Bart den Raum betrat, gab es zahlreiche Anstupser und einen Austausch von Anspielungen. Unser Gastgeber begrüßte ihn fröhlich, fast ausgelassen. „Hier kommt der König – hier kommt der König!" summten die beiden Schauspielerinnen und zwinkerten mir vielsagend zu. Es gab ein

Stimmengewirr, während Mrs. Dingley den Löwen des Anlasses mit einer Miene verspielter Eigentümerschaft durch den Raum führte. Der kleine Mann hatte eine Vorliebe für hübsche Mädchen und Schmeichelei. Er hat beides bekommen. Alle schmeichelten ihm, Mr. Dingley bemühte sich heldenhaft, witzig zu sein. Meine Neugier trieb mich schließlich dazu, meine Nachbarn zu fragen, wer der kleine Mann sei.

„Ist er ein Manager oder ein Produzent, oder?—?" Ich flüsterte.

Bevor ich eine Antwort bekam, ertönte lautes Gelächter.

„Oh, er ist ein Produzent, ganz genau! Wieso wissen Sie nicht, wer er ist? Er ist die Gans, die die goldenen Eier gelegt hat!", und sie musterte die goldenen Möbel mit einer ausladenden Handbewegung. Sie senkte die Stimme und beugte sich zu mir. „Er ist Mr. ——!" Ich erkannte den Namen des Multimillionärs. „Ist er das?", fragte ich und versuchte, ihn noch einmal anzusehen.

Die Frauen verfielen in ihre Vertraulichkeiten. „Wie, glauben Sie, erklärt sie es ...?", und nannte Mr. Dingley beim Vornamen. Die andere Frau zuckte mit den Schultern. „Sie muss es nicht erklären; Geld regiert die Welt."

Auf dem Heimweg fragte ich Will, was sie meinten.

Er lächelte und zuckte mit den Schultern. „Man sagt, der kleine Mann sei ein ‚Engel'."

„Nun, nehmen wir an, er ist es?", begann ich empört. „Es gibt so etwas wie Männer mit einem klaren Verstand: Mäzene der Kunst ohne Hintergedanken. Alle Kunst muss gefördert werden, und wer könnte den Aufsteigern besser helfen als –?"

Will legte seine Hand auf meine, so leicht, wie er es immer tat, wenn er mich beruhigen wollte.

„Ich zweifle nicht im Geringsten daran, dass es vernünftige Männer mit gutem Gewissen und ohne ‚Hintergedanken' gibt, wie Sie es ausdrücken. Außerdem glaube ich, dass Hühnerzähne selten sind."

*　　*　　*　　*

Es gab noch andere Beinahe-Salons, zu denen wir eingeladen waren. Einige von ihnen waren höchst temperamentvolle Zusammenkünfte. Jede große Stadt hat ihre Künstlerszene, aber New York kann getrost die Medaille für die halbgaren Neurotiker beanspruchen, die in unerlaubten Kulten schwelgen, die sie im Namen der Kunst heiligen. Eines der typischsten und zugleich amüsantesten dieser esoterischen Feste wurde von einem damenhaften Wesen geleitet, das einige Zeit im Fernen Osten verbracht hatte. Am äußeren Portal wurden wir von einem pechschwarzen, südafrikanischen Neger in voller orientalischer Tracht empfangen. Ein Hauch von Mystizismus durchdrang sogar die Logensofas an der Wand. Sie hatten ein eigentümliches „Gefühl" und man sank in ihre umhüllenden Tiefen, wie man lernt, in die Arme des Nirvana zu sinken. Es muss für kleine, dicke Menschen schrecklich gewesen sein, aufzustehen, nachdem sie einmal dazu verführt worden waren, sich auf diese Sofas zu setzen. Der Mystizismus wurde durch brennendes Räucherwerk, gedämpfte Lichter, Vorhänge und den Gastgeber selbst verstärkt, der uns in orientalischer Tracht empfing, geschmückt mit den berühmten Juwelen, ein Geschenk irgendeines Potentaten. Wir wurden zu einem Podium geführt, wo uns der Ehrengast – ein öliger, selbstgefälliger Swami – empfing. Wenn wir hübsch waren, hielt der Swami unsere Hände länger, als es die Annehmlichkeiten der guten Gesellschaft verlangen. Einige der Gäste waren hochsensibilisierte Wesen. Einige waren schlank wie Cassius; vielleicht „dachten sie zu viel". Es gab ein Übergewicht griechischer und anderer klassischer Kleider gegenüber unklassischen Figuren. (Warum *sollten* Ärzte das Korsett verurteilen?) Die Frisur war die Einfachheit selbst; tatsächlich suggerierte die Einfachheit ein Lecken und ein Versprechen. Manchmal waren Perlen in das wirre Durcheinander eingewebt.

Die sockenlose Dame war zu sehen und der Adel wurde durch eine gewisse altmodische Baronin mit einer Vorliebe für babyblondes Haar repräsentiert. Es gab jede Menge Jägerinnen für ihre Liebe. An der verträumten Sehnsucht ihrer wässrigen Augen werdet ihr sie erkennen. Einige von ihnen hatten mehrere Ausflüge in die Welt der ungezwungenen Liebe unternommen, aber *alle* , alle waren mit leeren Händen und unbefriedigt zurückgekehrt. O grausames Schicksal! Und so gehen sie weiter, jagen, jagen …

Nach einem Aufruf zum Schweigen hielt der Swami mit dem einschmeichelnden Lächeln und den guten Vorderzähnen eine Ansprache. Es war ein mystischer, gewundener, weitschweifiger Diskurs, der für mich ziemlich wie ein Plädoyer für freie Liebe klang. Er erzählte, was uns schmerzte; Er sagte, wir hätten nicht genug geliebt. Er versicherte uns, es sei O, so einfach, unser Stück des wunderbaren, alles durchdringenden Äthers zu bekommen, mit dem wir gesättigt waren. Wir wussten einfach nicht, wie man es benutzt. Er war gekommen, um uns zu lehren: Es ist seine Aufgabe, uns zu verschreiben. Elektrizität war nutzbar gemacht worden, warum nicht auch Liebe? Ich schauderte, als ich an die Möglichkeiten einer Liebesbeziehung dachte. Natürlich würden einige der Millionäre es in die Enge treiben.

Nach der Ansprache versammelten sich alle um den Spender mit orientalischen Perlen. Der Swami steckte kleine Drucksachen in die Handflächen der Neulinge. Sie erzählten, wie man an bestimmten Tagen, zu bestimmten Zeiten und zu bestimmten Preisen weitere Erleuchtung erreichen könne.

Später wurde unser rohes Element durch Oblaten und einen geheimnisvollen Punsch gestärkt. Ich hatte Mitleid mit den Nachzüglern, die die intellektuelle Kost verpasst hatten und gerade rechtzeitig für die Erfrischungen kamen. Oblaten sind nicht sehr nahrhaft. Der Punsch war ein geheimnisvolles und subtiles Gebräu mit der Tendenz, die Lehren der neuen Religion des Swami zu verbreiten. Bevor wir uns verabschiedeten, dachte ich, die Augen der neuen Schüler seien noch schmachtender geworden und deutlich leuchtender. Es könnte natürlich daran gelegen haben, dass der Swami die Deckel von einigen Fässern seines himmelblauen Äthers abgenommen hatte, der für die Anwesenden zu stark verdünnt war. Als wir die Tür schlossen und in die Winternacht hinaustraten, atmeten wir instinktiv die kalte Luft ein, die zwar nicht voller Liebe, aber voller Ozon des gesunden Menschenverstands ist.

„Wenn die Leute in Boston etwas Böses tun wollen, gehen sie nach New York." Unsere Gastgeberin nickte bei dieser Aussage salbungsvoll über den Tisch hinweg.

„Warum auf Boston beschränken? Warum nicht Philadelphia, Washington oder ———?"

„Weil ich diese Städte nicht kenne, aber meine Heimatstadt kenne ich", unterbrach ihn seine Frau.

„Ich schätze, Sie haben Recht", antwortete Mr. Mollett. „Es ist derselbe Geist, der Le Rat Mort, Maxim's oder jedes dieser Resorts in Paris am Leben erhält. In diesen Vorzeigelokalen trifft man selten einen Pariser. Wenn die Ausländer – hauptsächlich Amerikaner und Engländer – nicht wären, müssten sie ihre Läden schließen."

„Genau das behaupte ich auch. In Paris oder New York macht man Dinge, an die man in Boston nie denken würde."

Will hatte Mr. Mollett während der letzten Saison an einem Sonntagabend in New York bei einem Lambs Gambol kennengelernt. Sie hatten sich ineinander verliebt, um Mr. Molletts Ausdruck zu verwenden, und Karten ausgetauscht. „Ihr Mann hat mir von Anfang an gefallen", sagte Mr. Mollett einmal zu mir. „Er ist überhaupt nicht wie ein Schauspieler; er ist natürlich und kein bisschen ein Angeber . " Es scheint, dass jemand, der einem Schauspieler ein besonders großes Kompliment machen möchte, ihm sagt, er sei überhaupt nicht wie ein Schauspieler! Das ist nicht schmeichelhaft für die einfachen Schauspieler, die dem Missverständnis unterliegen, dass sie, um erfolgreich zu sein, auf und hinter der Bühne schauspielern müssen.

Am Eröffnungsabend der folgenden Saison in Boston fand Will zu seiner Freude eine Karte von Mr. Mollett und eine Nachricht von seiner Frau mit der Frage, ob ich in der Stadt sei und ob ich in diesem Fall auf die Förmlichkeit eines Besuchs verzichten und am Samstagabend nach der Vorstellung mit ihnen bei „Beans" zusammenkommen würde.

Mrs. Molletts Samstagabendessen waren ebenso eine Institution wie die Bohnen selbst. Unsere Gastgeberin war eine kluge, intelligente kleine Frau ohne den Anspruch, intellektuell zu sein. Äußerlich hatte sie alle Merkmale einer Bostonerin. Sie trug die praktischen, aber entstellenden Goloshen eines Bostoner Winters und hatte eine Taschentasche bei sich. Ihr Kleid mag in Paris hergestellt worden sein, aber es hatte einen echten New-England-Flair. Es war kein Bestandteil von ihr; es war *etwas ganz Besonderes* . Ihre Haut war rau und voller Fältchen. Ich habe nie ein Glas kalte Sahne auf ihrem Frisiertisch gesehen.

Die Molletts hatten ein gutes Einkommen, das sie offenbar umsichtig einsetzten. Ihr Haus war komfortabel und geschmackvoll. Ihre Bibliothek war ein Hochgenuss; sie bestand nicht nur aus schönen Einbänden und seltenen Ausgaben. Die Bände zeugten von einer engen Bekanntschaft mit dem Besitzer. Durch den Ausschlussprozess hatten sie eine ausgewählte Kette der besseren Schauspieler gebildet, die bei jedem Auftritt in Boston einen herzlichen Empfang vorfanden. Die Neigung der Molletts zum Künstlerischen hatte nichts mit der ungezwungenen Vorliebe fürs Leben zu tun. Das Element der Illusion, das ihre Schauspielerfreunde lieferten, war genau die Abwechslung, die sie brauchten, um der Monotonie ihres Alltags entgegenzuwirken. Beide Seiten profitierten von diesem Austausch.

Boston war der erste Stand auf Tour. Die zweite Staffel hatte mit einem sechswöchigen Engagement in New York begonnen und eine, zwei oder mehr Wochen waren in den größeren Städten gebucht. Das ursprüngliche Unternehmen wurde beworben und – was selten vorkommt – gewahrt. Will entschied, dass es billiger sei, den Jungen und mich auf die Straße zu bringen, als zwei Betriebe zu unterhalten. Zum Glück haben wir unsere Wohnung untervermietet. Ich war dafür, Experience zu ihr nach Hause zurückzuschicken, obwohl ich eine aufrichtige Bindung zu ihr entwickelt hatte, und Boy auch. Will erklärte, dass wir ohne eine Krankenschwester nicht auskommen könnten. Ich versicherte ihm, dass wir es könnten. „Du denkst doch nicht, dass du diesen Buster auf deinen Armen herumtragen kannst, oder? Und würde ich nicht gut aussehen, wenn ich in Züge ein- und aussteige und mit einem Baby auf dem Arm in Hotels komme? Hübsches Bild für ein Matinée-Idol! „Nein, Ma'am, Erfahrung bleibt." Er lächelte mich an, „eine Krankenschwester und ein Kammerdiener helfen, eine gute Fassade zu schaffen."

Leider war das Management nicht der Einzige, der weiter spekulierte. Gute Hotels waren teuer und Wills Position erlaubte es ihm nicht, sich bei anderen Hotels niederzulassen. Es bereitete mir große Sorge, zu sehen, wie Wills Umschlag am Dienstag eintraf und am Mittwoch, als wir die Rechnungen bezahlt hatten, kaum noch etwas übrig war. Ich vermutete auch, dass Will noch Schulden aus der letzten Saison hatte. Ich wusste, dass er im Sommer auf das Management zurückgegriffen hatte. Dummerweise nahmen wir ein Cottage in Allenhurst am Meer, wo wir unsere Ferien verbrachten. Die Wochenendpartys erwiesen sich als teuer. Es war von New York aus leicht zu erreichen und ich wusste bis zu diesem Sommer nicht, wie beliebt Will in diesem Beruf war. Ich bedauerte, dass wir nicht zur Farm in den Catskills zurückgekehrt waren.

Ich habe unterwegs viel mehr von Will gesehen als in New York. Es gab keinen Lambs' Club, und obwohl Will Gastkarten für Clubs in verschiedenen Städten hatte, gab es nicht den Reiz einer intimen Gemeinschaft. Wir machten lange gemeinsame Spaziergänge, stöberten in Buchhandlungen, besuchten öffentliche Gebäude wie die Bibliothek in Boston und aßen manchmal mit Freunden zu Mittag oder tranken Tee. Will hatte keine Lust, Einladungen zum Abendessen anzunehmen; Er sagte, es machte ihn „logy“, spät zu essen, und störte seine Abendaufführungen. Insgesamt kamen wir der alten Vertrautheit und Kameradschaft näher, als wir es seit mehreren Jahren kannten. Zur Weihnachtszeit planten wir den ersten Baum des Jungen. Wir glaubten, dass er jetzt alt genug war, um es zu schätzen. Der Weihnachtsmann wurde nun zu einem Namen, den man beschwören konnte; es handelte sich um eine Bestechung für gutes Benehmen oder um eine Strafandrohung.

Will und ich gingen zusammen einkaufen. Die großen Spielzeugläden erwiesen sich als die faszinierendsten Dinge der Welt. Wir verbrachten Stunden damit, uns die Wunder des Spielzeuglandes anzuschauen, an denen sich das heutige Kind erfreut. Will sagte, er fühle sich dabei wie ein Junge und es bringe ganz sicher die ganze Jugend in ihm zum Vorschein. Seine Augen blitzten und funkelten vor Freude über eine Miniatureisenbahn mit funktionsfähiger Lokomotive und Waggons, elektrischen Scheinwerfern, Blocksignalen und dergleichen. „Mensch! Was hätte ich als Kind nicht alles für so ein Outfit gegeben!“, rief er aus. Ich konnte mich nicht entscheiden, was mir mehr Spaß machte: die hübschen Kinder, die den Laden bevölkerten, oder die Spielsachen, die sie sehen wollten.

Wir besuchten das Land des Weihnachtsmanns mehrmals, ohne uns entscheiden zu können, was Boy am besten gefallen würde. Experience riet uns, ihn selbst entscheiden zu lassen . Als Experience ihn durch die Geschäfte führte, entschied er über alles, was es dort gab. Plötzlich wurde die ganze Welt bedeutungslos: „Senyder!“, stotterte er und zeigte herrisch auf einen Hund, dessen Rasse ebenso unbestimmt schien wie der Prototyp. Für Boy waren alle Hunde Snyders, aber vielleicht erinnerte ihn die ständige Bewegung des Schwanzes, der automatisch wedelte, am stärksten an das Original. Es nützte nichts, ihm zu sagen, dass der Weihnachtsmann Snyder durch den Schornstein bringen würde. Boy hatte seine eigenen Vorstellungen von Feen und ihresgleichen. Er weigerte sich, den Laden ohne den Hund zu verlassen. Unnötig zu sagen, dass der Hund mit uns nach Hause ging. Will konnte Boys Schreie nie ertragen. Aber zu seiner Entschuldigung sei gesagt, dass keines der Spielzeuge, die Boy am Weihnachtsmorgen um seinen Baum herum gruppiert fand – und sie hießen Legion – ihm die Freude bereitete, die er an dem Mischlingswelpen fand. Miss Burton schickte eine Schachtel aus dem fernen San Francisco, wo sie spielte. Die chinesischen Puppen interessierten ihn einen Moment lang, aber sein Herz hing an Snyder. Er schlief bei ihm, teilte sein Essen mit ihm, weinte seinen kindlichen Kummer mit Snyder in den Armen heraus und weigerte sich, sich von seinem treuen Freund zu trennen, selbst als ihm das Alter seinen Wollmantel und seine glänzenden Augen raubte.

Der Star gab am Weihnachtsabend eine Party. Als der Vorhang zum letzten Akt fiel, wurde der Applaus durch das Aufblitzen der Saallichter erstickt. Der Bühnenmanager gab den Befehl zum Abbau und in kurzer Zeit war die Bühne frei. Die Zimmerleute setzten dann das improvisierte Bankettbrett zusammen – große, lange Holzbretter, die auf Sägeböcken ruhten. Vom eisernen Absatz der ersten Wendeltreppe, auf die Wills Ankleidezimmer hinausging, beobachtete ich, wie die Männer des Catering-Unternehmens den Tisch deckten. Den letzten Teil des Abends hatte ich in der Kajüte verbracht – ein seltenes Ereignis, da ich selten hinter die Kulissen ging, außer mit Freunden von Will, die die Vorstellung besucht hatten und sehen wollten, wie die Bühnenrückseite aussah.

Kurz vor zwölf Uhr versammelten sich die Mitglieder der Truppe und einige externe Gäste auf der Bühne – wo sie von der Star-Hostess empfangen wurden. Mitten im Geschwätz gingen die Lichter aus. Zuerst hielten alle es für einen Unfall, bis in der Ferne eine Glocke die Geisterstunde läutete. Als der letzte Schlag verklang, wehte ein leises Klingeln von Schlittenglocken durch die Luft. Näher und lauter kamen sie, unterbrochen vom Knall einer Peitsche. Ein großer Lichtstrahl schoss von oben schräg über die Bühne. Aus den Wolken schien ein vollwertiger Weihnachtsmann wie eine Flugmaschine herabgestiegen zu sein. Mit Hilfe einer kleinen „hinterhältigen" Musik des Orchesters und des treuen Scheinwerfers, der seine Schritte verfolgte, stellte Santy den riesigen Baum in die Mitte des Tisches und lud seinen Rucksack ab. Mit vielen grotesken Possen betrachtete er seine Liebesarbeit und nachdem er schließlich den Inhalt einer Karaffe probiert hatte, die auf dem Tisch stand, rieb er zufrieden seinen gepolsterten Beutel, lachte fröhlich, rief

„Frohe Weihnachten euch allen" und verschwand in die Wolken. Die Wirkung war so bezaubernd und so unheimlich, dass der alte Kris bei seinem Abgang spontan eine „Hand" erhielt.

Ich dachte an Boy und wie sehr er die Szene genossen hätte. Unzählige kleine Lichter funkelten wie Sterne auf den wunderschönen Bäumen. Ein warmer, roter Schein strömte aus imaginären Kaminen außerhalb der Bühne. Zur Begleitung von ohs! und ah! und einem fröhlichen Potpourri aus dem Orchester nahmen wir unsere Plätze am Tisch ein. Ich bin mir sicher, dass jedes Publikum gerne einen Aufpreis für Karten für diese besondere Aufführung bezahlt hätte.

Das Abendessen bestand aus acht Gängen. Es gab alles von nussbraunem Truthahn bis zu heißer Mince Pie. Die Getränke waren vielfältig und reichlich. Mir fiel auf, dass nach dem dritten oder vierten Gang jeder jedem anderen erzählte, was für ein guter Schauspieler er oder sie sei. Es entwickelte sich eine wahre gegenseitige Bewunderungsgesellschaft. Will trat mich mehrmals unter dem Tisch, als der Charakterdarsteller ihm sagte, was für ein guter Schauspieler er sei; es war allgemein bekannt, dass der Charakterdarsteller Will hinter seinem Rücken „verprügelte". Das große, gutaussehende Mädchen, das mir bei den Proben aufgefallen war, ließ einen neuen Diamantanhänger herumgehen, den sie gerade von ihrer Freundin in New York bekommen hatte.

„Er ist einfach verrückt nach dir, oder?", neckte einer der Schauspieler. Das hübsche Mädchen lachte und zwinkerte.

„Das ist er sicher", antwortete sie, „und ich habe ihm noch nie so viel gegeben ", maß sie einen winzigen Fleck ihres Daumennagels ab.

Ein schallendes Gelächter löste ihre Bemerkung aus. Wenig später, als sie aufgewärmt war, warf sie Will über den Tisch hinweg einen Blick zu und warf ihm Veilchen aus ihrem riesigen Corsagenstrauß zu. „An jedem Matinée-Tag schicke ich dir Veilchen", umschrieb sie in einem Lied, dessen Bedeutung mir erst einige Tage später entging.

Gegen Ende des Abendessens wurden die Pakete geöffnet. Jedes Andenken wurde von einem Limerick begleitet, der die Eigenheiten des Empfängers darlegte, der gebeten wurde, es laut vorzulesen. Wer auch immer die Limericks komponierte, wurde dafür gut bezahlt, dass er nächtelang wach blieb, denn sie sorgten für viel Heiterkeit, auch wenn sie nicht ganz frei von Biss waren. Nach dem Abendessen gab es Varieté. Der Star imitierte ein paar *Café-Gesänge* , die das Publikum zum Einsturz brachten. Der musikalische Leiter hatte einen Sketch komponiert, den er „Very Grand Opera" nannte. Das Thema drehte sich um den Abschied einer oder mehrerer Figuren voneinander. Das Buch bestand aus einem Wort; *Lebewohl* . Bis ich die

Parodie hörte, war mir gar nicht bewusst, wie langatmig die Abschiede in der Oper sind. Der Humor verdarb die zarten Duos, Trios und Chöre des Originalartikels ziemlich.

Lieber alter Herr und liebe alte Frau —— hat einen Kuchenspaziergang beigesteuert. Niemand hätte gedacht, dass in dem mürrischen alten Herrn so viel Ingwer steckt. Eine gute alte Virginia-Rolle und „Tucker" brachten alle in Bewegung.

Bevor wir uns auflösten, legte der alte Weihnachtsmann – verkörpert durch einen der Herren, der umherging – wieder seinen Bart und sein Wildleder an und trug, begleitet von einer lärmenden Truppe, den großen Baum zur Pension, in der die Kinderschauspielerin der Gesellschaft wohnte. Am Straßenende der Gasse, die vom Bühneneingang führte, hielt sie ein großer, stämmiger Polizist an; Sie *waren* allerdings laut. Aber selbst der Beamte lachte, als Santy ihn am Arm berührte und ihn in einem „harten" Dialekt fragte: „Sag Bill, glaubst du an Feen?"

Wenn Will irgendwelche Erlebnisse in Boston hatte, wurde ich nur auf eines aufmerksam gemacht; vielmehr wurde es mir aufgezwungen. In der zweiten Woche der Verlobung begann Will, mir Veilchen zu bringen. Nun hatte er mir diese Aufmerksamkeit seit mehreren Jahren nicht mehr geschenkt. Ich fühlte mich damals zu sehr geschmeichelt, um zu bemerken, dass die Blumen immer an Matinée-Tagen nach der Aufführung kamen. Normalerweise ging Will nach einer Matinée spazieren. Er sagte, es habe ihn für die Abendvorstellung erfrischt. Er kam strahlend von der Übung herein und strahlte einfach Gesundheit und Energie aus. Ich wusste, wann ich ihn erwarten würde, und wartete darauf, dass der Aufzug auf unserer Etage anhielt. Ich erkannte Wills Schritte in dem Moment, als er den Flur entlangkam. Als er die Tür öffnete, schnupperte ich instinktiv die frische Luft, die er hereinbrachte. Es gefiel mir, seine kalte Wange an meiner zu spüren ... und zu hören, wie er zur Belustigung von Boy schnaufte und knurrte, während er seinen dicken Mantel auszog. Er war unwiderstehlich. Die Veilchen kamen in einer violetten Schachtel mit dem Aufdruck des Floristen in goldenen Buchstaben. Als er sie das erste Mal mitbrachte, stellte er die Schachtel auf den Tisch, ohne sie mir zu geben. Eine meiner Schwächen sind Blumen.

"Was ist das?" fragte ich und stürzte mich auf die Kiste.

„Öffnen Sie es und sehen Sie nach", antwortete er mit einem seiner fragenden Seitenblicke.

"Für mich?" Ich fragte etwas zweifelnd. Ich habe keine Zeit verloren, die Schachtel zu öffnen. Wenn der Schatten eines Gedankens, dass ein

Bewunderer von Will ihm die Blumen geschickt hatte, durch meinen Kopf huschte, ging er in Wills Lächeln verloren, als er antwortete:

„Für mein bestes Mädchen."

Ich vergrub mein Gesicht in ihren kühlen Tiefen. „Veilchen! Oh, diese Schönheiten! Mir gefällt die einzelne Sorte am besten, nicht wahr, Will? Sie sind so frisch und holzig." Dann schlug mich mein Gewissen. Veilchen sind zu dieser Jahreszeit teuer. „Will – waren die nicht *furchtbar* teuer?" Trotzdem war ich überglücklich – wie ich Matinée-Mädchen sagen hörte – und beschloss, auf etwas zu verzichten, das ich brauchte, um Wills schmeichelhafte Extravaganz auszugleichen. Ich pflegte und pflegte diese Veilchen, bis der nächste Matinée-Tag kam. Als sie verblassten, drückte ich sie zwischen Löschpapier und wollte sie, wenn ich nach Hause kam, zusammen mit den anderen Blumen wegräumen, die Will mir geschenkt hatte …

Es war Dienstag, der Tag nach Weihnachten. Ich war mit Mrs. Mollett zum Tee in einen Damenclub gegangen. Die Veilchen, die Will mir nach der Weihnachtsmatinee mitgebracht hatte, wurden durch einige Maiglöckchen ergänzt. Der riesige Strauß sah besonders schick aus zu meinem Pelzmantel. Mrs. Mollett und ich kamen spät zurück. Ich war sicher, dass ich Will verpassen würde, der mit einigen Freunden zum Abendessen in einen Club ging. Als ich durch die Halle zum Aufzug ging, überholte mich ein Page. Er sagte mir, dass jemand im Salon auf mich wartete. Ich bat um eine Karte, aber es war keine geschickt worden. Ich fragte mich, wer mich besuchen könnte – ich hatte so wenige Bekannte in Boston – und erwartete eine angenehme Überraschung. Ich folgte dem Jungen in den Salon im zweiten Stock. Es war ein großer Raum und ich blieb halb erwartungsvoll in der Tür mit Portier stehen. Die einzige Person im Raum war eine große Person – ob Frau oder Mädchen, konnte ich nicht erkennen. Sie stand mit dem Rücken zur Tür und sah aus dem Fenster. Als sie über die Schulter blickte und kein Anzeichen von Erkennen zeigte, drehte ich mich um und wollte gehen. Der Page hatte jedoch hinter mir gewartet. „Das ist die Dame dort drüben, die nach Ihnen gefragt hat." Er näherte sich dem Mädchen, das sich schüchtern umdrehte.

„Sie wollten Mrs. Hartley sehen, nicht wahr? Das ist sie."

Wahrscheinlich war es die Überraschung, korrektes Englisch aus dem Mund eines Pagen zu hören, die meine Aufmerksamkeit für eine Sekunde ablenkte. Als ich die Besucherin ansah, sah ich, dass sie rot geworden war und verwirrt war.

„Da ist – da scheint ein Irrtum vorzuliegen", stammelte sie, wandte sich an den sich zurückziehenden Jungen und wandte meinen Blick ab. „Ich habe darum gebeten, Mr. Hartley zu sehen – Mr. William Hartley", rief sie dem Jungen hinterher, obwohl ihre Stimme kaum hörbar war. Sie blickte verwirrt zur Tür, als ob ihr einziger Wunsch darin bestünde, wegzukommen. Ihre Verlegenheit hatte etwas so Beunruhigendes, so Mitleiderregendes; kein bisschen *Savoir-faire* oder Bluff, um ihr zu helfen. Ich ertappte mich dabei, wie ich in einem freundlichen Ton sagte, der nur noch Öl ins Feuer goss: „Ich bin Mrs. Hartley; Mrs. William Hartley. Kann ich irgendetwas tun?"

Eine ganze Minute lang standen wir da und sahen uns an. Im grellen Licht, das der Junge beim Hinausgehen eingeschaltet hatte, waren ihr Gesicht und ihre Figur scharf umrissen. Eine große Frau hat in jeder Kontroverse immer die Nase vorn, obwohl mein Gegenüber *ihren* Vorteil sicher nicht erkannte. Wenn ihr Geist so verwirrt war, wie ihr Gesicht es zeigte, war sie zu bemitleiden. Sie war nicht nur eine schlichte Frau; sie war der Inbegriff der Schlichtheit. Die Natur hatte ihr kein einziges gutes Merkmal gegeben; die Stupsnase hatte nicht einmal einen Hauch von Frechheit, nicht ein spekulatives Zucken der Mundwinkel oder ein bezauberndes Herabhängen der Augenlider, das manchmal das schlichteste Gesicht erhellt. Vielleicht erkannte sie die Knauserigkeit ihrer Gaben. Es war ein offensichtlicher Versuch, sich herauszuputzen. Ihr Hut saß unbehaglich auf einem Kopf, der an die Kunst des Friseurs nicht gewöhnt war. Auch die Schuhe schmerzten, empfand ich: Sie waren so neu und die Absätze so hoch und instabil – eine radikale Abkehr vom üblichen Leisten, der ebenso ein Teil von ihr war wie die Füße selbst. Ich stellte mir ihr Zuhause, ihr Leben und ihre alltäglichen Gefährten vor … die ewige Illusion der Bühne … Wills Anziehungskraft, kombiniert mit der Vollkommenheit und der nie nachlassenden Würde des Bühnenhelden … Ich sah das alles so deutlich, wie ich das angespannte, ausdruckslose Gesicht vor mir sah. All dies in einem kurzen, flüchtigen Moment. Ich lächelte ermutigend. Ihre Augen trafen meine, dann flackerten sie und senkten sich, und ruhten hängend auf den Veilchen – und wir verstanden beide …

„Wollen Sie sich nicht hinsetzen?", sagte ich und ging voran zu einem Diwan, um die Situation zu entschärfen. „Nehmen Sie doch ein Kissen! – da, ist das bequemer? Diese Sofas scheinen nie in den Rücken zu passen … Es tut mir leid, dass Mr. Hartley nicht da ist. Normalerweise *ist er* um diese Zeit da, aber heute Abend isst er auswärts. Ich weiß, es wird ihm leid tun, Sie verpasst zu haben, denn ich bin sicher, er möchte Ihnen persönlich für die schönen Blumen danken. Ja, er hat mir alles darüber erzählt und wir haben beide Ihre Freundlichkeit, sie zu schicken, geschätzt. Ich hoffe, Mr. Hartley hat Ihnen geschrieben und sich angemessen bedankt", plapperte ich weiter und hoffte, ihr Zeit zu geben, sich zu erholen. „Er ist in der Regel in diesen Angelegenheiten sehr gewissenhaft, aber mit den Feiertagen und den zusätzlichen Matineen …" Ich beendete meinen Satz mit einem ausdrucksvollen Achselzucken. Es folgte eine entmutigende Stille.

„Ich glaube, ich muss gehen", stockte sie schließlich und wartete darauf, dass ich aufstand. „Ich fürchte, ich habe dich zu lange aufgehalten … Du warst sehr nett … Ich hoffe, du warst nicht schockiert über … über … die unkonventionelle Art, wie ich … „Ihre Rede kam ruckartig.

„Überhaupt nicht", antwortete ich, sprang ein und erwartete mein Stichwort. "Gar nicht!" Ich wiederholte es und fügte der Bestätigung mehr Wärme hinzu, als ich beabsichtigt hatte. Ich ging mit ihr zum Aufzug. „Es tut mir leid, dass es so spät ist, sonst würde ich Sie bitten, auf eine Tasse Tee anzuhalten. Aber Sie werden wiederkommen, nicht wahr? – vielleicht rufen Sie mich eines Morgens an – nicht *zu* früh –" Ich lachte ein wenig, als ich den Knopf drückte – „Wir sind keine Frühaufsteher, und wir vereinbaren einen Termin, zu dem Mr. Hartley bei uns sein kann. Ich möchte, dass du den Jungen kennenlernst – O ja, wir haben einen." Baby auch! Natürlich halten *wir* ihn für das schönste Baby der Welt. Sind Eltern nicht ein eingebildeter Haufen?" … Ich drückte ihre schlaffe Hand und lächelte zum Abschied, als der Aufzug sie außer Sichtweite brachte.

Dann verschwand mein Lächeln. Ich war wütend auf mich selbst: Ich hatte das Gefühl, ich hätte es übertrieben. Was bedeutete mir die Frau, dass ich mich anstrengen sollte, sie dazu zu bringen, sich wohl zu fühlen? Sie war nur eines dieser albernen Wesen, die dem Schauspieler „nachjagen" und seiner Eitelkeit nachgeben. Ich bedauerte den Impuls, der mich dazu veranlasst hatte, sie zum Tee einzuladen. Ich hatte mich wirklich lächerlich gemacht … Zumindest hatte ich verhindert, dass sie sich noch mehr lächerlich machte – und mich …

Ich ging in mein Zimmer, schaltete aber das Licht nicht an, aus Angst, Experience anzulocken, deren Zimmer auf der anderen Seite des Platzes lag. Sie wartete wahrscheinlich auf mich. Ich wollte allein sein. Ich habe die Veilchen aus meinem Mantel entfernt. Mein erster Impuls war, sie aus dem Fenster zu werfen; Dann überlegte ich es mir anders – und ihr. Sie stellten die Illusionen einer Frau dar – nein, die Illusionen zweier Frauen … Will hatte mich absichtlich getäuscht; Sogar Miss Merdell, die große, gutaussehende Frau, wusste, dass er mich zum Narren hielt. Das meinte sie, als sie ihn wegen der Veilchen auf der Weihnachtsfeier aufzog. Vielleicht war es nicht von großer Bedeutung, aber verzeiht eine Frau einem Mann jemals, dass er ihre Selbstachtung verletzt hat?

Ich sah Will nicht an, als ich ihm von dem Besucher erzählte. Er befreite sich anmutig aus der Situation. Er meinte, er dachte, mein Scharfsinn hätte mich zur Wahrheit führen lassen, und als das nicht der Fall war, kam er zu dem Schluss, dass es eine Schande wäre, mich zu täuschen. Und was machte das schon aus? Er hatte mir die Blumen nach Hause gebracht, obwohl es ein Leichtes gewesen wäre, sie den anderen Mädchen zu überlassen …

Miss Gorr – so hieß sie – kam zum Tee; sogar mehrmals. Will meinte, sie sei auf dem besten Wege, langweilig zu werden.

„Um Himmels Willen, lass sie mir nicht los", protestierte er. „Ich gebe ihr gern Fotos und Ratschläge, aber ich möchte nicht mit so einem Freak gesehen werden!"

Ich ertappte mich dabei, wie ich mich fragte – und ich schämte mich für diesen Gedanken –, ob Will sich gelangweilt hätte, wenn Miss Gorr nicht so hoffnungslos offenherzig gewesen wäre. Alice war *schlau* und es gab schon andere und es würden wahrscheinlich noch mehr kommen. Ich kam an den Punkt, an dem ich gleichgültig mit den Schultern zucken konnte. Es war alles Teil des Spiels und ich lernte, es zu spielen …

KAPITEL IX

NACH Boston spielte das Unternehmen in Philadelphia, Baltimore und Pittsburgh. Jede Stadt hat ihre besonderen Merkmale, bestimmte Typen sind jedoch im ganzen Land zu finden. Es gibt immer die „fliegende" verheiratete Frau, die in den Hotellobbys herumlungert und auf den Schauspieler oder einen eleganten Besucher lauert, der wie sie Abwechslung sucht. Sie kommt auf einen Cocktail oder einen Highball vorbei und schaut sich alles an. Sie verfügt über ein eigenes Gebärdenhandbuch. Die Oberkellner kennen sie und zwinkern vielsagend, wenn sie mit ihren Freunden hereinkommt. Im allgemeinen Sinne sind diese Frauen keine Prostituierten. Es handelt sich um Produkte unserer Freizeitklasse. Ihre Ehemänner sind Geschäfts- oder Berufstätige mit gutem Ansehen. Bei komfortablen, sogar luxuriösen Häusern oder einem stagnierenden Leben in einem modernen Hotel hängt ihnen die Zeit schwer ab. Sie haben keine anderen intellektuellen Interessen als Bridge und den „Bestseller". Sie erfüllen ihre schlimmsten Wünsche und schwelgen in ihren alkoholbedingten Leidenschaften. Das sind die *Stall-Feds* ; die Drohnen; die Verschwender; die Bedrohung für die Weiblichkeit Amerikas. Das sind sie, die Wasser auf die Scheidungsmühlen sind; die die Boulevardpresse mit lüsternen Geschichten über Leidenschaft verstopfen; die unschuldige Kinder schon vor der Geburt stigmatisieren und behindern; die sich so unbekümmert fortpflanzen und kreuzen, dass es tatsächlich ein weises Kind ist, das seinen eigenen Vater kennt. Und am Ende, als der Erzfeind der verblassten Reize sie überholt, wächst die Armee der Huren.

Die „vernachlässigte Ehefrau" ist zu einem uralten Witz geworden. Er wird bis zum Gehtnichtmehr ausgeschlachtet. Mein Mann ist für die Aussage verantwortlich, dass neun von zehn Frauen diese Ausrede benutzen, um ihre eigene Untreue zu rechtfertigen. „Mein Mann versteht mich nicht; er kennt nichts als Geschäfte, Geschäfte, Geschäfte. Er erkennt nicht, dass es eine andere Seite meines Wesens gibt, die völlig ausgehungert ist." Oder: „Mein Mann interessiert sich für etwas anderes. Was soll ich tun? Den Kindern zuliebe will ich keine Scheidung, und ich bin zu stolz, um ihn wissen zu lassen, wie ich darüber denke. Ich bin auch nur ein Mensch."

Dass es viele vernachlässigte Ehefrauen gibt, ist eine Binsenweisheit. Aber es ist eine falsche Art von Stolz, die eine Frau auf die Suche nach dem Trost der Toms, Dicks und Harrys dieser Welt treibt. Was die Kinder betrifft, gibt es größere Übel als eine Scheidung. Der Einfluss eines in sich selbst gespaltenen Hauses, die überladene Atmosphäre von Betrug und erniedrigenden Streitereien können nicht umhin, den Geist eines Kindes zu imprägnieren, und das wahrscheinlich zu einer Zeit, in der sich der Charakter formt.

Es ist ein Glück für die Ehre der Familie, dass der Schauspieler nicht weniger gewissenhaft ist. „Wer küsst und wegläuft, kann leben, um an einem anderen Tag zu küssen" ist wahrscheinlich ein Hinweis auf seine schlimmste Sünde. Er nimmt, was die Götter ihm geben, und schreibt seine große Popularität seinem unwiderstehlichen Selbst zu. Wenn er gelegentlich „mit der Ware erwischt" wird, ist das eine gute Werbung für die Klatschpresse. Ganz nebenbei macht es Werbung für den Schauspieler. Die Frau zahlt die Zeche. „Was der Gans gut ist, ist auch dem Gänserich gut" wird wahrscheinlich eine vage Annahme bleiben.

∗   ∗   ∗   ∗

Es gibt nur ein Chicago. Andere Städte – insbesondere Pittsburgh und Cincinnati – mögen alltäglich oder vulgär sein, aber Chicago ist der Inbegriff alltäglich-vulgärer Art. Das fiel mir auf, als ich das Premierenpublikum überblickte. Die Männer sind alltäglich, die Frauen vulgär. Die Frauen machen den Eindruck von ehemaligen Kellnerinnen aus billigen Restaurants oder Verkäuferinnen, die gut geheiratet haben. Nur wenige der männlichen Bevölkerung scheinen einen Anzug zu besitzen. Die Frauen tragen Konfektionsanzüge mit bemalten Hüten und reichlich auffälligem Schmuck. Einige von ihnen sind grauenhaft „geschminkt". Ihre Manieren sind so locker wie der Wind vom See und sie „machen einen zu einem von ihnen", wenn man ihnen zum ersten Mal begegnet. Wenn es in Chicago eine kultivierte Gesellschaft gibt, trifft der Schauspieler sie nie; sie lebt wahrscheinlich durch die Umstände und nicht durch Wahl in Chicago. Die Mittelklasse ist super alltäglich. Die feine Gesellschaft ist nicht schick, sondern nur schnell und locker. Chicago ist eine gute „Showstadt". Vielleicht wäre es besser, wenn die Manager ihr Wort hielten und die ursprünglichen Unternehmen auslieferten. Die westlichen Metropolen nehmen es übel, wenn ihre Würde verletzt wird.

Wills Management spielte daher einen Trumpf aus, als es die Produktion und die Spieler nach New York schickte. Das Haus war schon Wochen im Voraus ausverkauft. Am Eröffnungsabend zeigte sich, dass Will bei früheren Besuchen in Chicago einen guten Eindruck hinterlassen hatte. Bei seinem Eintritt erhielt er eine Hand. Wenn ein Nebendarsteller auf diese Weise in Erinnerung bleibt, beweist das seine Popularität.

Nach der Vorstellung gingen wir mit einigen Freunden von Will zum College Inn. Jeder, der *etwas Besonderes ist*, geht in das schlecht belüftete Loch unter der Treppe; man bekommt eine Art *Revue* über die Torheiten der Stadt. Chicago ist hoffnungslos provinziell. Es besteht eine tiefe Vertrautheit mit den Angelegenheiten anderer Menschen. Solche Anbieter von Privatsphäre wie Clubfellow und Town Topics dürften es nicht leicht finden, Kopien, die nicht bereits Gemeinschaftseigentum sind, ohne Randbemerkung zu erhalten. Unser Gastgeber und die Gastgeberin des Abends hielten ein

Feuerwerk voller Klatsch und Tratsch über die Menschen um uns herum aufrecht.

An einem Tisch in der Nähe saß eine ekelhaft aussehende Frau mit kämpferischem Blick. Ihr Begleiter war ein geschmeidiger, farbloser junger Mann, der, wie ich annahm, ihr Sohn war. Diese Person stand mit vielen *Stammgästen* des Gasthauses in Verbeugung . Mehrere Schauspieler saßen an ihrem Tisch und lachten effektvoll über ihre Ausfälle. Als Will mir erzählte, dass sie eine bestimmte Kritikerin einer Chicagoer Zeitung war, verstand ich die Hommage, die ihr erwiesen wurde. Ich verstand jedoch nicht, warum sie den Jugendlichen geheiratet hatte, von dem ich annahm, dass es ihr Sohn war. Unsere Gastgeberin sagte etwas über das „dankbare Alter", was ich nicht verstand. Die Kritikerin schrieb mit giftiger Feder, wenn Stimmung oder Groll sie dazu trieben. Mancher Schauspieler zuckte unter ihren Wimpern. Es gab jedoch Gerüchte, dass ihr Bellen viel schlimmer sei als ihr Biss und dass sie, wenn man sich ihr „auf die richtige Weise" näherte, „aus der Hand fressen würde".

Seitdem eine Person, die unter einem wohlklingenden *Pseudonym schwelgt* , das an die romantischen Tage von Robin Hood erinnert, die Funktion der dramatischen Kritik pervertiert, gibt es überall im Land Nachahmer. „Nachahmung ist die wahrste Schmeichelei." Auf Kosten der Wahrheit bissig witzig zu sein, mit unverschämten Persönlichkeiten umzugehen, seine Würde zu verlieren, indem man die anderer herabsetzt, ist die Konstruktion der sanften Kunst der Kritik, die amerikanische Rezensenten sich selbst vorbehalten.

Wills Freunde waren ein geselliger Haufen. Noch vor Ende des Abends hatte sich unsere Gruppe beträchtlich vergrößert. Jeder Neuankömmling fügte eine weitere Runde Drinks hinzu. „Trink einen mit mir" ist ein rein amerikanisches Merkmal. Als wir uns trennten, hatte ich eine Handvoll Karten und eine wirre Liste von Verabredungen zum Tee, Abendessen und Abendessen. Glücklicherweise war ich nicht die Einzige, die durcheinander geriet. Mehrere der ehemaligen Gastgeberinnen vereinfachten die Sache, indem sie die Einladungen, die sie ausgesprochen hatten, vergaßen.

Während wir auf das Auto warteten, neckte eine der Frauen Will folgendermaßen: „Aber du schlauer, hübscher Kerl! Als du das letzte Mal hier warst, hast du mir nie erzählt, dass du verheiratet bist."

„Ich nehme an, du wusstest es", war Wills Antwort.

„Oh, das haben Sie! Ähm! Ich sage auch nie etwas über meine Ehe, wenn ich zum Spaß wegfahre... Macht nichts, ich werde Ihnen verzeihen, wenn Sie mich anrufen. Wo halten Sie? Wie lange wird Ihre Frau in der Stadt sein?" Der Rest ging in der Annäherung des Autos unter.

Diesmal gingen wir nicht zu Mama Heward. Als Will zuvor in Chicago spielte, hatten wir in einer Theaterpension gewohnt, die von einer lieben kleinen alten Schottin geführt wurde. Ihre Pension war eine der wenigen guten im ganzen Land. Leider musste man eine lange Fahrt mit der Straßenbahn auf sich nehmen, um zu ihrem Haus zu gelangen, und Wills Vorstellungen endeten spät. Außerdem hatte er gehört, dass der Tisch nicht mehr besetzt war und der Service unzureichend war. Ich kann mir jedoch vorstellen, dass Will das Gefühl hatte, er sei den Pensionszeiten entwachsen. Er entschied sich für ein Familienhotel auf der Nordseite.

Während der Woche besuchte ich Mama Heward und nahm Boy mit. Es war das erste Mal, dass sie ihn sah, und sie schwärmte so sehr von ihm, dass selbst die Eitelkeit einer jungen Mutter befriedigt wäre. Sie erkundigte sich nach Will und blieb über seine Fortschritte auf dem Laufenden. Sie hatte ihn immer gern gehabt und hatte ihn Bobby Burns getauft, dem er ein wenig ähnelte. Ich sah, dass sie sich durch unsere offensichtliche Verlassenheit verletzt fühlte, und versuchte, sie zu versichern, dass wir mit ihr viel glücklicher und zufriedener sein würden; dass, wenn das Theater nicht so weit weg wäre –

Die liebe kleine alte Dame tätschelte meine Hand, als wolle sie mir weitere Verstellung ersparen.

"Das ist die Entschuldigung, die sie alle vorbringen, aber es ist nicht weiter weg als je zuvor und die Theater sind so nah wie eh und je", sagte sie traurig, und der schottische Akzent klang melodisch in ihrem Ohr. "Das ist es nicht... Sie vergessen mich, jetzt, wo sie in der Welt aufsteigen. Früher war es nicht allzu weit weg, als sie nicht mehr als acht oder zehn Dollar pro Woche für ihre Verpflegung bezahlen konnten ... und für die kleinen Abendessen, die Mama nach dem Theater für sie bereithielt ..."

Sie seufzte, aber es war keine Spur von Bitterkeit darin. „Damit muss man rechnen, wenn man alt und erschöpft ist... So ist der Lauf der Welt, und Gott war zu Frauen immer härter als zu Männern."

Ich konnte nichts antworten; ich hätte nicht sprechen können, wenn es etwas zu sagen gegeben hätte. Ich fühlte mich erstickt und den Tränen nahe. Es war alles so erbärmlich. Es herrschte eine Atmosphäre der Trostlosigkeit. Die Wärme, die Wohlstand ausstrahlt, war nicht mehr spürbar. Wo früher führende Spieler gewesen waren, sogar ein oder zwei Stars, waren jetzt nur noch die unteren Ränge und nur wenige von ihnen. Von den guten alten Zeiten war nichts übrig geblieben, außer den Reihen und Reihen von Fotos, die die Wände säumten, alle signiert und mit der Inschrift „In Liebe für Mama Heward" versehen. Arm in Arm besichtigten wir diese Galaxie von Spielern.

„Da gibt es –", sagte sie und blieb vor einem bekannten Schauspieler stehen. „Und das ist seine erste Frau. Sie war ein liebes, gutes Mädchen. Ich fürchte, Herbert hat sie nicht so gut behandelt, wie er sollte. Oft hat sie in Mamas Armen ihr Herz ausgeweint … Sie ist wieder verheiratet." – Nein, kein Schauspieler – und sie hat zwei Jungen, den kleinsten von der Größe wie du … Konntest du jemals erraten, wer das ist? Ja, das ist – als er den Mann mit Modjeska spielte. Die Frauen waren verrückt über ihn... Und er war ein lieber – so ein gutherziger Mann. Ich erinnere mich, wie er einmal den Ofen am Laufen hielt, als unser Mann drei Tage lang verschwand – seine Ärmel hochgekrempelt und Macbeth aus vollem Halse hervorsprudelnd ... Lieber alter Morry, er war sein eigener schlimmster Feind ..."

Sie seufzte schwer über das schlechte Ende des Schauspielers. „Und da! Erkennst du das? Und ist der Junge nicht das lebende Abbild seines Vaters?"

Ich habe mir das Foto genauer angeschaut. Die Ähnlichkeit des Jungen mit seinem Vater war auf einigen früheren Bildern von Will noch deutlicher zu erkennen.

„Erinnerst du dich an das erste Mal, als du zu mir kamst? Du warst noch nicht lange verheiratet. Du hattest einen Hund, einen Bullterrierwelpen. Lass mich mal darüber nachdenken, wie war sein Name? Ja, Billy, das ist es! Und tu es Stört es dich, dass du ihn in deinem Badezimmer eingesperrt hast, als du ins Theater gegangen bist, und wie er die Matten vom Boden gefressen hat, während du weg warst?"

Wir lachten beide bei der Erinnerung, obwohl ich damals nicht gelacht hatte. Ich hatte Angst, Billy könnte in den Keller verbannt werden, wo er sein Welpenherz herausschreien würde. Aber Mama Heward war nie schlecht gelaunt. Sie war voller Freundlichkeit und Rücksichtnahme ... und jetzt wurde sie alt und konnte eine anspruchsvolle Kundschaft nicht mehr zufriedenstellen. Die Lebenshaltungskosten waren gestiegen; die Mieten waren höher; aber mehr konnte die kleine alte Dame nicht für ihr Zimmer bekommen. Um beides zu erreichen, verzichtete sie zunächst auf einen Diener, dann auf einen anderen, bis sie und ihre gebrechliche Tochter sich die gesamte Hausarbeit teilten. Es war keine leichte Aufgabe, rund um die Uhr ein Dutzend Frühstücke in den Zimmern zuzubereiten und zu servieren; für die Verpflegung und Zubereitung der Mahlzeiten zuständig und dann bis Mitternacht zu warten, damit die Spieler nach der Aufführung ein warmes Abendessen zu sich nehmen konnten. Wie viele von denen, denen sie über die schweren Zeiten hinweggeholfen hatte, wie viele, die ihr eine Vorstandsrechnung „vermittelt" oder die sie in Zeiten der Krankheit gepflegt hatte, erinnerten sich jetzt in ihrer Not an sie?

„Ich finde nichts auszusetzen", sagte sie leise und brach ein langes Schweigen, während wir über die Bilder hinausblickten. „Ich mache es ihnen

nicht übel, dass sie nicht hierher gekommen sind, um dort zu leben … nur –
ich wünschte, sie würden mich manchmal besuchen, wenn sie in die Stadt
kommen, nur um alte Zeit zu verbringen …“

Als ich Will von meinem Besuch erzählte, sah er sehr ernst aus. Ich bin sicher,
es tat ihm leid, dass wir nicht zu ihr zurückgekehrt waren. Am nächsten Tag
gingen wir zusammen, um sie zu besuchen. Will brachte ihr eine Flasche
Portwein. Später schickte er ihr zwei Plätze für die Aufführung und ich
versprach ihr, dass wir das nächste Mal, wenn wir nach Chicago kamen, bei
ihr übernachten sollten, auch wenn Will ein Star wäre …

KAPITEL X

WILLS Freunde sorgten sicherlich für ein ständiges Vergnügen, wenn man Ausschweifungen unter diese Rubrik fassen kann. Ich fragte mich, wie sie Zeit für „die kleinlichen lästigen Sorgen und Pflichten" des Lebens fanden. Sie schienen immer auswärts zu essen oder zu Mittag zu essen. Man traf sie zu jeder Tageszeit in den verschiedenen Restaurants, wo sie eine Runde Cocktails nach der anderen tranken und sie mit Cognac abrundeten. Der Pompejanische Raum im Annex zwischen fünf und sechs Uhr nachmittags ist ein typisches Chicago. Der künstlerische Gentleman, der das dekorative Schema des Pompejanischen Raums konzipierte, hatte ein schlaues Gespür für die ewige Gültigkeit der Dinge. Er kannte auch sein Chicago. Die großen bacchantischen Amphoren – Kopien jener klassischen Gefäße, die von alten Römern als Abstellkammern verwendet wurden, die zu viel Wein getrunken hatten – sind konkrete Erinnerungen an seinen Sinn für Humor. Ich habe in Chicago mehr Frauen unter Alkoholeinfluss gesehen als in jeder anderen Stadt der Welt. Dies erklärt wahrscheinlich ihren niedrigen moralischen Standard sowie die emotionalen Ausschweifungen, denen sie sich hingeben.

Es gab ein Paar, das typisch für die Klasse der Überflieger war, von denen Chicago im Überfluss vorhanden ist. Der Ehemann war ein Hals-Nasen-Ohren-Arzt mit einer hervorragenden Praxis. Er war bei den Bühnenleuten beliebt. Will hatte den Arzt und seine Frau bei einem früheren Engagement kennengelernt. Die Frau sagte, sie sei „stark für" Will. Es verging kaum ein Tag ohne eine telefonische Nachricht oder einen Anruf von Mrs. Pease. Sie kam zu den unpassendsten Zeiten vorbei. „Kümmern Sie sich nicht um mich", sagte sie und machte es sich bequem. „Ich habe schon Herren im Morgenmantel gesehen. Dieses Rot steht Ihrem besonderen Schönheitsstil sehr gut, Sir. Absolut künstlerisch."

Mrs. Pease war eine große Frau mit einem Plattenbau. Sie prägte männliche Maßanfertigungen und schwere Stiefel. Wenn sie sich setzte, schlug sie stets die Beine übereinander. Die Extremitäten, die sie zur Schau stellte, waren nicht beeindruckend. Sie war auch Expertin für Anspielungen und *Doppeldeutigkeiten* . Sie flirtete unverschämt mit Will und gab mir das Gefühl, die Person im Lied „Always in the way" zu sein. Tatsächlich kam ich zu dem Schluss, dass ich überall, wo wir hingingen, als notwendiges Übel akzeptiert wurde – unter den Frauen. Nach dem Mittag- oder Abendessen gab es immer ein „Pairing Off"; heimliches *Rendezvous* in den dunklen, gemütlichen Ecken; *sotto-voce* -Gespräche, nicht für meine Ohren bestimmt. Ich gewöhnte mir an, mit Personen, an denen ich kein Interesse hatte, dummen Unsinn zu reden, nur um die Torheiten der anderen zu vertuschen.

Die Männer schmeichelten mir. Schmeicheleien sind bei Männern eine Gewohnheit; sie glauben, die meisten Frauen erwarten es – und das tun sie auch. Nach ein wenig Übung kann eine Frau mit Sicherheit sagen, was ein Mann unter bestimmten Umständen sagen wird. Wie kann man sich von den zuckersüßen Plattitüden geschmeichelt fühlen, die automatisch ausgespuckt werden wie Kaugummi aus einem Spielautomaten? So wenige Frauen haben Sinn für Humor. Sie haben noch weniger Selbstachtung.

Der Chicagoer Seewind hat mich zum Opfer gemacht. Ich bekam Halsschmerzen. Will bestand darauf, dass ich seinen befreundeten Arzt konsultierte. Er war ein gutaussehender Kerl – dieser beliebte Doktor Pease – so blond wie Will dunkel war, aber bereits von den Folgen der Ausschweifung gezeichnet. Er hatte einen freundlichen Spott, der es fast unmöglich machte, ihn ernst zu nehmen. Ich wusste nicht, ob es Teil der Behandlung war, meinen Hals und meine Schultern zu entblößen, meine Lungen zu untersuchen und seine Hand auf dem unbedeckten Fleisch verweilen zu lassen, aber es gefiel mir nicht. Ich glaubte auch nicht, dass mein Alter, mein Gewicht und mein Brustumfang irgendeinen Zusammenhang mit meinen Halsbeschwerden hatten. Natürlich habe ich Will nichts davon erzählt, aber als ich das nächste Mal eine Behandlung brauchte, bat ich ihn, mich zu begleiten. Will mochte den Arzt, also behielt ich meinen eigenen Rat.

Eines Mittags rief Mrs. Pease an und teilte ihr mit, dass sie mit dem Auto zu einer Tour durch die Country Clubs aufbrechen würden, in denen sie essen wollten. Sie wollten, dass ich mitkomme, und nach der Matinée schickten sie ein Auto, um Will abzuholen und ihn rechtzeitig zur Abendvorstellung zurückzubringen. Ich sagte Will, dass ich nicht gehen wollte, und gab als Entschuldigung an, dass mein Hals immer noch wund sei. Frau Pease antwortete, dass der Arzt sagte, die Luft würde mir gut tun und er sei für mich verantwortlich. Ich versuchte, einen Kompromiss zu finden, indem ich ihnen versprach, sie nach der Matinée im Theater zu treffen, wenn sie Will abholen würden, aber der Arzt persönlich kam ans Telefon und Will entschied für mich.

Als das Telefon die Ankunft der Gruppe ankündigte, ging ich in den Empfangsraum, wo mich der Arzt erwartete. Er steckte mich in meinen großen Pelzmantel und bestand darauf, dass ich eine Pelzmütze trug, die mir seine Frau geschickt hatte. Er ermahnte mich, mich gut einzupacken, da das Auto offen sei. Als wir, wie erwartet, hinausgingen, um uns den anderen anzuschließen, war ich überrascht, dass der Arzt allein war.

„Der Rest ist vorausgegangen", antwortete er auf meinen fragenden Blick. „Ich wurde im Büro festgehalten und sagte ihnen, sie sollten nicht auf uns warten. Wir überholen sie, wenn das Auto in gutem Zustand ist."

Ich fühlte mich seltsam unwohl, als ich neben ihm in der Rennmaschine Platz nahm. Mit seiner lockeren Vertrautheit befestigte er die Robe um mich herum und steckte mich mit großer Sorgfalt zu. Als er sich ans Steuer setzte und seine Handschuhe anzog, lächelte er mich an und fragte, ob ich schüchtern sei. Er sagte, er habe es sich zur Regel gemacht, eine Frau zu küssen, wenn sie schrie. Das war kein günstiger Anfang, dachte ich. Der Arzt fuhr geschickt, wenn auch rücksichtslos.

Das Boulevardsystem von Chicago ist ausgezeichnet. Wir legten kilometerweit glattes Pflaster zurück, von dem der Schnee entfernt worden war, bevor wir die Landstraßen erreichten. Nachdem er sie „ein bisschen rausgelassen" hatte und mir gezeigt hatte, was sie tun konnte, wurde er langsamer und drehte sich lachend zu mir um: „Das geht schon ganz schön, nicht wahr?" Mir fiel damals auf, dass „going some" wahrscheinlich das Motto auf dem Wappen der Stadt war. Jeder möchte schneller sein als alle anderen.

Die Luft *war* berauschend. Mein Gesicht kribbelte vom Wind. Die Blicke des Arztes bereiteten mir Unbehagen. „Sie sehen aus wie ein Junge mit rosigen Wangen", sagte er. „Ich würde Sie gern beißen." Im Stillen dankte ich den Sternen, dass das Auto offen war.

Weiter machten wir bei einem Country Club Halt. Der Arzt sagte, es sei lange her, dass wir etwas trinken gehen mussten. Als wir auf das Clubgelände fuhren, bemerkte ich unter dem Schuppen ein weiteres Auto. Ich hoffte, es könnte anderen Mitgliedern der Gruppe gehören. Der Arzt ging direkt auf den Schuppen zu. Als ich den tiefen Schnee sah und nur einen schmalen Pfad zum Clubhaus geräumt sah, ahnte ich, dass mein Gastgeber etwas Dummes vorhatte.

Ich ignorierte seinen Rat, still zu sitzen, während er seine Maschine aufstellte, kletterte herunter und bahnte mir meinen Weg über den rutschigen Pfad. Ich war noch nicht weit gekommen, als der Arzt mich einholte, mich von hinten packte und in seine Arme hob. Nicht einmal die Anwesenheit der Schneeschaufelnden konnte mich davon abhalten. Mein erster Impuls war, mich zu befreien, und ich glaube, ich habe ein oder zwei Tritte versetzt. Je mehr ich protestierte, desto mehr lachte er. Die Vorstellung, mich lächerlich zu machen, ließ mich den Rest des Weges tragen.

Nachdem er mich ins Wohnzimmer geführt hatte, hatte der Doktor den gesunden Menschenverstand, mich eine Weile allein zu lassen. Als er erschien, hatte ich mein Gleichgewicht wieder soweit gefunden, dass ich ihn frostig empfing. Er konnte meine Würde nicht ertragen. Er zog einen großen Sessel vor das prasselnde Feuer und bat mich, den heißen Scotch zu trinken, den der Kellner in diesem Moment hereinbrachte. Ein gedämpftes Kichern aus einer dunklen Ecke des Zimmers veranlasste den Doktor, nach anderen Gästen zu suchen. Er entdeckte sie hinter einem Wandschirm.

„Aha!", begrüßte er sie mit gespieltem Ernst. „Entdeckt!"

„Gestochen", antwortete eine männliche Stimme. „Deshalb wolltet ihr also nicht zu unserer Gruppe kommen, was? Ihr seid alleine weggeschlichen. Ich hätte nicht gedacht, dass irgendjemand außer mir den Mut hätte, diesen Ort so kurz nach dem Schneesturm auszuprobieren."

„Wir auch nicht!"

„Um Himmels willen, verraten Sie uns nicht, oder?" Es war die Frau, die sprach... „Wen hast du bei dir?" fügte sie in leiserem Ton hinzu.

„Oh, ein kleiner Freund von mir", antwortete der Arzt. „Kommen Sie vorbei und lernen Sie sie kennen. Ich glaube, Sie kennen ihren Ehemann – Hartley, den Schauspieler."

Ich fürchte, das Paar, dessen *Rendezvous* wir entdeckt hatten, war von der Frau des beliebten Schauspielers nicht beeindruckt. Meine Konversation beschränkte sich auf Einsilben. Ich glaube, das Versäumnis war nicht schwerwiegend. Sie hatten ihr eigenes Gesprächsthema. Es drehte sich hauptsächlich um das zehnte Gebot. Tatsächlich könnte man mit völliger Gewissheit schlussfolgern, dass das siebte und das letzte Gebot die *Daseinsberechtigung* aller Gespräche in dieser Gruppe sind ... Ich habe den Überblick über die Getränke verloren. Der Arzt sagte, dass er in Zukunft zu meinem besonderen Genuss Maraschino-Kirschen in der Flasche bereitstellen würde.

Als wir den Club verließen, war es dunkel. Die Freunde des Arztes gingen gleichzeitig. Sie hatten einen Chauffeur. Die blutunterlaufenen Augen des Arztes ließen mich wünschen, wir hätten auch einen. Die kalte Luft brachte ihn glücklicherweise in Ordnung. Er fuhr vorsichtiger als früher am Tag. Vielleicht erkannte er seinen eigenen Zustand. Einmal wurde er langsamer und blickte auf die Uhr.

„Wir werden zu spät kommen", sagte er. „Ich hätte fast Lust, anzurufen, dass wir einen Reifenschaden haben und zur Reparatur in die Stadt zurückgefahren sind. Was sagen Sie?" Es schien, als würde er die Sache noch einmal durchdenken, aber ich merkte, dass er keine Rücksicht auf mich nahm.

„Nein, das können wir nicht", sagte ich ohne großen Nachdruck. „Mr. Hartley würde sich Sorgen machen."

Er lächelte mich an, als er seine Uhr wieder auf den Tisch legte. „Ja, ich schätze, Sie haben recht; das muss warten, bis es ein anderes Mal passiert."

Er klopfte auf die Decke über meinem Schoß. „Kleines Mädchen", murmelte er etwas zu zärtlich. Ich war froh, dass ich seine Augen nicht sehen konnte. Das Auto schoss davon. Die nächste halbe Stunde hatte ich das verwirrende Gefühl, über die schneebedeckte Erde zu fliegen und sie ab und zu zu berühren, wenn das Auto in eine Spurrille geriet. Die Lichter, die sich in den stalaktitierten Zweigen der Bäume und im Laub spiegelten, funkelten wie die Tiara eines Stars aus einer komischen Oper – oder das Diamantene Hufeisen bei einem Society-Abend im Metropolitan.

Wir waren die letzten, die im Country Club ankamen, wo wir zu Abend essen wollten. Diesmal setzte mich der Arzt an der Tür ab. Jemand trommelte auf dem Klavier, als ich hereinkam. Als ich meine Verbände abgelegt hatte, gesellte sich der Arzt zu mir. Als wir die große Halle betraten, gab es eine laute Begrüßung. Fast alle Frauen, die ich zuvor getroffen hatte. „Ich dachte, der Arzt hätte Sie zerquetscht", sagte eine von ihnen. „Oder einen Reifenschaden und wäre in die Stadt zurückgefahren", fügte eine andere hinzu und zwinkerte dem Arzt breit zu.

„Leila ist in die Stadt zurückgegangen, um Mr. Hartley abzuholen", meldete sich jemand anderes. (Leila war Mrs. Pease.)

Ich ließ mich in einer Nische des Kaminsimses nieder und hoffte, dass es irgendwann auftauen würde. Ich war bis in die Tiefen meines Körpers durchgefroren, und es war nicht nur körperlich. Vor dem Abendessen gab es jede Menge Cocktails. Der Stimmung der Gesellschaft nach zu urteilen, waren vor unserer Ankunft schon einige da gewesen. Als ich hörte, dass Mrs. Pease selbst das Auto fuhr, in dem sie Will abholen wollte, hatte ich Visionen davon, wie er in eine Schneewehe geworfen wurde oder mit einem Trolley zusammenstieß. Es schien eine endlose Zeit zu dauern, bis sie auftauchten. Wir hatten den Eingang erreicht. Es gab eine laute Begrüßung und eine Reihe von Ausfallen.

"Erklären Sie sich!"

„Wir dachten, du wärst durchgebrannt oder wegen Geschwindigkeitsüberschreitung eingesperrt worden!"

„Auf der Straße angehalten, wette ich", sagte der Arzt, der aufgestanden war und Wills Hand ergriff. Will winkte mir über den Tisch hinweg zu.

„Oh, du Schauspieler!", rief die Frau rechts neben mir. Ich erkannte die Person, die Will nach dem Abendessen im College Inn am Premierenabend getadelt hatte.

Als der Champagner serviert wurde, hob Will sein Glas auf mich.

„Trink es – es wird dir nicht schaden; du siehst müde aus", sagte er mit Bühnenflüstern.

„Hören Sie auf, mit Ihrer Frau zu flirten!", protestierte Mrs. Pease. „Doc – *Doc*!" (Der Arzt war mit einer kleinen blonden Dame links beschäftigt.) Er drehte sich fragend um, als seine Frau blökte. „Sie vernachlässigen Ihre Patientin. Der hübsche Willy hier sagt, seine Frau sei blass und möchte wissen, was Sie mit ihr gemacht haben!"

Der Arzt beugte sich besorgt über mich. „Macht nichts, ich bin der Arzt." Den Rest der Mahlzeit widmete er sich mir.

Während des Abendessens kam eine fünfköpfige Gruppe herein und setzte sich an einen anderen Tisch. Zwei von ihnen waren das Paar, das wir im anderen Country Club kennengelernt hatten. Der Mann zwinkerte dem Arzt diskret zu.

„Ihr Götter!" rief die Frau zu meiner Linken, bis auf eine. „Es ist Sid! – und ich sollte zu Hause sein, krank im Bett und mit Kopfschmerzen!"

Sie sah den Mann an, den ich getroffen hatte, und ich nahm an, dass er „Sid" war. „Eigentlich ist das eine verdammte Stadt, in der man nicht rausgehen kann, ohne seinen eigenen Mann zu treffen. Doc, wen hat er dabei?" Sie starrte „Sids" gutaussehende Begleiter quer durch den Raum an.

„Macht nichts, Bell", beruhigte der Arzt, „keiner von euch hat etwas gegen den anderen."

Bell warf ihm eine Kusshand zu. „Liebes altes Schmerzmittel!" sie schnurrte.

Etwas später kam „Sid" an den Tisch und der Arzt gesellte sich zu den anderen Gästen. Sids Frau begann, ihn mir vorzustellen.

„Ich habe die Dame kennengelernt", unterbrach er mich, ohne mir irgendwelche Diskretion zuzutrauen.

„O, das hast du", sagte sie in unangenehmem Ton.

Als er hinter ihrem Stuhl vorbeiging, sagte er mit *gedämpfter Stimme zu ihr*: „Kopfschmerzen, was? Mir gefällt, wie Sie lügen."

„O, fahr zur Hölle!", war die sanfte Erwiderung. Da war noch immer eine Spur der Wut, die in ihren verschlafenen Augen leuchtete, als sie sich zu mir umdrehte. „Was denkst du darüber, dass er versucht, mir etwas vorzumachen?"

Sie kam wieder auf das Thema zurück, das sie beschäftigte. Wo und wann hatte ich ihren Mann kennengelernt? Ich sagte ihr, ich könne mich nicht erinnern – wahrscheinlich habe er sich geirrt. Sie wusste, dass ich log. Ich weiß wirklich nicht, warum ich es getan habe.

Jemand fing an, lustige Geschichten zu erzählen. Sie waren nicht wirklich lustig; nur schmutzig. Die Frauen waren mutiger als die Männer. Will hat immer erklärt, dass Frauen „ganze Schweine" seien, als sie einmal angefangen haben. Ich nehme an, sie haben den Eindruck, dass es sportlich ist oder dass es den Männern gefällt, „sie noch einen Schritt weiter zu bringen". Seit Eva zu Adams Vergnügen geschaffen wurde, ist das weibliche Geschlecht so biegsam wie die ursprüngliche Mischung aus Schlamm und einer schwimmenden Rippe. Frauen sind im Allgemeinen das, was Männer von ihnen erwarten ...

Mit der Zeit begann ich mir Sorgen zu machen, dass Will zu spät zur Abendvorstellung kommen könnte. Schließlich fing ich seinen Blick auf und er verstand meine Botschaft. Er schaute auf seine Uhr und sprang auf. „Doc, was ist die beste Zeit, die Ihre Maschine erreichen kann? Ich habe noch genau zwanzig Minuten, bevor der Vorhang aufgeht."

„Ich bringe Sie hin", antwortete der Arzt, als er den Tisch verließ.

„Ich fahre ihn rein", rief die Frau des Arztes.

"Nein, ich glaube nicht!" antwortete er über seine Schulter. Ich dankte dem Himmel innig, wenn auch stumm. Ich bin sicher, der Arzt erkannte, dass seine Frau „drei Blätter im Wind" war – um Wills Lieblingsausdruck zu verwenden.

Ich verabschiedete mich und erhob mich, um Will zu folgen.

"Wo gehst du hin?" namens Mrs. Pease. „Nein, das tust du nicht – du schüttelst uns nicht so! Willy, sag deiner Frau, sie soll sich hinsetzen und sich benehmen." Vergeblich drängte ich, dass ich zum Baby zurückkehren müsse. „Kümmere dich nicht um den Kleinen; er schläft und weiß nicht einmal, dass er eine Mutter hat." Sie folgte uns in den Flur, wo der Arzt und Will gerade ihre Pelzmäntel anzogen.

„Sie können diese Reise nicht machen, kleine Dame", und der Arzt schob mich aus der zugigen Tür. „Im Wagen ist kein Platz und wir werden wie der Teufel fahren." Ich wandte mich stumm an Will, der mich beiseite zog.

„Halte noch ein bisschen durch, Mädchen. Wenn du es nicht tust, werden sie sich verletzt fühlen. Du kannst im Hotel anrufen, wenn du dir wegen des Jungen Sorgen machst." Er küsste mich leicht. Ich war kurz davor, zu rebellieren.

„Wirst du zu spät kommen?", brachte ich heraus.

„Nein, es sei denn, es geht unterwegs etwas kaputt. Ich bin erst nach dem Anstieg dran und gehe notfalls auch ohne Make-up weiter."

„Komm, Hartley!" Der Arzt saß bereits am Steuer. Wir sahen zu, wie sie davonrasten.

„Ich hoffe, Ihr Mann ist versichert", gurgelte eine der Frauen … Mir war schlecht und elend. Ich wollte nach Hause, und sei es nur ein Hotelzimmer. Zuhause war, wo Boy war. Ich hatte den wilden Drang, mich unbemerkt hinauszuschleichen und mich nach der nächsten Straßenbahnlinie zu erkundigen. Dann fiel mir ein, dass ich keinen Cent in meiner Geldbörse hatte.

Die Rückkehr des Arztes beruhigte mich, da ich Will sicher ankommen sah. Ich tröstete mich mit dem Gedanken, dass die Party bald zu Ende sein würde. Die Gäste von der anderen Seite des Raumes hatten sich uns vor der Rückkehr des Arztes angeschlossen. Es gab noch eine Runde Liköre und schließlich machte sich jemand daran, aufzubrechen. „Sids" Frau, deren Zunge langsam dick wurde, schlug vor, dass wir alle eine Runde fahren und am Ende bei Rector zu Abend essen sollten. Es herrschte allgemeine Zustimmung. „Lasst uns eine Nacht daraus machen", lautete das Motto.

Während die anderen sich aufteilten, um die verschiedenen Autos unterzubringen, gingen Mrs. Pease und ich in die Umkleidekabine. „Herr! Sehe ich nicht wie ein Anblick aus?" rief sie aus und betrachtete ihr Spiegelbild. „Das ist der schlimmste Alkohol. Er macht mich weiß um die Ohren." Sie trug etwas Rouge auf und tupfte es mit einer Puderquaste ab. Ich nutzte unser Tête-à-Tête und fragte sie, ob sie so freundlich wäre, mich auf dem Rückweg in meinem Hotel abzusetzen.

„Aber, meine Liebe, du gehst noch nicht nach Hause; du gehst direkt mit uns."

„Das darf ich wirklich nicht... Mr. Hartley würde es nicht gutheißen, ich weiß. Mir ging es nicht gut und-—"

„Rot! Das überlassen Sie dem Arzt. Er wird anhalten und eine Nachricht im Theater hinterlassen … Doc! *Doc!* Kommen Sie her …" Der Arzt spähte in die Tür.

„Oh, kommen Sie rein – wir pudern uns nur die Nase", rief Mrs. Pease ihm zu. „Sagen Sie mal, schauen Sie mal! Frau H. denkt, dass ihr Mann vielleicht nicht damit einverstanden ist, dass sie mit uns weitermacht –"

„Ich meinte nicht –", begann ich.

„Ich sage ihr, dass du es mit ihm klären wirst", unterbrach sie.

„Es ist schon vor langer Zeit behoben. Ich habe Ihrem Mann gesagt, dass wir ihn nach der Show abholen würden. Er möchte sowieso etwas essen, und warum nicht gesellig sein? warte auf ihn." Er legte einen Arm um meine Schultern und Mrs. Pease, die immer noch vor dem Spiegel beschäftigt war, lachte mit gespieltem Ernst.

„Oh, stört mich nicht!“

„Hat Mr. Hartley – hat mein Mann gesagt, dass er von mir erwartet, dass ich warte?“

„Klar, Mike“, unterbrach Mrs. Pease. „Doc, steuern Sie diese Gruppe, damit sie mir nicht in die Quere kommt. Saidee ist besoffen, und wenn Saidee besoffen ist, betrinkt sie sich schrecklich.“ Der Arzt ist verschwunden. „Ich kann Frauen nicht ertragen, die sich ihrer Fähigkeiten nicht bewusst sind“, fuhr Mrs. Pease fort und arbeitete an ihrem Teint. „Du bist ein kluger kleiner Gazabo, der es langsam angeht. Ich habe dich heute Abend beobachtet, und die Art und Weise, wie du die Brille manipuliert hast, war ein Schrei … Weißt du, dass du beim Arzt einen tollen Erfolg gemacht hast? Es ist einfach sein Stil – dunkle Augen, volle Oberweite und nicht „höher als sein Herz“. … Oh, ich bin nicht eifersüchtig! Der Doc und ich stehen aufeinander.“ Sie zwinkerte mir zu und ging voran in die Halle.

„Aufeinander zusteuern.“ … Ich dachte über diesen Ausdruck nach, als ich beobachtete, wie Ehemänner und Ehefrauen sich mit jemand anderem zusammentaten und ihre Vorliebe für ihn zeigten. Jeder schien „aufeinander zusteuern“. Es war ein *Pattspiel*.

Ich fuhr mit dem Arzt zurück. Es gab keinen Ausweg, ohne eine Szene zu machen. „Sid“ und der Arzt beschäftigten sich mit einem Gestrüpp entlang der Straße. Die rücksichtslose Geschwindigkeitsüberschreitung passte zu meiner Stimmung. Es gab Momente, in denen ich mir fast wünschte, dass etwas kaputt gehen würde und ich mir ein paar Knochen brechen würde, wenn nicht mehr. Wills offensichtliche mangelnde Rücksichtnahme tat mir weh; Er wusste, dass die Atmosphäre nicht gerade angenehm war, dennoch opferte er mich ohne zu zögern dafür auf. Ich wünschte von ganzem Herzen, dass er beliebt und begehrt sei; Ich war bereit, das Spiel zu spielen – bis zu einem bestimmten Punkt. Aber als das Spiel einen Verlust der Selbstachtung, des Selbstvertrauens oder der Widersprüchlichkeit mit den besseren Instinkten mit sich brachte, habe ich die Grenze gezogen. Es war die Kerze nicht mehr wert.

Ich konnte meine Augen nicht länger vor den Eingriffen in unser Glück verschließen, die sein Beruf erforderte. Meine leidenschaftlichen und kindischen Versuche, Blindekuh zu spielen, waren nicht überzeugend. Die Zeit war gekommen, in der mein Mann und ich uns vollständig verstehen mussten. Ich musste ihm klarmachen, wie ich mich fühlte. Und wenn er danach immer noch blind für die Gefahren war, die unser Leben bedrohten – nein, ich würde mich nicht mit einem solchen Eventualfall aufhalten. Ich war überzeugt, dass Will die Dinge richtig einschätzen würde. Zum ersten Mal an diesem Tag kehrte ich in einen Zustand zurück, der einem Zustand der Gelassenheit nahe kam. Man fühlt sich immer weniger beunruhigt, wenn man sich für eine Vorgehensweise entschieden hat. Ich beschloss, den Abend mit so viel Gleichmut wie möglich durchzustehen. Die Situation hatte etwas grimmig Komisches: Wenn Will sich wirklich über mich lustig machen wollte, würde ich mir mit aller Macht „die Eckzähne ausbeißen".

Ich war so in meine eigenen Gedanken vertieft, dass ich nicht bemerkt hatte, dass wir langsamer geworden waren. Zufällig kam das Auto zum Stehen. Der Arzt stand auf und blickte sich um.

„Stimmt irgendetwas nicht?" Ich habe nachgefragt.

„Nein, ich wollte nur sicherstellen, dass die Luft klar ist."

Er kniete mit einem Knie auf dem Sitz und zog mir von hinten den Bademantel um. Mit seiner freien Hand hob er mein Gesicht nah an seines und hielt mich dort fest.

„Ich werde einen Kuss von diesen üppigen Lippen bekommen – wenn es ein Bein erfordert", sagte er.

Der Arzt war ein starker Mann. Will hatte oft bemerkt, dass niemand vermuten würde, dass ich so viel Kraft habe. Dennoch war ich in den Händen des Arztes nur ein Kind. Er fesselte meine Arme unter dem Gewicht seines Körpers. Er hielt seine Lippen auf meinen, bis die Kraft vor lauter Erstickung aus meinen Fingerspitzen sickerte. Als er den Kopf hob, sah er mich nur an, atmete erneut schwer und klammerte sich mit einem heftigen Zittern an mich, das seinen ganzen Körper erschütterte ... Nur ein oder zwei Mal in unserem gesamten Eheleben hatte Will mich auf diese Weise geküsst. Ich hatte geglaubt, es sei ein Ausdruck reinster Liebe. Mir wurde jetzt klar, dass es andere, weniger reine Emotionen bedeutete ... „Baby! Baby! ... Leg deine Arme um meinen Hals ... Du bist nicht ohnmächtig geworden, oder?" ... Er hob mich auf meine Füße. Ich konnte ein hysterisches Schluchzen nicht unterdrücken. „So – das ist besser! Ich wollte nicht so grob sein, aber ich bin sauer auf dich. Du machst mich verrückt! Küss mich aus freien Stücken ...".

Es gelang mir, ihn zurückzuhalten, während ich ihm in die Augen sah und darum kämpfte, das auszudrücken, was meine Lippen nicht sagen wollten... „O... O...", stammelte ich schließlich. „Ist es richtig?... Glaubst du, es ist richtig?..."

Er missverstand meine Worte völlig, zog mich an sich und küsste mich zärtlicher, um mich zu beruhigen. „Stimmt's? Kleiner Junge, wen zum Teufel kümmert's, ob es richtig ist oder nicht! Es ist doch schön, oder? Liebst du es nicht?"

„Mein Mann ... meinen Sie, es ist richtig für ihn? ..."

Etwas von dem Ekel, den ich empfand, muss ihn durchbohrt haben, denn er ließ mich mit verändertem Gesichtsausdruck los.

"Ach, komm schon – versuch nicht, deinem Freund, dem Doc, diesen alten Witz aufzutischen... Was kümmert es dich, solange er nicht darauf kommt?... Du weißt genauso gut wie ich, dass ein gutaussehender Kerl in seinem Beruf von allen Seiten damit konfrontiert wird. Du glaubst doch nicht, dass er sie *alle* abweist, oder? Dafür hast du zu viel Verstand... Komm schon... lass uns einander verstehen... Du bist bei mir so sicher wie ein Baby an der Brust seiner Mutter... Ich rufe dich am Samstag an und wir gehen zusammen irgendwo hin... wo wir darüber reden können... Gott, Baby! Ich bin verrückt nach dir!..."

*　　*　　*　　*

Als Will und ich unsere Zimmer im Hotel betraten, zeigte die kleine Reiseuhr auf meinem Schreibtisch die drei Uhr. Ich schlüpfte aus dem Pelzmantel, den mir der Arzt geliehen hatte, und ließ ihn auf dem Boden liegen. Ich weiß nicht, wie lange ich stand und über den Weltraum nachgedacht habe ... Dann hörte ich, wie er den Raum durchquerte und den Mantel aufhob. Ich spürte, wie sein Blick auf mich gerichtet war. Ich stand auf und ging ins Schlafzimmer, wo ich begann, mir vor dem Spiegel die Haare auszuschneiden. Will folgte mir und ich sah, dass er mich durch das Glas beobachtete. Nach einem Moment sprach er mit mir.

„Mädchen ...", seine Stimme war freundlich. Es ist so rot wie eine rote, rote Rose – und das schon den ganzen Abend."

Er klopfte mir auf den Arm und ging ins Badezimmer. Ich fühlte mich, als würde ich gleich schreien. *Will dachte, ich sei betrunken.* Meine Augen spähten, aber wie zwei verbrannte Löcher in einer Decke Vorbereitung fürs Bett. Ich wollte ihm sagen, dass ich den ganzen Tag über nur ein Glas Champagner getrunken hatte – und das auf seine Bitte hin ... Dann hielt ich inne. Ich wagte es nicht, mir selbst zu vertrauen ... Ich wusste, er würde lachen und mich streicheln und sagen, er hätte nicht kritisieren wollen, und dann würde er mich in seine Arme nehmen ... und ich würde es ihm ins Herz schreien. ... Ich würde ihm die ganze traurige Erfahrung erzählen ... und er ... was würde *er* tun? Wenn er den Arzt zur Rechenschaft ziehen würde, gäbe es einen Skandal ... Es wäre erniedrigend ... Ich könnte es niemals ertragen ... *Und wenn er den Arzt nicht zur Rechenschaft ziehen würde - wenn er ihn nur ohne Schnitte schneiden würde Wenn ich Genugtuung verlangte* , sollte ich ihn *verachten* – ich sollte ihn *hassen* ... „O ja, das würdest du – du *weißt* , dass du das tun würdest, obwohl du es nicht einmal dir selbst eingestehen würdest" ... es war Miss Burtons Stimme ... . „Befolgen Sie meinen Rat – sagen Sie es ihm besser gar nicht." Ich habe das Licht ausgeschaltet, damit Will mein Gesicht nicht sehen konnte....

* * * *

KAPITEL XI

Ich genoss die bittere Kälte, die mich im Haus hielt. Kein Drängen oder Überreden seitens meines Mannes konnte mich dazu bewegen, zum Arzt zu gehen. Wenn ich meine Vorliebe für einen anderen Arzt äußern würde, könnte Wills Verdacht geweckt werden. Die Erfahrung wandte altmodische Mittel an und nach ein paar Tagen konnte ich wieder ins Zimmer. Mrs. Pease rief mich täglich an und kam mehrmals persönlich vorbei. Will sah sie, aber die Erfahrung hatte mich angewiesen, niemanden zu empfangen. Während meiner Pensionierung hatte ich mir die Dinge überlegt und die Vor- und Nachteile einer gründlichen Einigung mit Will abgewogen . Mir *schien* , dass die Gefahr eines solchen Vorgehens darin bestand, Barrieren niederzureißen, die nie wieder ersetzt werden konnten – alle Illusionen zwischen uns zu zerreißen. Bisher hatte ich mich jeder Äußerung von Missbilligung seines Berufs oder seines Verhaltens enthalten. Wenn er irgendeine Unzufriedenheit meinerseits vermutete, zog er es vor, es kommentarlos durchgehen zu lassen.

Gelegentlich gab er sich Ausbrüchen von Selbstvertrauen hin – Selbstvertrauens, die meine Meinung über seinen Beruf nicht verbessern sollten. In solchen Momenten schien er die zersetzende Atmosphäre, in der er lebte, voll zu verstehen. Er dachte sogar darüber nach, sich von der Bühne zurückzuziehen. Diese Phasen kamen jedoch selten vor und waren in der Regel die Folge einer Enttäuschung über eine Rolle, Unzufriedenheit mit einem Engagement oder ungünstiger Kritik an seiner Arbeit. Die Stimmung verflog bald und er schien mit den flüchtigen Freuden des Augenblicks zufrieden zu sein.

Je länger ich über das Thema grübelte, desto weniger sicher war ich mir, ob es etwas nützen würde, wenn ich meine Meinung offen ausdrückte. Würde ich alle Umschweife vermeiden und sagen: „Mein Mann, mit einem Beruf, der einen Kompromiss mit den besten Instinkten verlangt, ist etwas grundsätzlich falsch", oder „Die Art von Menschen, mit denen Sie täglich in Kontakt kommen, erniedrigt Sie am allerwenigsten", oder auch „Ich billige Ihre kleinlichen Täuschungen nicht, die Selbstgefälligkeit, mit der Sie moralische Verfehlungen hinnehmen, die niedrigen Maßstäbe, die unser ganzes Leben durchdringen", dann würde das eine Übertreibung erfordern, eine Nachsicht gegenüber Persönlichkeiten, die nur zu einem noch größeren Bruch zwischen uns führen könnte. Man könnte mir sogar Eifersucht, mangelnde Rücksichtnahme auf seine Zukunft und mangelndes Vertrauen in den Mann vorwerfen.

Mir war schon oft in den Sinn gekommen, dass es zwischen Mann und Frau so etwas wie eine zu große Intimität, eine zu nachlässige Offenheit gibt! Ein

Mangel an Zurückhaltung, der in einer heimlichen Verachtung der Schwächen des anderen endete. Diese Schwächen gegenüber tolerant zu sein und sie zu respektieren und gleichzeitig danach zu streben, das Beste in der Natur des anderen zu fördern; Kurz gesagt, sich gegenseitig zu ergänzen, das schien mir das Grundprinzip der Ehe zu sein. Und wie schon in der Vergangenheit fiel ich wieder auf mein Inneres zurück. Ich wollte, oh, ich wollte das Beste, was in ihm war, entfalten ... und da war vieles, fast alles an ihm war gut. Die Gefahr lag in der Umwelt....

Eines Tages – es war eine Woche später, als Will im Press Club essen wollte – lag ich auf der Couch und schaute Boy zu. Er saß auf einem Fellteppich auf dem Boden und spielte mit Snyder. Die Erfahrung war auf ein frühes Abendessen zurückzuführen. Da war ein Klopfen an der Tür. Ich rief: „Komm rein." Es war der Arzt.

„Ich habe meine beruflichen Fähigkeiten ausgenutzt und bin unangemeldet aufgetaucht", sagte er leichthin, ohne mich direkt anzusehen. Er zog seinen Mantel aus und kitzelte Jungens Gesicht mit dem Ende des Pelzfutters. Der Junge zog die Nase hoch und lachte über das Gefühl, und der Arzt ließ den Mantel auf den Boden fallen, damit er damit spielen konnte. Dann hockte er sich neben ihn, während Boy das Fell streichelte und es „Katze" nannte. Mehrere Minuten lang beschäftigte sich der Arzt mit dem Kind, beklagte Snyders Missbildungen und ahmte das Bellen eines Hundes nach.

„Großartiger Junge, das!" schloss er, stand auf und holte tief Luft.

„Dann erzähl mir doch mal alles", sagte er, rückte in rein professioneller Manier einen Stuhl heran und sah mich ohne eine Spur von Befangenheit an. „Du bist blass; das bekommst du, wenn du nicht nach dem Arzt schickst. Wie ist dein Puls?" Er griff nach meiner Hand und hielt sie fest, ohne Rücksicht auf mein stirnrunzelndes Gesicht zu nehmen. Während er schrieb, herrschte Stille. Dann stand er auf, legte den Zettel auf den Tisch, warf den Jungen in die Luft und kam zurück, wobei er mit den Händen in den Taschen auf mich herabblickte.

„Nun, kleines Mädchen, was hast du zu dir selbst zu sagen?... Ich nehme an, du bist immer noch sauer auf mich... vergiss es und vergib. Ich entschuldige mich. Ich habe mich wie ein Biest verhalten, ich weiß... Es war der Alkohol. Trotzdem war ich furchtbar an dir hängen *geblieben* – und bin es immer noch – nein, ich bin nüchtern … Natürlich warst du wie die anderen ... Komm, schüttle mir die Hand und sag, dass alles vergeben ist. Ich habe heute deinen Mann gesehen und er hat mir gesagt, ich solle zu dir kommen ... Da wusste ich, dass es so war Alles klar.... Ich war mir sicher, dass du zu viel gesunden Menschenverstand hattest, um es meinem Mann zu sagen.... Wann kommst du aus dem Nonnenkloster?..." Er warf sich auf den Stuhl und lächelte freundlich. Ich hielt an etwas fest, das er gesagt hatte: „Ich dachte natürlich, du wärst wie die anderen." ...

„Doktor, würden Sie mir eine Frage beantworten – wahrheitsgemäß, meine ich?"

„Das werde ich, wenn ich kann", blitzte er zu mir zurück.

„Sie sagten vor ein paar Minuten, dass Sie mich für den Rest hielten. Wen meinten Sie mit ‚dem Rest' – Frauen als Klasse – die Klasse, mit der Sie unterwegs sind – oder die Frauen auf der Bühne?"

„Nun ... wenn Sie die ehrliche Wahrheit wollen – ich hatte Schauspielerinnen im Sinn, als ich sprach."

„Glauben Sie, dass Schauspielerinnen noch schlimmer oder sogar genauso schlecht sind wie die Frauen, die ich letzte Woche beim Abendessen getroffen habe?"

„Ähm ... ja ... ich denke, Schauspielerinnen würden noch weiter gehen."

" *Gehe weiter!* "

„Ja. Keine dieser Frauen – zumindest nicht viele von ihnen –, die Sie kennengelernt haben, würde wirklich an ihre Grenzen gehen. Sie spielen oft an der Grenze, aber es kommt nur ab und zu vor, dass sie in Schwierigkeiten geraten. .. Schau mal! Ich habe keinen Anspruch darauf, die relativen Tugenden von Frauen zu beurteilen – denn du weißt nicht, was danach kommt."

Der Arzt zeigte Anzeichen von Gereiztheit....

Ein Geräusch von Boy deutete auf meine nächste Bemerkung hin.

„Angenommen, man hat Kinder?"

„Das ist ein Pferd von einer anderen Farbe ... Aber wenn man es genau betrachtet, sehe ich nicht, dass eine Familie viel Eis schneidet. Kinder sind größtenteils Unfälle. Sie passieren einfach. Ihre Empfängnis ist das Ergebnis von Nachlässigkeit." oder Faulheit wird hingenommen wie eine Sintflut oder ein Feuer; man tut alles, um es zu stoppen – bis hin zur Selbstzerstörung – und dann nimmt man das Unvermeidliche hin Ein Liebeskind unter einer Million. Ich meine ein Kind der Liebe im Sinne einer vorsätzlichen und willkommenen Empfängnis. Männer und Frauen heiraten aus einem von einem halben Dutzend Gründen, am häufigsten, weil sie glauben, dass sie verliebt sind Wenn wir uns dem alltäglichen Leben in seiner ganzen Hässlichkeit widmen, fangen wir an, zu spüren, dass wir mit uns selbst buncoed wurden Unser Werben, die Verfolgung und die ersten verrückten Momente des Ballbesitzes sind uns geblieben ... Wir klopfen fast bei dem

Gedanken daran. Wir beginnen uns nach einer Wiederholung dieser sinnlichen Drogenträume zu sehnen … Jetzt sind wir heiß auf die Jagd … und ein kleiner Schuss der verbotenen Frucht wirkt als Stimulans. Wie bei allen Stimulanzien ist es nach einiger Zeit notwendig, die Dosis zu erhöhen, um die Wirksamkeit sicherzustellen. Da beginnen wir zu schwanken …" Der Arzt lehnte sich mit der Miene eines Menschen zurück, der mit seiner Diagnose zufrieden ist.

„Wir kommen vom Thema ab", bemerkte ich ätzend.

"Kein bisschen davon … wir bewegen uns auf konvergierenden Linien. Die Bühne ist der Markt für die hübschesten und anziehendsten Frauen. Eine hübsche Frau mag moralisch sein, aber die Chancen stehen dagegen. Jeder Mann betrachtet sie als eine Art legitime Beute. Sie unterscheiden sich nur in ihren Methoden, damit durchzukommen. Manchmal tätigen sie einen legitimen Verkauf: das ist das, was unser soziales System Heirat nennt. Häufiger ist der Wechselkurs von Seiten des Mannes wucherisch. Er variiert von einer Flasche Wein und ein paar hübschen Kleidern bis zu einer Diamantkette und ebenso brillanten Versprechen … Hier konvergieren unsere Linien. Die Bühne ist ein guter Ort, um Waren zu zeigen. Unsere ewige Jagd lädt uns ein, hineinzugehen und sie uns anzusehen – und – wenn Sie in Handelslaune sind – ganz zu schweigen vom Preis – werden Sie eine Schar ehrgeiziger Schönheiten mit einem scharfen Auge fürs Geschäft finden."

„Sie schließen daraus, dass die Dame der Gesellschaft nur aus Liebe sündigt – und dass die Schauspielerin ihre Zuneigung aus rein egoistischen Motiven schenkt?"

„Ich mache keine so weitreichende Unterscheidung – aber ich glaube, dass die Schauspielerin immer die Hauptchance im Auge hat und dass sie nicht zulassen würde, dass eine Kleinigkeit wie Liebe das Geschäft beeinträchtigt … Die Frau der Gesellschaft, weiter Andererseits geht es meist schief, weil sie unglücklich verheiratet ist und versucht, das Versäumte dadurch auszugleichen, dass sie sich nebenbei ein wenig Glück stiehlt.

„Dann bin ich davon überzeugt, dass die Geschichten, die man über Liebhaber liest, die den Frauen anderer Männer juwelenbesetzte goldene Geldbörsen und andere kleine weibliche Spielereien schenken, völlig erfunden sind; reine Ausstrahlungen aus dem Gehirn von Zeitungsreportern – oder dem französischen Dramatiker … und." aus den Scheidungsurkunden?"

Der Arzt warf den Kopf zurück und brüllte wie ein Löwe …

„Vielleicht sind Sie so freundlich, mir zu sagen, in welche Kategorie Sie mich eingeordnet haben – weder eine verliebte Gesellschaftsdame noch eine ehrgeizige Schauspielerin mit Blick auf die große Chance …"

Der Arzt war bis zur Wut ernüchtert. „Ich habe dir gesagt, dass es mir leid tut … Ich habe mich entschuldigt … Worüber streiten wir uns schließlich? Du hast ein Alibi bewiesen – du bist nicht wie die anderen – also vergessen wir es."

„Ich *kann es nicht* vergessen … Sie beurteilen eine ganze Klasse nach ein paar Individuen, die Ihre perversen Ideen teilen … Individuen, die in einem Nonnenkloster unmoralisch wären … Würde eine der Frauen Ihrer Gruppe …" Nennen Sie eine von ihnen – würde sie – *könnte* sie auf der Bühne weniger moralisch sein? Frauen, die genauso viel trinken wie sie; Frauen, deren Zunge mit vulgären Geschichten übersät ist; Frauen, die verkünden, dass sie „ ihren Männern *auf* den Fersen" sind und dass ihre Männer ihnen *auf* die Schliche kommen und dennoch unter demselben Dach leben Betten; Frauen, die den Ehemännern anderer Frauen Liebesbriefe schreiben und Zuteilungsorte arrangieren … meinst du, dass du nicht *weißt, dass* diese Frauen „bis ans Limit gehen"?" … Meine Empörung und mein Groll hatten mich wie ein Sturm erfasst und mich schwach und heruntergekommen zurückgelassen. Der Arzt antwortete nicht… Ich hatte das Gefühl, dass er mich beobachtete. Nach einer Weile ging ich ruhiger vor….

„Ihr Problem, Doktor, ist, dass Sie sich Ihre Meinung anhand der Zeitungen bilden. Der Mann, der die Schlagzeilen schreibt, glaubt, es sei seine Pflicht, alles hervorzuheben, was mit der Bühne zu tun hat. Das unbedeutendste Chormädchen ist ‚eine Schauspielerin'. Jede Geschiedene, deren Mätzchen es in die Ruhmeshalle geschafft haben, will Schauspielerin werden, und die Zeitungen zeichnen ihre Ambitionen in großen Lettern auf. Ein Polizeirichter in New York erzählte mir einmal, dass drei Viertel der Frauen, die auf der Straße festgenommen wurden, weil sie Männer angemacht hatten, im Polizeibericht ihren Beruf als ‚Schauspielerin' angaben. Glauben Sie, dass sich irgendein Zeitungsblatt eine solche Gelegenheit entgehen ließ? … Wenn alle belanglosen Angelegenheiten Ihrer Klienten oder Ihrer Freunde und Bekannten, egal ob skandalös oder harmlos, von Woche zu Woche gedruckt würden, glauben Sie dann, dass es einen nennenswerten Unterschied zwischen den Moralvorstellungen der Ärzte, Zahnärzte, Metzger und Bäcker und denen des Schauspielers gäbe? … Ich glaube nicht, dass Sie berücksichtigen, dass das Leben des Schauspielers öffentliches Eigentum ist. Ihm wird in allen Angelegenheiten das Recht auf Privatsphäre verweigert. Nichts ist zu trivial, zu heikel persönlich, um es mit der Öffentlichkeit zu teilen."

"Und wer ist daran schuld, Mylady, wenn nicht der Schauspieler selbst? Werbung ist sein Handwerkszeug. Er muss werben oder aufgeben... Wenn ich mich jemals scheiden lassen will, werde ich einen Schauspieler als Mitangeklagten auftreiben: nicht, weil es vielleicht keine anderen gibt, sondern weil der Schauspieler die Werbung zu schätzen wüsste." ... Der Arzt beugte sich zu mir, um meine Verlegenheit besser genießen zu können, dann lachte er gequält.

Ich stand auf. Er nahm seinen Congé zögernd entgegen.

„Na, jedenfalls habe ich Ihnen etwas Gutes getan; Ihr Gesicht hat seine Farbe wiederbekommen." ... Er stand eine Sekunde da und musterte mich.

„Weißt du … du hast eine Menge Denkarbeit unter deinem dunklen Kopf – aber denk nicht zu viel … Das ist schlecht für eine Frau deines Temperaments." Er drehte sich um, um seinen Mantel aufzuheben. Boy war darauf eingeschlafen und hatte sich eng an das warme Fell geschmiegt. „Wie schade, ihn zu stören – tu es nicht. Ich kann ohne den Mantel auskommen, bis ich nach Hause komme." Ich hob Boy sanft hoch und trug ihn, noch schlafend, in das Schlafzimmer dahinter. Der Arzt folgte ihm in die Nische und stand da und beobachtete, während ich das Kind zudeckte. Dann nahm er seinen Mantel und warf ihn über den Arm.

„Ich schätze, Sie sind in der Lage, Handsome Bill an den Fäden zu halten … Hartley ist ein feiner Kerl, einer der nettesten Schauspieler, die ich je kannte, und ich mag ihn ausgesprochen gern." …

In der Sicherheit der Dämmerung konnte ich mir ein spöttisches Grinsen nicht verkneifen. Dem Arzt war es nicht entgangen.

„Ich weiß, was Sie denken", sagte er ruhig, „aber Sie wissen genauso gut wie ich, dass es unter Männern, wo eine Frau im Spiel ist, ungefähr so viel Ehre gibt wie unter Dieben." ... Er streckte seine Hand aus. „Auf Wiedersehen, kleines Mädchen... Ich bin froh, dieses Gespräch mit Ihnen geführt zu haben; es ist besser, als einander auszuweichen und Misstrauen zu erregen. Wollen Sie sich nicht die Hand geben? ... Nun, wenn Sie es so betrachten ... trotzdem stehe ich Ihnen zur Verfügung, wann immer Sie das Bedürfnis nach mir verspüren." ... Doktor geht ab.

KAPITEL XII

GEGEN Ende des Engagements in Chicago war es angebracht, dass ich mich einer kleinen Operation unterziehen musste. Will schlug mir vor, ein privates Krankenhaus in der Nähe aufzusuchen, damit er täglich mit mir kommunizieren könne. Ich zog es jedoch vor, nach New York zurückzukehren und mich in die Obhut unseres Hausarztes zu begeben. Da unsere Wohnung noch bewohnt war, entschied ich mich für eines der kleineren Hotels, die es an den Querstraßen zwischen der Twenty-fourth und der Forty-fifth in Hülle und Fülle gibt. Wills Gesellschaft war nach der Verlobung in Chicago für eine Woche in Cleveland gebucht.

Ich erhielt täglich Briefe von Will, in denen er mir erzählte, wie einsam er ohne Boy und mich war, und jeden zweiten Tag telegrafierte er mir einen netten kleinen Gruß. Die Operation war einfach und da es Experience erlaubt war, Boy zu bestimmten Nachmittagsstunden zu mir zu bringen, verging die Zeit schnell.

Am Ende der Woche konnte ich das Krankenhaus verlassen und hatte Will über meine Absicht informiert. Deshalb war ich nicht überrascht, als ich im Hotel ein Telegramm vorfand, das mich erwartete. Die Erfahrung zeigte, dass es wahrscheinlich zugestellt worden war, als sie mich abholen wollte. Ich wartete, bis ich es mir in einem großen Sessel bequem gemacht hatte, den Experience für mich bereitgestellt hatte, und während sie über unserer Alkohollampe eine Tasse Tee kochte, lehnte ich mich zurück, um Wills Botschaft zu genießen. Es war lang, das sah ich auf den ersten Blick. Die Erfahrung wandte sich fragend zu meiner Ejakulation. Das Telegramm war von Cincinnati, wo Will jetzt spielte, nach Cleveland geschickt worden. Darin stand: „Kommen Sie sofort, wenn Sie reisefähig sind. Nicht krank, brauchen aber Ihre Anwesenheit. Haben Sie Geld auf die Bank überwiesen. Bester Zug Big Four Limited, Abfahrt um 18:30 Uhr New York Central. Telegraph bei der Abfahrt. Alles Liebe, Will.“ ."

Ich habe die Nachricht immer wieder gelesen. Meine Verunsicherung wuchs. Was meinte Will mit „brauche deine Anwesenheit"? Er verhinderte jegliche Besorgnis über seinen Gesundheitszustand, indem er sagte, er sei nicht krank, aber hatte er die Wahrheit gesagt? Vielleicht hatte er einen Unfall erlitten, eine schreckliche Entstellung – sicherlich ließ ich meine Nerven außer Kontrolle … Aber warum drängte er mich, nach Cincinnati zu kommen, wenn wir doch geplant hatten, uns in der folgenden Woche in St. Louis zu treffen? seiner Heimatstadt, und wo sollte es eine Art Zusammenführung der Familienangehörigen geben? Es war offensichtlich, dass er mich erwartete, da er sich die Mühe gemacht hatte, nach Zügen zu suchen und das Geld telegrafiert hatte.

Irgendetwas stimmte nicht ... Ich warf einen Blick auf die Uhr. Es fehlten ein paar Minuten von fünf, und der Zug fuhr um halb sechs ab ... Die Bank war geschlossen, aber ich konnte einen Scheck einlösen lassen. Was auch immer passiert war, es war meine Pflicht, bei Will zu sein. Ich sprang auf und vergaß meine Genesung. Die Schwäche war verschwunden. Mir ging es seltsam gut. „Erleben Sie ... ganz zu schweigen vom Tee ... Wir fahren sofort nach Cincinnati ...“

Experience stellte den Wasserkocher ab und sah mich mit der Hand in den Hüften an ... Ich gab keine Erklärung ab, sondern begann, die Kleidung anzuziehen, die ich gerade erst ausgezogen hatte. Die Notwendigkeit sofortigen Handelns drang schließlich in das Gehirn von Experience ein. „Dann muss ich wohl schnell packen... Law-zee, wenn das nicht das ganze Land ist!...“

Will traf uns am Bahnhof. Der erste Blick auf ihn durch das Eisengitter löste meine Sorge um seinen Gesundheitszustand. Er war nicht krank und schien gesund und unbeschädigt zu sein. Er war besorgt über meinen Zustand. Ich *sah* ein bisschen wie ein Wrack aus. Nachdem die Aufregung vor dem Aussteigen nachgelassen hatte und mir nichts anderes übrig blieb, als dem monotonen Klicken und Klicken des rasenden Zuges zu lauschen, war ich zusammengebrochen. Die Reaktion war zu groß. Erst als wir unser Ziel in Sichtweite hatten, rappelte ich mich auf und wappnete mich für jeden Notfall, mit dem ich konfrontiert wurde ... Natürlich stellte ich während der Fahrt zum Hotel keine Fragen. Der allgemeine Anblick von Cincinnati war typisch für meinen Geisteszustand: ein sonnenloser Himmel und eine von Rauch bedeckte Atmosphäre ... Mir wurde klar, wie trügerisch Miltons Vorstellung von „bösen Nachrichten“ war. ... „Denn schlechte Nachrichten reiten auf Posten, während gute Nachrichten ködern.“ Mir kam es immer umgekehrt vor. Gute Nachrichten blitzen blitzschnell ihrem Ziel entgegen und gewinnen dabei immer mehr Schwung, während der Vorbote des Schlechten zurückbleibt und die Stunden durch sein dunkles Gewicht hinauszögert ... Die mentale Spannung, das Warten, während die Fantasie eine endlose Kette von Ereignissen heraufbeschwört düstere Wahrscheinlichkeiten... Als sich Experience und Boy endlich in einem Nebenzimmer niederließen, schloss Will die Tür und drehte sich zu mir um. Es schien eine endlose Zeit zu dauern, bis er sprach. Er schien sich auf die Anstrengung vorzubereiten.

„Zuerst möchte ich Ihnen dafür danken, dass Sie ohne Fragen gekommen sind. Ich hoffe nur, dass Sie keinen Rückfall erleiden ...“

Ich habe die Einleitung beiseite geschoben...

„Na ja“, sagte ich...

*　　*　　*　　*

Ich glaube, ich war fassungslos. Nichts schien an dem Raum wirklich real zu sein. Sogar Wills Stimme klang aus der Ferne. Ich hatte nach meiner Operation das gleiche Gefühl verspürt, als ich aus dem Äther kam. Das versichernde „Es ist alles in Ordnung, kleine Dame, öffnen Sie einfach Ihre Augen" des Arztes erreichte mich aus dem grenzenlosen Raum. Damals wie heute folgte eine große Welle von Übelkeit, die mich in einen unerbittlichen Sog wirbelte und mich schlaff und von Schmerzen geplagt zurückließ ... Mechanisch las ich noch einmal den Ausschnitt, den Will mir in die Hand gedrückt hatte, um mich auf das vorzubereiten, was gefolgt. Es handelte sich um einen Auszug aus „The Club Window" und lautete wie folgt: „Eine bestimmte Clique von Raubreitern, die mit einem North Side Country Club verbündet sind, setzt auf ein hochkarätiges Stutfohlen aus ihrer Gruppe, das schon seit einiger Zeit reitet." Der unvermeidliche Sturz wird einen bestimmten Schauspieler betreffen, der seit einem Monat das Publikum in Chicago mit seiner männlichen Schönheit und seinem theatralischen Talent begeistert Bei seinen früheren Besuchen in der „Windy City" drangen von Zeit zu Zeit Gerüchte über bestimmte kleine Reisen nach New York zu Ohren, die im vergangenen Winter auftraten Das Engagement einer Saison in der Metropole wurde jedoch – wie dem auch sei – mit großer Begeisterung verfolgt. Ebenso könnte es reiner Zufall gewesen sein, dass der Ehemann des dritten Teils auf einer Jagdreise war. Die besten Pläne von' und so weiter; Das Unerwartete geschah, als die Frau des Schauspielers ihn bei seinem Besuch bei uns begleitete. Die Angelegenheit lag vorerst in der Schwebe. *Aber* kaum war die Frau nach New York zurückgekehrt, brach das Feuer mit neuer Glut aus, wahrscheinlich angefacht durch die vorherigen widrigen Winde des grausamen Schicksals. Als die Firma in eine andere Stadt aufbrach, fehlte die schöne Chicagoerin an ihren gewohnten Orten. Nachfolgende Ermittlungen bestätigten das Gerücht, dass die Dame Gast in einem führenden Hotel in Cleveland war. Ihr Zimmer lag übrigens auf derselben Etage wie das des Schauspielers. Hoffen wir, dass nicht irgendeine fleißige Biene um den Kopf des mächtigen Jägers schwirrt und ihn dazu bringt, auf den Zerstörer seines Friedens zu schießen. Wahrlich, wahrlich, der Schauspieler hat die Macht zu bezaubern.

„Du musst dir im Klaren sein, Mädchen, dass ich dich nicht mit dieser fiesen Sache beunruhigt hätte, wenn ich nicht Angst gehabt hätte, dass uns beiden etwas Schlimmeres bevorsteht ... Was denkst du über die verdammte Katze, die sich etwas ausgedacht hat?" So etwas? Es war reine Bosheitsarbeit: Als ich diese Reporterin vor zwei Jahren traf, war sie ganz für mich. Erinnerst du dich an die netten Dinge, die sie über mich geschrieben hat, als ich das letzte Mal gespielt habe? , sie kam letzten Winter nach New York und ich nahm sie zum Mittagessen mit und zeigte ihr andere kleine Aufmerksamkeiten, nur um auf der guten Seite zu bleiben. Ungefähr zur gleichen Zeit kam die andere Dame herein, und ich hatte das Gefühl, dass es an mir lag Hier ist der Punkt, an dem die ältere Jungfernreporterin wund ist. Sie dachte, sie hätte eine Ecke auf dem Markt. Es ist die Hölle, so ein faszinierender Teufel zu sein!"

Will zwinkerte mir zu, wenn auch ein wenig zweifelnd, da er spürte, dass es mir wahrscheinlich an Wertschätzung mangelte.

„Als ich auf dieser Reise nach Chicago zurückkam", fuhr er fort, „erhielt ich eine Nachricht von meiner damaligen Freundin und später kam sie zurück in meine Umkleidekabine, um mich zu sehen. Sie machte einige relevante Bemerkungen über die andere Frau, deutete einige an Die Leute waren undankbar, nachdem sie alles getan hatte, um sie zu belohnen, als sie „auch gerannt" waren, und nachdem sie dort angekommen waren, verlor ich ein wenig die Beherrschung und wir trennten uns von schlechten Freunden Sie dröhnte zu –" (Will nannte den Charakterdarsteller seiner Firma) „und machte mich bei jeder möglichen Gelegenheit fertig ... Diese verdammten Frauen sind immer schlimmer, wenn sie im Leben zurechtkommen ..."

„Was hat diese ‚Club'-Frau von dir erwartet? ... Was wollte sie?"

Will sah mich ausdruckslos an, dann schlug er mit den Augen ...

„Warum ... warum? Ich schätze, die alte Henne wollte, dass ich mit ihr schlafe. Sie hat mir Avancen gemacht, und ich habe sie heftig zu Boden geworfen."

Er nahm mir den Zeitungsausschnitt aus den Fingern und steckte ihn wieder in seine Brieftasche.

„Wussten Sie, dass die – *die* Dame nach Cleveland kommt?", fragte ich.

„Warum? Nicht genau. Sie hat etwas darüber gesagt, als wir noch in Chicago waren, aber ich dachte, sie blufft. Tatsächlich dachte ich, sie hätte mehr Verstand, als so etwas zu tun."

„Was hat Sie zu der Annahme gebracht, dass sie vernünftiger war? Irgendetwas in ihren früheren Auftritten?"

„Nein – aber Frauen sind ziemlich schlau: Sie achten im Allgemeinen darauf, ihre Spuren zu verwischen, egal wie rücksichtslos sie vorgeben zu sein. Trotz ihrer Beteuerungen, alles für ‚Dich' aufzugeben, wollen nicht viele von ihnen ihr Zuhause verlieren ..."

„Warum haben Sie nicht darauf bestanden, dass sie sofort nach Hause zurückkehrt? Hätten Sie nicht in ein anderes Hotel gehen können?"

„Was hätte das gebracht? Sie wäre ihr gefolgt. Als sie in Cleveland auftauchte, habe ich es ihr direkt gesagt, das können Sie sich vorstellen. Ich habe kein Blatt vor den Mund genommen."

„Hatte sie Angst, nach Hause zurückzukehren?"

„Ich weiß es nicht; sie sagte, sie hätte das Land endgültig verlassen und würde nie wieder mit ihrem Mann zusammenleben. Ich sagte ihr, sie könne tun, was sie wollte , aber ich hatte nicht vor, mich darauf einzulassen. Dann." Sie drohte, Selbstmord zu begehen – ich sagte ihr, sie solle weitermachen, und dann bekam sie überall Hysterie. Ich hatte eine schöne Teeparty, das kann ich Ihnen sagen ... Jemand hat mir eine markierte Kopie geschickt Ich wusste also, dass es nicht lange dauern würde, bis ihr Mann davon erfahren würde, und ich wusste nicht, was für ein Spiel er mir antun würde Berichten zufolge hat die Dame die ehelichen Beziehungen hinter sich gelassen. Vielleicht sucht er genau nach einer solchen Möglichkeit.

Der Raum war voller Tabakrauch. Will verbrannte eine Zigarre nach der anderen.

„Sie machte ein großartiges Spektakel aus sich und mir, indem sie wie eine gekochte Eule am Bahnhof auftauchte. Nach unserer Szene krönte sie den Höhepunkt, indem sie einen tollen Jag bekam... Bei Gott, ich werde nie das letzte Mal von den Mitgliedern der Truppe hören." Er ließ ein Fenster von oben herunter und blieb am Schreibtisch stehen, wo er ein Telegramm aus seiner Mappe nahm – ein Weihnachtsgeschenk, das ich ihm gemacht hatte.

„Gestern Morgen habe ich dies erhalten." Ich las die Nachricht:

„Rufen Sie mich Freitagmittag per Ferngespräch an. Wichtig.

(Unterzeichnet) DOC."

„Das war doch sehr anständig vom Doc, nicht wahr? Also, ich hatte ein Ferngespräch mit ihm und das Erste, was er mich fragte, war, ob die Dame bei mir sei. ‚Na ja, nicht unbedingt *bei* mir, aber ich kann sie nicht abschütteln‘, schrie ich zurück. ‚Das müssen Sie‘, fuhr der Doc fort, ‚Ihrer Frau zuliebe dürfen Sie nicht mit der Ware dastehen.‘ Der Doc ist einer dieser Herren aus Missouri und wollte mir nicht glauben, dass ich unter Eid unschuldig war. Trotzdem ist er ein guter Kerl. Er sagte mir, er wisse alles über meine missliche Lage und habe die Zeit bei den Haaren gepackt und Madames Schwester erwischt, die neben ihm stand, während er sprach. Sie hatte ihren Griff bei sich und war bereit, sofort nach Cincinnati aufzubrechen. Ich sagte ihm, er solle sie mit dem schnellsten Express schicken. Der Doc sagte, Madames Mann sei unerwartet in die Stadt zurückgekehrt – genau wie ich es erwartet hatte – und nach einem Aufenthalt von vierundzwanzig Stunden wieder verschwunden. Niemand in seinem Büro oder bei ihm zu Hause wusste, wohin er gegangen war. Die Schwester sagte, er habe sie angerufen und gefragt, wohin seine Frau gegangen sei, und plötzlich aufgelegt. Dann befragte der Doc die Stenografin, die eine alte Freundin von ihm war, und sie vertraute ihm an, dass die Sekretärin des Mannes ein Ticket nach Cleveland gekauft hatte... „Er ist auf der Spur", warnte der Doc, „und es gibt nur eine Sache, die Sie tun können ... schicken Sie nach Ihrer Frau, wenn sie reisefähig ist ... Sorgen Sie dafür, dass sie vor ihm in Cincinnati ankommt. Ihre Frau ist eine vernünftige kleine Frau, und wenn Sie ihr das klarmachen, wird sie aufdrehen ... Gemeinsam können Sie sich etwas ausdenken, um den wütenden Ehemann zu besänftigen ...‘ Können Sie den alten Doc nicht brüllen hören? Nun, ich fand seinen Rat gut und habe Ihnen sofort ein Telegramm geschickt.“

... „Ist die Schwester angekommen?“ ... Es fiel mir schwer, mir Gehör zu verschaffen. Meine Stimme war trocken und rauh....

„Ja, sie ist hier; sie sind unten im Stockwerk.“ Will goss ein Glas Wasser ein und reichte es mir. Dann setzte er sich auf die Bettkante und wartete. Jetzt war es an ihm zu schweigen. Er schien sich selbst herausgeredet zu haben...

„Wer von ihnen ist es?... Kenne ich sie?“

„Ja, wir haben an einem Sonntagabend bei ihr zu Hause zu Abend gegessen.“

"Blond?"

„Ähm – ja...“

„Der Triumph der Kunst über die Natur, nehme ich an.“ ... ich konnte dem Stoß nicht widerstehen ... plötzlich saß ich kerzengerade da.

„Will ... *Will* ... Nicht – Frau F. – nicht die Frau mit den beiden kleinen Mädchen ... nicht die Mutter dieser Kinder ...“

Er nickte und hob die Schultern mit einer Geste, die halb bedauernd, halb abwertend war.

„O!!!...“ Ich bedeckte mein Gesicht mit meinen Händen ... das Bild war *zu* abstoßend ... „Kinder schneiden nicht viel Eis“, hatte der Arzt gesagt. Ich hielt mir die Ohren zu, um seine Stimme auszuschalten ...

"Wie hat es begonnen?" sagte ich schließlich.

„O ... das Übliche ... Abendessen – oder Dinner, ich habe vergessen, was es war – ein bisschen flirten, viel Alkohol, Autofahrten, Rendezvous, während man dem Gesang und Tanz der vernachlässigten Ehefrau zuhört, noch mehr Abendessen und Autofahrten ... und das Erste, was man merkt, ist, dass die dumme Frau in einen verliebt ist oder denkt, sie sei es, was noch schlimmer ist ... Ich hoffe, Sie geben *mir nicht die Schuld* . Ich kann nichts dafür, wenn Frauen sich meinetwegen zum Narren machen.“ ... Etwas in Wills Tonfall – eine *Kaltblütigkeit* – fast eine *Prahlerei* – ließ mir vor Wut das Blut ins Gesicht steigen. Ich beugte mich in meinem Stuhl nach vorne und sah ihm in die Augen.

„Will... willst du mir etwa sagen, dass du diese Frau nie ermutigt hast?“

„Wie meinen Sie das – ermutigt?“

„Um Gottes Willen, jonglieren Sie nicht mit Ihren Worten – reden Sie nicht zweideutig! Sie wissen genauso gut wie ich, was ich meine! – auf hundert unfassbare Arten zu ermutigen; zu zeigen, dass Sie sich durch die Aufmerksamkeit einer Frau geschmeichelt fühlen; sie glauben zu lassen, dass *Sie* glauben, Sie seien der Einzige, dem sie ihre Gunst erwiesen hat; sie Ihnen sagen zu lassen, dass Sie der erste Mann sind, für den sie ihren Ehemann betrogen hat, obwohl sie jahrelang vernachlässigt und unglücklich war; Ihnen die intimen Geheimnisse ihres Ehelebens aufzudrängen und Ihnen zu sagen, dass sie nie anderswo Trost gesucht hat; sie all das tun zu lassen, ohne sie Lügen zu strafen, wenn Sie in Ihrem Herzen wissen, dass sie gelogen hat. Das ist es, was ich meine! … O, glauben Sie mir, ich fange an, die Feinheiten des Spiels zu verstehen … und wenn Sie bis zum Äußersten gegangen sind … Ich verlange nicht von Ihnen, es zu gestehen … Treue hängt nicht allein vom Geschlechtsakt ab – obwohl Sie Männer diesen über jede andere Tugend einer Frau stellen –, aber ich bitte Sie um Ihrer Männlichkeit willen, um Ihrer Selbstachtung willen, spielen *Sie nicht* die Rolle eines Schurken!“

Will zuckte zusammen, als hätte ich ihm ins Gesicht geschlagen. Sein Gesicht war ganz blass geworden und seine Lippen waren zusammengepresst. Als er sprach, schnitt seine Stimme durch die Luft wie eine feine Stahlklinge.

„Das ist also deine Meinung? … Es war offensichtlich ein Fehler, nach dir zu schicken … aber ich habe es mehr deinetwegen als für mich selbst getan … um dich vorzubereiten und dich vor einem Schock zu bewahren, falls es zu einem Crash kommen sollte … Ich wusste vorher nicht, was für eine schlechte Meinung du von mir hattest.“

„Verdreh meine Worte nicht, Will, bitte …“

Er ging auf und ab und schlug dabei mit dem Handrücken einer Hand gegen die Handfläche der anderen.

„Ich weiß, dass du krank und schwach bist… Ich versuche, deinem Nervenzustand so viel wie möglich Rechnung zu tragen. Bis jetzt hast du dich wie ein Idiot aufgespielt. Ich habe dich oft beobachtet und insgeheim bewundert, wie du mit den Dingen umgegangen bist, aber – wenn du das alles verderben willst, indem du dich in diesem Stadium des Spiels zu einer eifersüchtigen Frau entwickelst…“ Ich wandte mich schnell an ihn.

„Ich bin sicher, Sie können nicht behaupten, dass ich Sie mit dieser Aussage jemals genervt hätte.“

„Nein, ich gebe zu, Sie waren eine vernünftige Frau … aber denken Sie daran, dass ich ehrlich zu Ihnen war, und ich denke, *das werden Sie zugeben* . Ich hatte nie eine ernsthafte Affäre mit einer Frau – und der Herr weiß, dass ich von allen Seiten damit konfrontiert werde. Die Wälder sind voll von Potiphars Frauen … Wenn Sie es mit ein paar Männern zu tun hätten … wie viele von ihnen könnten so etwas aushalten, ohne den Kopf zu verlieren? … Nun, die Leute haben mir gesagt, wir wären ein Musterpaar … und hier, das erste Mal, dass ich in eine so ernsthafte Lage gerate –“

„Dann geben Sie zu, dass es noch andere Zwangslagen gibt?“

„Natürlich, es gab … Ach, verdammt – was hat es für einen Sinn, mit einer Frau zu streiten! Sie sind wie alle anderen! – wenn es zu einer Auseinandersetzung kommt, sind sie nicht gerade ekelhaft!“ … Er ging zum Telefon und rief einen Kellner.

„Ich muss ein frühes Abendessen bestellen; ich werde sowieso schon eine ordentliche Portion Verdauungsbeschwerden haben – nach all diesem höllischen Krach … Natürlich, wenn es zum Showdown käme und er mich als Co-Kollegen benennen würde -Befragter, es würde *mir* keinen Schaden zufügen, aber es würde den Pater und den Rest der Familie auf der ganzen Linie verärgern. Sie wissen, wie sie sich über die Bühne fühlen …“

„Was ist mit mir?“ lag mir auf der Zunge, aber ich sprach es nicht aus, ebenso wenig wie die Gedanken, die mir folgten. Wie sollte ich mich fühlen, wenn ich zusehen müsste, wie ein Zuhause zerstört wird, und zu wissen, dass mein Mann an der Zerstörung beteiligt war? – ob direkt oder indirekt – die Folgen waren dieselben. Und die Frau – und die beiden kleinen Mädchen … was ist mit ihnen? … Ein Klopfen an der Tür ließ mein Herz zusammenzucken. War der Mann gekommen, um Gott weiß was zu verlangen? … Der Kellner kam mit einer Speisekarte herein. Ich hatte völlig vergessen, dass Will ihn gerufen hatte. Als der Kellner die Bestellung aufgenommen hatte und gegangen war, kam Will zu mir und legte seine Hand auf meinen Arm.

„Komm schon, Mädchen – wir dürfen nicht zulassen, dass diese dumme Sache zwischen dich und mich kommt. Das ist es nicht wert! Du weißt, dass ich dich liebe … du bist die einzige Frau, die ich je geliebt habe … die ich je lieben *werde* …“

O weiser Ehemann! Er wusste, dass ich seiner Zärtlichkeit ebenso wenig widerstehen konnte wie eine Blume der warmen Sonne … Er ließ mich in meinem ersten heftigen Tränenausbruch schwelgen und tröstete mich stumm; dann, mich noch immer in den Armen haltend, sprach er weiter:

"Manchmal hasse ich dieses verdammte Geschäft und habe das Gefühl, ich würde es am liebsten ganz hinschmeißen … aber was soll ein Mann tun, nachdem er die besten Jahre seines Lebens einer Sache gewidmet hat? Heutzutage dauert es lange, sich in irgendeinem Beruf zu etablieren … und ich werde jeden Tag älter … Es tut mir leid, dass ich hässlich war … *meine* Nerven sind auch ein bisschen angespannt … aber jetzt, wo wir uns verstehen, wird es mir gut gehen ... komm jetzt ... vergessen wir es ... Komm ins Badezimmer und bade deine Augen. Ich habe ein nettes kleines Abendessen und eine Flasche Sekt bestellt; das wird dich aufmuntern. Dann, bevor ich zur Vorstellung gehe, werden wir einen Aktionsplan entwerfen ..."

„Was soll ich tun?", fragte ich, als ich wenig später aus dem Badezimmer kam.

KAPITEL XIII

Als ich das Zimmer betrat, hatte ich nicht die Absicht, mich auf einen Schlagabtausch einzulassen. Ich hatte telefonisch angekündigt, dass ich kommen würde, und ihre Schwester erwartete mich. Das Mädchen, das neben dem Bett stand, tat mir fast leid. Ihre Augen begegneten meinen unsicher, ihre Lippen zwangen mir eine Begrüßung ab.

„Wollen Sie sich nicht setzen? Fannie, hier ist Mrs. Hartley …"

Die Frau im Bett drehte sich um und stützte sich auf ihren Ellbogen. Ihr Gesicht war geschwollen, die Lippen blau und schlaff, und ihre Augen sahen aus wie wässrige Gelatine. Ohne mir in die Augen zu sehen, stöhnte sie theatralisch und vergrub ihr Gesicht in den Kissen.

„Was – *was* musst du von mir denken?", jammerte sie.

„Ich glaube, du bist ein Idiot!" rausgerutscht, bevor ich es verhindern konnte.

„Alle Frauen sind Narren – wir sind alle Narren wegen irgendeinem Mann", rief sie aus, schlug mit der Faust auf die Kissen und steigerte sich zu einer zazaesken Art von Hysterie.

„Frau F., ich bin nicht hierher gekommen, um mir eine Dissertation über die Sexfrage anzuhören, noch um Ihre Hand zu halten, während Sie einen Nervenanfall haben. Sie müssen sich zusammenreißen, sonst wäscht ich meine Hände in Unschuld." Die ganze Angelegenheit. Ich bin extra aus New York gekommen, um Ihnen aus einer schlimmen, *schmutzigen* Situation zu helfen. Wenn Sie hören wollen, was ich zu sagen habe, werden Sie mit dieser Albernheit aufhören und sich wie eine erwachsene Frau benehmen mit einem Mindestmaß an Diskretion … Ihr Mann kann jeden Moment hereinspazieren, und es kann für alle Beteiligten gut sein, wenn wir uns auf einen Verteidigungsplan einigen.

Ihre Schwester, die sich hinter mir in eine Ecke des Zimmers zurückgezogen hatte, als ich mich hinsetzte, trat nun ans Bett.

„Mrs. Hartley hat recht, Fannie – Frank kann jeden Moment auftauchen."

Fannie kramte unter den Kissen nach ihrem Taschentuch und schnupperte unter Tränen, während ihre Schwester die Kissen arrangierte.

„Bitte verzeihen Sie, Mrs. Hartley; meine Nerven sind völlig am Ende."

„Ich selbst habe ein paar Nerven", dachte ich. Ich ertappte mich dabei, wie ich die Armlehnen meines Stuhls umklammerte, wie man es manchmal beim Zahnarzt tut, und meine Zähne schmerzten vom Zusammenpressen meiner Kiefer. Als Frau F. sich zusammengefaltet hatte und mit der Miene einer leidgeprüften Frau die Hände in den Schoß legte, fuhr ich fort.

„Mr. Hartley und ich haben entschieden, dass Sie mein Gast sind: dass Sie auf meine Einladung mit uns nach Cleveland gegangen sind und dass ich Sie dringend gebeten habe, die Reise fortzusetzen, bis Ihr Mann von seiner Jagdreise zurückgekehrt ist. Bei Ihrer Ankunft hier, Sie haben sich eine schwere Erkältung zugezogen, die sich zu einer Grippe entwickelt hat. Die Grippe ist nicht schwerwiegend genug, um einen Arzt aufzusuchen. Sind Sie mit den Symptomen der Grippe vertraut? Frau F. nickte.

„Sehr gut. Als es dir schlechter ging, hast du deiner Schwester telegrafiert.“

„Aber“, warf die Schwester ein, „das geht nicht; das hält nicht, weil Frank mich kurz nach seiner Rückkehr nach Chicago am Telefon anrief und ich ihm sagte, ich wüsste nicht, wo Fannie sei.“ ...“ Ich hielt inne und dachte nach …

„Dann müssen wir dafür sorgen, dass das Telegramm Sie sofort *nach* seinem Anruf erreicht, und da er so plötzlich verschwand, ohne auch nur seinen Mitarbeitern zu sagen, wohin er wollte, haben Sie eine Erklärung dafür, dass Sie ihn nicht erreichen konnten … Jetzt.“ , über die Woche in Cleveland: Du wusstest nicht, dass deine Schwester weg war, weil du selbst nicht in der Stadt warst, ich glaube, das war wirklich der Fall, nicht wahr?“

„Ganz wahr“, antwortete die Schwester. „Ich habe ein paar Tage in Wheaton verbracht.“

„Dann ist doch alles klar, nicht wahr? … Mr. Hartley wird sich um den Artikel kümmern, der im Clubfenster erschien … und wenn Ihr Mann eintrifft, werde ich versuchen, mich um ihn zu kümmern. ... Nun ... denken wir mal darüber nach: Gibt es irgendwelche Punkte, die wir übersehen haben?“ Es herrschte Stille, während jeder von uns die Situation überprüfte. Es war Frau F., die zuerst sprach.

„Nehmen wir an – nehmen wir an, Frank hat Detektive auf meine Spur gehetzt und sie finden heraus, dass Sie nicht in Cleveland waren! Oh, ich bin sicher, er wird es tun! Das ist typisch Frank! Sie wissen nicht, was für ein Tier er sein kann. Oh, es ist ja ganz schön und gut zu sagen, dass ich schuld bin – dass ich im Unrecht bin, aber wenn Sie wie ich acht Jahre mit Frank zusammengelebt hätten, würden Sie einige Dinge verstehen – und mich nicht behandeln, als wäre ich ein –“

„Hör auf damit!“ Ich spürte, wie meine Augen vor lauter Feuer, das sie entfacht hatte, blitzten. Sie heulte und schluchzte ein wenig, dann entspannte sie sich und verfiel in mürrisches Schweigen.

„Wenn Ihr Mann Detektive engagiert *hat* , müssen wir dem Notfall gemeinsam begegnen. Mit anderen Worten, wir werden einen Meineid begehen wie – perfekte Damen. Mr. Hartley sagt – und da er ein Mann ist, sollte er es wissen –, dass kein Mann den Mut hätte, mir zu sagen, dass ich nicht die Wahrheit sage, selbst wenn er das denken würde."

„Wir werden nie damit durchkommen – wir werden nie damit durchkommen", jammerte Frau F.

Als nächstes sprach die Schwester.

„Und angenommen, Frank taucht nicht auf – angenommen, er kommt überhaupt nicht, sondern wartet auf den Bericht der Kriminalbeamten und –"

„Und beginnt die Scheidungsklage, ohne auch nur ein Wort darüber zu verlieren!" Es war Madame, die diese Möglichkeit einbrachte. „Wäre das nicht genau wie er! Wäre das nicht Frank, der ganz am Boden liegt? Edith weiß, wie kaltblütig er ist, nicht wahr, Edith? Oh, es ist zu schrecklich! Ich könnte so etwas nie überleben." ein Ding! Ich würde mich umbringen – ich würde mich in den See stürzen!"

„Findest du nicht, dass du diese Drohung etwas abgenutzt trägst?" fragte ich leise und wandte mich fortan an die Schwester.

„Für den Fall, dass Ihr Schwager nicht kommt oder wir nichts von ihm hören, bleibt uns nur eines: Sie müssen Ihre Schwester nach Chicago zurückbringen ... und ich werde mit Ihnen gehen ... ."

Ich glaube, meine Stimme verstummte, bevor ich den Satz beendet hatte. Die Idee war abstoßend, aber war das nicht alles äußerst abscheulich? Ich hatte Will mein Versprechen gegeben, es „durchzuziehen", und ich hatte vor, dies nach besten Kräften zu tun. Die Schwester von Frau F. unterbrach meinen Gedankengang. Sie stand mit abgewandten Augen vor mir und kämpfte darum, die Tränen zurückzuhalten, und verdrehte nervös ihre Hände.

„Mrs. Hartley ... ich möchte nicht rührselig wirken ... aber ich denke ... Sie verstehen, wie ich mich fühle ... Es scheint fast sinnlos zu sagen ... wie sehr wir ... was schätzen Du tust.... Um meiner Schwester willen danke ich dir... ich...."

„Ich tue es nicht Ihrer Schwester zuliebe" – ich versuchte, sanft zu sprechen, aber alles in mir schien hart und unnachgiebig geworden zu sein – „noch meinem Mann zuliebe; auch nicht mir selbst zuliebe; ich habe einen Jungen – einen Sohn ... und es gibt zwei kleine Mädchen ..."

Eine Salve von Schluchzen dröhnte an unsere Ohren und ließ das Bett erzittern.

„Meine armen Babys! Die armen Lieblinge! ... Ich wünschte, sie wären nie geboren worden!" ...

„Es ist schade, dass du nicht früher daran gedacht hast, Fannie", antwortete ihre Schwester ätzend. Das war der erste Ausdruck von Tadel, den sie geäußert hatte. Mrs. F. hüpfte in eine sitzende Position: ja, *hüpfte* ist die einzige angemessene Beschreibung. Die Trauer war schnell in Wut übergegangen. Sie starrte ihre Schwester wütend an.

„Du hast dich also auch gegen mich gewandt, nicht wahr? Ich hätte es vielleicht erwartet: Das ist die Dankbarkeit, die du für alles empfindest, was ich für dich getan habe. Wo wärst du, wenn ich nicht wäre? – du wärst Jemandem die Schreibmaschine für fünf Dollar die Woche zu zerschlagen! Das ist der Dank, den ich dafür bekomme, dass ich mich für die ganze Familie opfere! Ich habe jahrelang gelitten, als ich mit diesem Mann zusammengelebt habe? … buchstäblich nach Zuneigung gehungert, … er hat sich nie die Mühe gemacht, mein Temperament zu verstehen … er hat mich vernachlässigt, er …"

„Hah-ha-ha-ha-ha-ha-" … Jetzt war ich an der Reihe, der Hysterie zu frönen, nur meine war von der Art des Lachens: Ich lachte, bis mir die Tränen kamen – bis ich vor purer Erschöpfung zurücksank. Ihrem Gesichtsausdruck zufolge dachten Madame und ihre Schwester, ich sei plötzlich verrückt geworden.

„Worüber lachst du?", fauchte sie und starrte mich mit unterdrückter Wut an.

„Meine Liebe", antwortete ich schwach, „meine Liebe, ist Ihnen nicht klar, was für ein furchtbar alter Hut diese Geschichte von der vernachlässigten Ehefrau ist? Mr. Hartley sagt, sie benutzen sie alle … es ist die Kardinalausrede, der Vorwand, zu dem alle verheirateten Frauen greifen, um ihre eigene Untreue zu rechtfertigen."

„Hat – hat Mr. Hartley angedeutet –?"

"O nein! Mr. Hartley hat keines Ihrer Geheimnisse missbraucht … aber sagen Sie mir ehrlich …" – ich beugte mich vor und verschränkte meine Knie, um meine Worte besser zu betonen – "erwarten Sie wirklich, dass ein Mann von Welt das glaubt – oder sich darum schert, ob Sie vernachlässigt werden oder nicht? Sie wissen, dass Männer über ihre Clubs tratschen und Frauennamen austauschen – nicht mit so vielen verdammenden Worten, sondern mit einem wissenden Augenzwinkern, einem Schulterzucken, diesem Kopfschütteln oder „durch die Aussprache einer zweifelhaften Phrase … oder solch einer zweideutigen Aussage" … meine Liebe … Ich habe eine seltene Sammlung von Liebesbriefen, die mir mein Ehemann, der Schauspieler ist, von Zeit zu Zeit lachend in den Schoß geworfen hat. Ihr Charakter variiert wie die Farbe des Papiers, auf dem sie geschrieben sind. Es gibt das Weiß, das Hellblau und mehrere Schattierungen von Lavendel … Die Welt der Schauspieler ist voll von Lavendeldamen vom Typ Bovary: das Wunderbare daran ist, dass so viele von ihnen „damit durchkommen", wie Sie es getan haben elegant ausgedrückt. Angenommen, *Sie* kommen nicht damit durch … angenommen, Ihr Mann lässt sich von Ihnen scheiden … was wird dann aus Ihnen? Wie werden Sie leben? Sie sind nicht in der Lage, Ihren Lebensunterhalt selbst zu verdienen. Sie könnten nicht einmal schreiben – wie Ihre Schwester. Angenommen, ich ließe mich von meinem Mann scheiden und nenne Sie als Mitbeklagte: Bilden Sie sich ein, dass er Sie heiraten würde? Und nehmen wir an, er täte es: Wie lange, glauben Sie, würde es dauern? Er ist ein armer Mann. Sein Beruf ist rein spekulativer. Sein Einkommen ist, außer in seltenen Fällen, nur für jeweils zwei Wochen gesichert. Er könnte Ihnen nicht den Schmuck, die Pelze, die Autos und den Luxus bieten, den Sie jetzt genießen. Wie lange, glauben Sie, würde Ihre verrückte Leidenschaft anhalten, ohne kleine Extras wie Abendessen mit Wein und Zimmersuiten in den besten Hotels? … Vielleicht würden Sie Schauspielerin werden wie so viele Frauen, die die Bühne als Sesam öffne dich für ein Leben in Unmoral betrachten … Wie so viele Frauen, in deren moralischer Maschinerie eine Schraube locker ist … Nein, sagen Sie kein Wort! Dies ist meine Szene – und ich werde zum ersten Mal in meiner Karriere im Mittelpunkt der Bühne stehen! … Ich kenne Ihre Art, Mylady … Sie gehören zu dieser großen Klasse überernährter und unterzüchteter Frauen, die dem Rest ihres Geschlechts das Leben so schwer machen. Sie sind eine Verschwenderin; Sie verschwenden, was Ihnen nicht rechtmäßig gehört; was Sie in Ihrer Gier usurpieren, indem Sie Ihren Eitelkeiten nachgeben, indem Sie Kompromisse mit Ihren besseren Instinkten eingehen, indem Sie mit dem Teufel selbst zusammenarbeiten, der auch für müßige Hände noch Unheil zu stiften hat! Sie stimulieren Ihre Leidenschaften mit Alkohol und verwechseln die Dämpfe mit Liebe! Sie haben nicht den Mut, sich als echte Prostituierte zu outen, aber Sie üben das Gewerbe in der Rolle einer Ehebrecherin aus. Um Gottes Willen, wachen Sie auf! Schauen Sie sich selbst in die Augen, bevor es zu spät ist! Wenn Sie keine Selbstachtung haben, keinen Respekt vor Ihrem Geschlecht, versuchen Sie wenigstens, die Rechte dieser kleinen Seelen zu respektieren, die Sie unaufgefordert auf die Welt gebracht haben. O ja, weine! … Krokodilstränen und Alkoholsabber! … Es ist ein Irrtum zu glauben, dass alle Frauen den Mutterinstinkt haben … ebenso wie weibliche Katzen und Hunde – und Kaninchen." …

Ich war aufgestanden, als meine Wut versuchte, mich zu beherrschen. Ich stand neben dem Bett und schaute auf sie herab … und kämpfte vergeblich um meine Selbstbeherrschung. Etwas an der Frau … allein die Qualität ihres Nachthemdes – die reich mit Juwelen besetzten Finger – machte mich wahnsinnig. Das Gift floss wie Quecksilber durch meine Adern … schon einmal in meinem Leben hatte ich es gespürt … bevor mein Junge geboren wurde … *dann* war ich dem Verlangen nach körperlicher Rache erlegen … dem

gleichen Wahnsinn packte mich jetzt ... ich sah, wie sie vor mir
zurückschreckte ...

„O, du – *du* – –!"

... Ich sagte es nicht; ich fing mich rechtzeitig. Das Blut befleckte mein
Gesicht vor Scham – Scham über die Grobheit des Gedankens; Scham über
die ganze abstoßende Situation. War auch ich von dem zersetzenden Einfluss
meiner Umgebung durchdrungen? Ich drehte mich um und ging zur Tür. Als
ich nach der Klinke griff, öffnete sie sich und plötzlich kam jemand herein.
Ich sprang zur Seite, um nicht getroffen zu werden.

Ich wusste, wer er war, obwohl ich ihn noch nie zuvor gesehen hatte. Im
nächsten Moment griff ich nach seiner Hand und ergriff sie impulsiv, legte
gleichzeitig warnend einen Finger auf meine Lippen und deutete auf das Bett.

„Oh, Mr. F., Sie wissen gar nicht, wie froh ich bin, Sie zu sehen. Wir haben
uns zu Tode gequält ... sie schläft jetzt, nach einer sehr anstrengenden Nacht
... würden Sie sie vorerst nicht wecken? ... natürlich, wenn Sie möchten ..."
Ich wartete, während er auf die Gestalt seiner Frau blickte, die hilflos mit
dem Gesicht zur Wand lag, während seine Augen fragend zu denen der
Schwester wanderten und dann mit dem einzigen Wort wieder zu mir
zurückblickten:

„Krank? ... Wie lange ist sie schon krank?"

„Seitdem wir hier angekommen sind; ich glaube, es ist die Grippe, obwohl
wir sie nicht dazu bewegen konnten, einen Arzt aufzusuchen. Sie ist so
bestürzt, weil sie nichts von Ihnen gehört hat ... Würde es Ihnen etwas
ausmachen, mit uns in den Flur zu gehen, wo wir uns freier unterhalten
können, ohne sie zu stören? ... Edith wird uns rufen, wenn sie aufwacht,
nicht wahr, Edith?" ...

*　*　*　*

Edith rief nicht an. Im Saal war es zugig; Ich habe ein Niesen geschafft. Herr
F. schlug vor, dass wir zum Grill gehen und etwas trinken gehen. Im Aufzug
sah ich, wie er mich verstohlen ansah ... Ich summte leise vor mich hin. Ich
beobachtete seine Augen im Spiegel; Sie hatten einen verwirrten Blick, der
nicht frei von Misstrauen war. Erst nach dem zweiten Cocktail taute er etwas
auf. Er fragte mich, ob ich gegessen hätte. Ich sagte ihm, dass ich es nicht
getan hätte. Nachdem er bestellt hatte, lehnte er sich in seinem Stuhl zurück
und warf mir einen durchdringenden Blick zu. Ich begegnete seinem Blick
und lächelte ein wenig.

„Du siehst müde aus", sagte ich.

„Das bin ich – eher. Diese Schläfersprünge machen einen Kerl fertig."

„Das tun sie auf jeden Fall … und ich nehme an, du hast dir große Sorgen um Fannie gemacht." Der Name rutschte mir fließend über die Lippen. Er warf mir einen kurzen Blick zu, der mir verriet, dass die vertraute Verwendung des Namens seiner Frau effektiv gewesen war. Als er antwortete, rutschte er unruhig auf seinem Sitz hin und her.

"Nun ja--"

„Wir haben praktisch das ganze Leben am Ferntelefon verbracht und versucht, Sie zu erreichen. Was in aller Welt war denn das Problem? Edith hat Fannies Telegramm eine Minute nach Ihrem Anruf erhalten und als sie versucht hat, Sie zu erreichen – nun, sie konnte es nicht, das ist alles …"

„Mit der Verbindung stimmte etwas nicht...sie war seit mehreren Tagen unterbrochen...", antwortete er.

„Natürlich hätten wir telegrafieren können, aber wir wollten dich nicht beunruhigen", fuhr ich fort und begegnete seiner dreisten Lüge mit einer weiteren. „Tatsächlich glaube ich, dass wir alle mehr Angst als Kummer hatten. Fannie hatte sich erkältet, als wir noch in Chicago waren – das ist im Winter ein anstrengendes Klima. Als wir dann Cleveland erreichten, war das Wetter nicht viel besser und ich fühlte mich ein bisschen schuldig, weil ich sie gedrängt hatte, mit uns zu gehen." Ich spielte mit dem Sellerie und wischte imaginären Ruß ab.

„Waren Sie in Cleveland?"

Ich sah leicht überrascht zu ihm auf.

"Aber natürlich. Fannie hat uns auf meine Einladung hin begleitet. Sie hat sich in Chicago zu Tode gelangweilt ... es muss tödlich eintönig sein – Tag für Tag dieselbe Routine ... dieselben Gesichter und nichts Neues, worüber man reden könnte ... Wissen Sie – wissen Sie, wenn Sie mein Ehemann wären, würde ich nicht zulassen, dass Sie auf Jagdausflüge davonlaufen und mich zurücklassen ... Ich glaube, Sie Männer begreifen nicht, wie dumm es wird, wenn es sozusagen keine Abwechslung auf der Speisekarte gibt ..."

Ich tadelte ihn lächelnd. Zum ersten Mal strahlte Wärme in seinen Augen.

„Wie lange kennen Sie Fannie schon? Es ist seltsam, dass ich noch nie das Vergnügen hatte, Sie kennenzulernen." (Das Vergnügen kam mir erst später in den Sinn.)

"O ... ich kenne Fannie seit ... mal überlegen ... fast drei Jahren ..." (Ich habe mir das für "Fannie" im Geiste gemerkt.) "Wir haben uns kennengelernt, als Will vor zwei Saisons in Chicago spielte. Wir haben uns sehr ineinander verliebt, und letzten Winter, als sie nach New York kam, sind wir zusammen herumgezogen und wurden ziemlich gute Freunde ... Ich nehme an, Sie waren letzten Winter auf einem Ihrer Jagdausflüge ... ungezogener Herr ... das ist der Grund, warum ich Sie nicht getroffen habe ... Auf dieser Reise habe ich Boy nach Chicago mitgenommen ... Sie haben meinen kleinen Sohn noch nicht gesehen, oder? Sie müssen ihn morgen kennenlernen. Wir sind ganz furchtbar eitel, was ihn betrifft ... glauben, er ist der einzige Junge auf der Welt. Ich nehme an, Sie empfinden das Gleiche für Ihre kleinen Mädchen ... sie *sind* Schönheiten. Sie haben Ihre Augen, obwohl sie Fannies regelmäßige Gesichtszüge geerbt haben ..."

Würde meine Zunge nie aufhören zu wedeln? Was für eine Frau war ich plötzlich geworden? Ich erkannte mich selbst nicht wieder. War es ein Fall von Selbsthypnose und empfand ich wirklich das Interesse und die Freundlichkeit, die ich vortäuschte? Er war nicht gerade ein Adonis; trotz der Fassade, die sein Geld ihm eingebracht hatte, hatte er etwas Raues, fast Unkultiviertes an sich. Aber da war eine Freundlichkeit, eine Aufrichtigkeit, die sich bemerkbar machte. Unter anderen Umständen hätte ich ihn gemocht ... Ich sah, wie er auf seine Uhr sah.

„Wie spät ist es? ... Die Vorstellung ist bald vorbei, und Mr. Hartley wird sich fragen, wo ich bin ... Wäre er nicht überrascht, hier hereinzukommen und mich mit einem fremden Mann beim Essen zu sehen? ... Ich hoffe, Sie haben keine Angst, dass Sie ins Gespräch kommen ...“

„Nein, ich denke nicht“, lachte er zurück. Ich schwieg eine Zeit lang, während ich mit der Brust eines Jungen rang. Ich spürte, wie er mich ansah. Als ich ihn ansah, sah ich, dass er etwas in seinem Kopf drehte, und ich spürte das Thema. Ich gab ihm Zeit, darüber nachzudenken. Nach einer Weile lehnte ich mich in meinem Stuhl zurück.

„Es tut mir leid, das gestehen zu müssen, aber ich fühle mich langsam etwas müde“, seufzte ich. „Selbst deine freundliche Anwesenheit wird meine Augen nicht mehr lange offen halten ... Edith, ich bin mir sicher, dass sie die Anspannung auch spürt. Nun, wir werden heute Nacht alle besser schlafen — nach unseren Sorgen. ‚Alles ist gut, das endet.‘ Nun ja‘ — und das erinnert mich daran —, dass mein Mann und ich eine Shakespeare-Sammlung bewundert haben, die Sie in Ihrer Bibliothek haben.“

„Ähm — ja; ich erinnere mich daran. Ich habe es für den Einband gekauft. Ich glaube nicht, dass ich jemals das Innere davon gesehen habe ...“ Er frischte mein Glas Wein auf.

„Du bist kein großer Trinker, oder?“

„Ich bin nicht schlau genug, um das auszuhalten“, antwortete ich leichtfertig.

Er lachte. Das klang wirklich echt.

Das Spiel war in meinen Händen.

„Ich schätze, Sie meinen, Sie sind schlau genug, um das *auszuhalten* .“

Würde das Abendessen nie zu Ende gehen?, dachte ich. Mein Körper schien mit jeder Minute zu altern. Endlich räumte der Kellner den Tisch ab. Als er sich einen Likör holte, holte Herr F. einige Briefe aus seiner Tasche. Aus dem Päckchen wählte er einen Druckbogen aus. Er legte ihn verdeckt auf den Tisch, während er die Briefe wieder hineinlegte. Dann sah er mich an und trommelte mit den Fingern auf der Stelle, wo der Zeitungsausschnitt lag. Der Kellner kam zurück. Herr F. leerte das Cognacglas und bestellte ein weiteres. Während es gebracht wurde, verschränkte er die Arme auf dem Tisch und beugte sich zu mir.

„Ich frage mich, ob ich Ihnen nicht besser etwas zeigen sollte …“

Ich habe dieselbe Haltung eingenommen, das war förderlich für das Vertrauen.

"Zeig mir was?"

Sein Trommeln wurde lauter.

„Nein, das werde ich wohl nicht!“ …

„Das nenne ich unfreundlich – meine Neugier zu wecken und mich dann in der Luft hängen zu lassen.“

Er faltete den Ausschnitt zusammen und ließ ihn zwischen seinen Fingern hin und her rasseln.

„Ist es das, was Sie mir zeigen wollten? Warten Sie einen Moment.“ … Ich beugte mich zu ihm, um das Papier besser betrachten zu können, lehnte mich dann entspannt in die Stuhllehne und lächelte.

„Ich glaube, ich weiß, was es ist … Wollen Sie mit mir wetten? Wie viel wetten Sie, dass ich gleich beim ersten Mal errate, was das für ein Papier ist?“

Er streckte sich aus und lehnte seinen Stuhl gutmütig nach hinten.

„Oh, ich wette mit dir um eine Schachtel Pralinen oder einen Strauß Veilchen.“

„Eine 2,5-Kilo-Schachtel Pralinen – ich mag keine Veilchen. Einverstanden?“

Er nickte.

„Es ist ein Ausschnitt aus dem Clubfenster …“

„Dann hast du es gesehen?“

"Natürlich habe ich es gesehen, dummer Mann – hat es nicht jeder gesehen? Und war mein Willy nicht rasend wütend? Er wollte den ersten Zug zurück nach Chicago nehmen und das ganze Unternehmen ausräumen. Fannie und ich konnten ihn nur beruhigen... Er sagte, er würde Sie deswegen aufsuchen, weil er der Meinung sei, Sie und er sollten zusammenkommen und etwas gegen das verleumderische Blatt unternehmen . Ich sagte ihm, es sei dumm von ihm, dem irgendwelche Beachtung zu schenken; er solle es einfach an Erschöpfung sterben lassen. Meinen Sie nicht auch?"

„Also, ich war selbst ein wenig bestürzt, als ich es las. Ich wusste nicht, was zum Teufel ich davon halten sollte …“

„Nun, ich weiß, Sie haben zu viel Verstand, um irgendetwas Falsches über Ihre Frau zu glauben... Ich kann verstehen, wie Sie und Will darüber denken und dass Sie sie am liebsten dazu bringen würden, ihre Behauptungen zurückzunehmen – aber ist es nicht das Beste, es zu ignorieren? – solange *wir* wissen, dass es eine bösartige Lüge ist... Es ist schockierend, wie die Presse in diesem Land eine Lizenz als Freiheit interpretiert... Die Verleumdungsgesetze sind völlig unzureichend. In England gehen sie mit solchen Dingen viel besser um... Es gibt so viele böswillige Menschen auf der Welt – finden Sie das nicht auch?“

„Nun, ich muss gestehen, es hängt immer jemand herum, der darauf brennt, Klatsch zu verbreiten, obwohl ich nie beobachtet habe, dass einer von ihnen bei den netten Dingen, die man hört, mitgeholfen hätte.“

„Da wir gerade beim Thema sind, erzähle ich Ihnen, wie es dazu kam. Die Frau, die sich diese verleumderische Attacke ausgedacht hat, ist ein hässliches, perverses Wesen – sie muss pervers sein, sonst würde sie ihren Lebensunterhalt nicht auf so fragwürdige Weise verdienen, meinen Sie nicht auch? Als sie vor einigen Jahren meinen Mann kennenlernte, erklärte sie sich freiwillig bereit, ein paar nette persönliche Geschichten über ihn zu schreiben. Er war damals noch nicht so bekannt wie heute, und jede Kleinigkeit hilft, wissen Sie … Nun, Will pflegte eine flüchtige Bekanntschaft mit der Frau und sah sie von Zeit zu Zeit. Sie war übrigens letzten Winter in New York, als Fannie dort war. Ich weiß nicht genau, wie es dazu kam, aber die alte Jungfer entwickelte eine eifersüchtige Ader und warf Will vor, undankbar für alles zu sein, was sie für ihn getan hatte. Ich bin sicher, sie hätte in einer elenden Zeitung wie dem Club Window nicht viel für irgendjemanden tun können. Um die Wahrheit zu sagen, sie war in Will vernarrt. Um seine eigenen Worte zu verwenden – sie machte ihm Avancen, und er ließ sie fallen. hart! Mr. Hartley ist nicht für so etwas zuständig – und wenn er es wäre, dann können Sie sicher sein, dass ich etwas dazu zu sagen hätte.“ Ich nickte sentenziös.

„Ja, ich schätze, Sie würden es jedem Wilderer in Ihrem Revier ziemlich schwer machen!“ Wir lachten beide. Ich glaube, ich habe sogar keck mit dem Kopf geruckt, um meine Selbstsicherheit zu zeigen. Und als ich mich abwandte, fiel mein Blick auf Will. Er stand in der Tür und war offensichtlich gerade erst hereingekommen, denn er trug noch seinen Mantel und hielt seinen Hut in der Hand. Ich erhob mich halb. Mein Gastgeber folgte meiner Bewegung.

„Will ist hier – Mr. Hartley ist hier … komm rein, Will …" Ich winkte ihm zu und warf einen verstohlenen Blick auf Mr. F. Nein, er zögerte nicht. Er stand auf und ging mit ausgestreckter Hand auf Will zu. Meine Hand zitterte so sehr, dass ich das Weinglas kaum an meine Lippen führen konnte. Ich trank den letzten Tropfen und sank in meinen Stuhl. Das Spiel war gewonnen …

*   *   *   *

Es war fast eine Stunde später, als ich aufstand, um den Tisch zu verlassen. Will hatte das Abendessen gegessen, das Mr. F. unbedingt bestellen wollte, und sie verlangten immer noch nach Wein. Ich hatte das Gespräch von den gefährlichen Klippen ferngehalten und hatte das Gefühl, dass ich die beiden Männer jetzt getrost allein lassen konnte. Sie standen mit mir auf.

„Es tut mir leid, solch angenehme Gesellschaft zu verlassen – ich glaube, so etwas habe ich vor einer Stunde gesagt, nicht wahr, Mr. F.? … Ich möchte bei Edith vorbeischauen und mich mit ihr versöhnen. Ich fürchte, sie wird sich vernachlässigt fühlen. Wenn Sie meine Dienste während der Nacht benötigen, zögern Sie bitte nicht, mich anzurufen, obwohl ich sicher bin, dass es Fannie jetzt, da Sie da sind, viel besser gehen wird. Ich nehme an, Sie beiden Herren möchten die Dinge besprechen – diese elende Verleumdung, meine ich – nur –" und an diesem Punkt nahm ich eine gespielt ernste Haltung ein – „tun Sie nichts, bis Sie von mir hören, ja? … Und jetzt bewegen Sie sich bitte nicht … Ich werde meinen Weg finden … Gute Nacht, Sir … und vergessen Sie nicht, dass Sie mir fünf Pfund der besten Süßigkeiten in Cincinnati schulden."

Als ich das Zimmer von Frau F. erreichte, hatte ihre Schwester die Tür bereits geöffnet. Sie hatte gehört, wie der Aufzug anhielt, und wartete. Das Gesicht des Mädchens war angespannt, die Augenringe hatten sich vertieft. Auch Frau F. war die Anspannung des Wartens anzusehen.

„Herr F. und mein Mann sind unten; sie tauschten lustige Geschichten aus, als ich ging … es wird keine Pistolen geben – und auch keine Scheidung in dieser Hinsicht … jetzt, wenn Sie noch einmal hysterisch werden, denke ich, dass ich das tun werde Töte dich … Edith … wir sollten besser anfangen, uns gegenseitig „Liebling" zu nennen und so etwas, um uns daran zu gewöhnen, denn wir kennen uns schon seit drei Jahren … Bitte wiederholen Sie es nach mir, damit Sie gewinnen Vergiss es nicht... Edith, könnte es dir etwas ausmachen, mir eine Dosis Fannies Baldrian einzuschenken?... Ich glaube, ich habe einen kleinen Tropfen zu viel genommen... meine Zähne klappern ziemlich... jetzt lass mich nachdenken... .. Ich fange in dem Moment an, in dem wir gemeinsam den Raum verlassen ... Bitte unterbrechen Sie nicht, es sei denn, Sie verstehen etwas nicht ... Er kann jeden Moment kommen ..."

*   *   *   *

Ich ging sofort zum Telefon, als ich mein Zimmer betrat, und rief nach dem Zimmermann. Ich sagte ihm, dass ich ein anderes Zimmer auf derselben Etage haben wollte. Während ich darauf wartete, dass der Pagen den Schlüssel brachte, schrieb ich eine Notiz und heftete sie an den Spiegel, wo sie Wills Aufmerksamkeit erregen würde. „Ich bin in ein anderes Zimmer gegangen. Stören Sie mich bitte nicht. Wir reden morgen darüber."

Als ich den Schlüssel im Schloss umgedreht und mein Reich besichtigt hatte, fühlte ich mich seltsam leicht im Kopf. Ich öffnete ein Fenster und ordnete mechanisch meine Toilettenartikel. Dann entkleidete ich mich, löste meine Haarnadeln und wusch mein Gesicht mit Kaltcreme. Zumindest nehme ich *an*, dass ich das alles getan habe, denn als ich am nächsten Tag wieder zu Bewusstsein kam, war alles an seinem Platz, meine Haare waren zu zwei Zöpfen geflochten und mein Gesicht zeigte noch Spuren der Kaltcreme. Von dem Moment an, als ich mich eingeschlossen hatte, konnte ich mich an das, was folgte, nicht mehr erinnern. Der Arzt nannte es „Synkope".

KAPITEL XIV

„St. Louis, Missouri, 10. März.

"Liebes:

„Ich gehe davon aus, dass Sie sicher angekommen sind. Seit Ihrer Rückkehr vor einer Woche haben wir nichts mehr von Ihnen gehört. Ich hoffe, Sie haben die Wohnung in gutem Zustand vorgefunden und dass sie durch unsere letzten Mieter nicht zu stark abgenutzt wurde.

„Genau wie ich vorhergesagt hatte, waren die Leute sehr enttäuscht, dich nicht hier zu sehen. Es gab ein normales Familientreffen. Oma Murray kam aus Indianapolis und zwei meiner Tanten väterlicherseits kamen aus Kansas. Wie keiner der Verwandten jemals gesehen hat." Junge, Sie können sich vorstellen, wie enttäuscht sie waren. Natürlich habe ich ihnen nicht gesagt, dass Sie in Cincinnati waren, sondern dass Sie sich nicht ausreichend von den Auswirkungen Ihrer kürzlichen Operation erholt haben Ich schätze Ihren Nervenzustand voll und ganz und denke, dass Sie mir trotzdem schreiben und mich ruhig über Ihren Zustand informieren sollten Also gut, lassen Sie sich nicht von der Cincinnati-Affäre bedrängen: Etwas später, wenn es Ihnen gesundheitlich besser geht, werden Sie nicht zu dem Schluss kommen, dass ich Ihre Art und Weise nicht schätze gespielt hat, oder die knappe Flucht, die ich hatte. Sie können sicher sein, dass so etwas nie wieder passieren wird. Und da fällt mir ein: Ich erhielt einen Brief von Herrn F., in dem es hieß, er habe seinen Anwalt konsultiert, um gegen das Club Window vorzugehen, und man habe ihm geraten, die Sache fallen zu lassen. (*Requiescat im Tempo!*) Er wollte, dass Sie sich an ihn erinnern.

„Das Wetter ist deprimierend. Mir geht es nicht gut. Ich habe den Verdacht, dass ich zu viel gegessen und zu wenig Sport gemacht habe. Nun, Girlie, der Zug fährt in einer Stunde und ich muss mich noch um ein paar Kleinigkeiten kümmern." . Ich lege Ihnen unsere Route bei, um Kansas City zu folgen, oder ich werde mir Sorgen um Sie machen. Ein Haufen Küsse für den Jungen, natürlich.

„Mit all meiner Liebe,
Ihr hingebungsvoller Ehemann, Will."

Dieser Brief war eine Woche alt. Ich hatte mehrere Versuche unternommen, ihn zu beantworten, aber alle landeten im Papierkorb. Nach meiner Heimkehr war ich froh, den Anweisungen des Arztes gehorchend ruhig im Bett liegen zu können. Eine schwere Trägheit lastete auf mir. Meine Nächte waren ein amorphes Durcheinander unwahrscheinlicher Situationen; morgens erwachte ich mit Übelkeit im Herzen. Mein Geist war mit unangenehmen Erinnerungen übersät. Er drehte sich im Kreis. Je mehr ich nachdachte, desto schneller wirbelte er, was zu völliger Verwirrung führte. Eine innere Anpassung schien unmöglich. Mir wurde auf verschwommene Weise klar, dass ich mich aufraffen musste, oder der Melancholie zum Opfer fiel. Sogar Boys Lachen, das aus einem anderen Zimmer zu mir herüberwehte, löste tausend Befürchtungen aus. Der Glanz, den sein Wesen in mein Leben gebracht hatte, war nun durch Ängste um seine Zukunft getrübt. Sollte ich in der Lage sein, sein Schiff zu steuern, es sogar sicher und *vorbereitet* auf das stürmische Meer des Lebens zu Wasser zu lassen? Es lag wohl in der Natur der Sache, dass ich meinen Mann von jeglicher Beteiligung an meinen Plänen für das Kind ausschloss. Ein wildes, fast trotziges Eigentumsrecht begann sich gegenüber unserem Sohn durchzusetzen. Die Trägheit wich einem Zustand der Unruhe, der wie ein verzehrendes Fieber brannte. Auf Wills zahlreiche Briefe und Anfragen antwortete ich schließlich per Telegramm: „Alles gut", sagte ich.

Eines Tages kam ein dicker Umschlag, der in Wills Handschrift adressiert war. Darin befand sich ein Brief von John Gailbraith, dem Bildhauer, der noch immer in Paris war. Oben hatte Will geschrieben: „Das wird Sie interessieren." In einem separaten Umschlag befand sich ein Paket mit Fotografien, Reproduktionen des kolossalen Werks, das er kürzlich für die Frühjahrsausstellung im Salon fertiggestellt hatte.

"Ich setze große Hoffnungen in dieses Werk", schrieb er. "(Hoffnungen sind immer voller Versprechen, nicht wahr?) Sie werden sehen, dass ich es 'Super-Kreation' genannt habe. Es war wie ein Blitzschlag konzipiert, aber die Ausarbeitung, der zwingende kalte, harte Stein, um klar auszudrücken, was ich vermitteln wollte, ist das Ergebnis einer zähen, unaufhörlichen Plackerei von fast drei Jahren. Ist es mir gelungen, glauben Sie? Natürlich haben Sie das Original nicht gesehen, aber die Fotografien sind hervorragende Arbeit, da sie aus verschiedenen Winkeln und Positionen und unter meiner Aufsicht aufgenommen wurden. Sie werden feststellen, dass das Werk - nun ja, nichts weniger als monumental ist, um es auszudrücken. Und wenn sich keine Regierung oder Institution dazu bewegt, es zu kaufen, werde ich wahrscheinlich ein Haus darum herum bauen müssen! Ich bin jedoch nicht entmutigt, obwohl ich jahrelang Schulden gemacht und fast meine Seele verpfändet habe, um die Mittel zur Fertigstellung des Werks zu bekommen. Ich nehme an, das ist das, was Sie 'das künstlerische Temperament' nennen. Aber ich musste es einfach tun — ich musste es loswerden, und dabei habe ich das Gefühl, dass ich das Beste aus mir herausgeholt habe. Schließlich ist es doch ein kleiner Trost, wenn man bedenkt, dass man seinen besten Instinkten entsprochen *hat* . Wie läuft Ihre eigene Arbeit? Und Ihre Frau? Bitten Sie sie, mir zu schreiben und mir ohne Umschweife zu sagen, was sie von meinen Bemühungen hält, insbesondere von der Konzeption im Großen und Ganzen. Ich hätte es gern mit ihr besprochen und ihre Meinung mitbekommen. Hier bekommt man nur die einseitige Meinung seiner Mitbrüder oder die einfallslose Sichtweise einiger vermögender Amerikaner, die Namen (*GROSSE SCHRIFT*) wollen, um die leeren Wände zu füllen... Ich möchte Ihre Frau fragen, ob sie ihre Arbeit ernsthaft betreibt oder ob sie sich wie so viele Dilettantinnen *nur* amüsiert... Wie gern würde ich Sie beide im kommenden Sommer hier sehen! Ist das nicht möglich? Ich werde Ihnen meinen Haushalt überlassen, wenn das ein Anreiz ist. Lassen Sie mich hören von Dir und schicke mir bald das neuste Bild vom Sohn und Erben.

„Mit freundlichen Grüßen

„JG"

Die bloße Andeutung einer Reise ins Ausland hatte mich begeistert, aber ich verdrängte den Gedanken in den Hintergrund entfernter Wahrscheinlichkeiten und gab mich einer gespannten Betrachtung der fotografischen Reproduktionen der Arbeit des Bildhauers hin. Ich ordnete die Fotos der Reihe nach an der Wand an und orientierte mich dabei an den Nummern auf der Rückseite.

Die Form schien eine Art Spirale zu sein, wobei jede Stufe oder Steigung für sich abgeschlossen war und dennoch auf einen verbindenden Faden hindeutete. Auf den ersten Blick fiel mir die Vielfalt der Figuren auf, alle nahezu lebensgroß. Doch als mein Eifer einer nüchterneren Perspektive wich, wurde etwas, das ich übersehen hatte, zum Vorschein gebracht: *Unter den dargestellten Charakteren gab es nur zwei Gesichter – das eines Mannes und einer Frau!* Das heißt, die beiden Gesichter wurden reproduziert ... doch ... oder hat jemand einen Streich gespielt? Künstler, aber mit welch wunderbarer und erhellender Differenz! Ausgehend von der linken und untersten Ebene – symbolisch für das Thema – wurde in den Figuren des Mannes und der Magd die niedrigste Form der Liebe verkörpert ... Die jugendliche Schönheit des Mädchens, die sanfte Rundung ihrer Gestalt, die jungfräuliche Brust ... all dies betonte nur die unentwickelte Seele. Allein ihre Haltung, die Unbekümmertheit, mit der sie lächelnd dalag, halb versteckt zwischen Blättern und Blüten ... hier war tatsächlich „ein Gespräch zur Provokation". ... Über ihr ragte die Gestalt eines Mannes auf. In seiner kargen, sehnigen Gestalt, sich seiner Stärke bewusst, voller Sex, war der junge Mann der Inbegriff ... „Instinkt" muss nicht in die Basis eingeritzt werden ... Instinkt, die erste und niedrigste Form der Liebe.

Von der grasbewachsenen Anhöhe stieg der Pfad zu einem felsigen Vorgebirge hinauf, öde und trocken. Der Mann und die Frau kämpften sich gegen die Wut des Sturms durch und kletterten hinauf. Seine Muskeln waren angespannt, Verwirrung war auf seinem Gesicht zu sehen. Die Frau kauerte sich in ihrer Angst zusammen und verbarg ihr Gesicht in ihrem windzerzausten Haar. Unter ihren Füßen trampelten sie auf einer Maske herum, der lüsternen Maske ihres früheren Ichs ... und auf dem Wind reitend, halb Wolke, halb Gott, lag ein Phantom mit verschleiertem Gesicht auf der Peitsche ... Verwirrung ... Chaos ...

Der Weg führte weiter und hinauf durch dorniges Unterholz; eine ausgedörrte Erde; die Kaktuspflanze; einige gebleichte Knochen, eine gehörnte Kröte. Er stand mit mürrischer Miene abseits; seine Gesichtszüge sind dick und brutal; Seine Muskeln waren schlaff und schlaff, als ob ohnmächtige Wut einer stummen Apathie gewichen wäre. Die auf dem Bauch liegende Frau, verzerrt vor Empörung und Angst, versuchte, die abscheuliche Missbildung an ihrer Brust – halb Mann, halb Tier – vor dem Blick zu verbergen; seine geballten Fäuste, seine verdrehten Beine, die zum Aufbegehren erhoben wurden; die groteske Maske, die ihre eigene Verzweiflung nachahmt. Und im Hintergrund, am Rande des Abgrunds schwebend, wirbelte eine Hekate-Band im Orgie-Tanz ... Wo ist die Schutzgöttin jetzt – das bessere Selbst, die Seele der Dinge? Und noch während ich fragte, folgte ich dem Pfad, der immer noch ansteigend zu einem breiten Plateau führte. Im Vordergrund der Mann – hager und grimmig – die Grimmigkeit der Verzweiflung; seine Muskeln verkrampften sich, seine geilen Hände, die gezückte Axt. Durch den verfilzten Wald schleicht ein Wolf ... Dahinter die Frau; ausgemergeltes Gesicht, gezeichnet von Müdigkeit; nicht mehr voll und rund. Ausbringen von Samen auf frisch bearbeiteter Erde; eine lebende Last auf ihrem Rücken; um ihren Hals zwei pummelige Arme. Und am Eingang der Höhle, halb mit den Felsen verschmolzen, stand der Unergründliche Wache ... „Der Wille zum Leben" wurde hier geschrieben ...

Der Weg windet sich weiter, wird noch steiler und gewundener; vorbei an Klippen, Abgründen, *Sackgassen*, kahlen Gipfeln, ist der Berg erreicht ... und hier ruhen sie sich aus ... Wie Komplementäre stehen sie da, Hand in Hand, und blicken hinaus und darüber hinaus; die Stirn ist heiter, wenn auch vom Alter gezeichnet. Ein erhabener Frieden, die Ernte erntet. Ein aufrechter, fester Jüngling hängt am Arm seiner Mutter ... und in diesem Leben ist das Beste von beidem vereint – der Zweck des Rennens. Der Wolkenmantel formt halb eine Gestalt; die Hände strecken sich aus, um ihre Augen zu streicheln ... Es ist *das Erwachen* ...

KAPITEL XV

Als Experience einige Zeit später hereinkam und eine Tasse Hühnerbrühe brachte, fand sie mich an meinem Schreibtisch. Sie kommentierte meine geröteten Wangen und drängte mich, zurück ins Bett zu gehen. Aber eine fieberhafte Energie hatte mich gepackt: zu arbeiten, etwas zu erreichen, unabhängig vom Unterhalt anderer zu sein. Ich hatte die Vorahnung, dass ich in nicht allzu ferner Zukunft auf solche Ressourcen angewiesen sein würde, sowohl materiell als auch spirituell. Ich schüttelte die Vorahnung ab, die mit meiner körperlichen Verfassung einherging. Meinen Platz in der Weltarbeit einzunehmen war der grandiose Euphemismus, mit dem ich mein Unbehagen beruhigte. Noch am selben Abend holte ich meine Arbeitsausrüstung aus dem Schrank, in dem sie aufbewahrt worden war. Eines der Zimmer unserer Wohnung, das den Ehrentitel „Boudoir" trug, war nach Süden ausgerichtet, und da wir uns im ersten Stock am Himmel befanden, war das Licht auch an trüben Tagen, die zu dieser Jahreszeit im Überfluss vorhanden sind, gut. Ich werde nie das Gefühl der Heiterkeit vergessen, mit dem ich die Bühne für den Einsatz frei gemacht habe. Es war, als ob eine große Kraft mir den Lebensimpuls in die Nase eingehaucht hätte. Als ich meine braune Kittelschürze angezogen hatte, hielt ich inne und atmete tief und lange ein. Es war der erste freie Atemzug, den ich seit Wochen tat.

Als ich die Büsten begutachtete, die ich von Boy gemacht hatte, als er noch ein Baby war, war ich von der Ähnlichkeit des Kindes mit seinem Vater beeindruckt. Sogar Experience bemerkte das. Ich machte mich daran, andere Köpfe zu modellieren. Inspiriert durch das Beispiel unseres Bildhauerfreundes versuchte ich mich an Studien des Ausdrucks. Boy, in lachender Stimmung; Boy, weinend; schmollend, wütend; Boy schlafend, sein Kopf auf Snyder gebettet – Snyder, jetzt so verändert und entstellt durch die schmerzlose Operation durch Experience, dass er kaum wiederzuerkennen ist. Von Gesicht und Kopf wandte ich mich einer Studie der Hände zu. Es war mir immer so vorgekommen, dass der wahre Charakter mehr in der menschlichen Hand steckte als in jedem anderen Merkmal der menschlichen Gestalt. Ich studierte vertieft den Ausdruck, den der Künstler in den Händen des Unergründlichen dargestellt hatte, als sie in der letzten Gruppierung auf dem Berg aus dem wolkenartigen Gewand hervortraten. Kraft, Festigkeit, eine gewisse Größe und Güte und zugleich eine streichelnde Zärtlichkeit... Es gefiel und überraschte mich zu beobachten, wie der Ton mit jeder neuen Anstrengung leichter auf meine Berührung reagierte. Manchmal machte ich Experimente mit Modellierwachs; ein Kneifen hier, ein Druck dort und der ganze Ausdruck veränderte sich.

Als mein Tastsinn eine gewisse Sicherheit und Geschicklichkeit erlangt hatte, plante ich ein Aktbild von Boy mit der Absicht, es später in Marmor auszuführen. Ich arbeitete unaufhörlich; eine unermüdliche Energie trieb mich weiter – zu welchem Zweck, wollte ich nie ergründen. In meinem Eifer machte ich kaum eine Pause zum Essen. Aber die Konzeption ist eine Sache, die Ausführung eine andere. Ich begann die „verbissene Arbeit" zu verstehen, von der der Bildhauer gesprochen hatte. Eine Art Verzweiflung ließ meinen Geist erlahmen. In solchen Momenten schleppte ich mich nach draußen. Manchmal begleitete mich Boy auf diesen Spaziergängen, aber meistens ging ich allein. Die bewölkten, nieseligen Tage gefielen mir am besten. Die unbegangenen Pfade und bewaldeten Ecken der oberen Parkgrenze waren ruhig und tröstend. Ich verbrachte Stunden damit, auf den Felsen zu sitzen und die freundlichen Eichhörnchen zu füttern oder durch das mit Blättern bedeckte Gewirr zu stapfen. Und allmählich gab mein Geist dem Balsam der Einsamkeit nach. Das Leben kam wieder in Schwung. Ich sagte mir, ich hätte mein Leben neu ausgerichtet. Wenn schon nicht für andere, sollten mein Mann und ich zusammen weitermachen, um Boy willen. Die Tatsache, dass ich meinen Mann immer noch liebte, berücksichtigte ich bei meinen Plänen nur nebenbei. Boy war der Höhepunkt unseres Ehelebens. Da wir ihn ohne seinen Wunsch oder seine Entscheidungsfreiheit auf die Welt gebracht hatten, galt unsere erste Pflicht natürlich dem Kind. „Ehre Vater und Mutter" schien mir immer dringend änderungsbedürftig. Warum Eltern ehren, die weder Respekt noch Zuneigung gebieten können? „Seid fruchtbar und mehret euch": Ob Heiliger oder Sünder, vermehrt euch! Vermehrt euch! Vermehrt euch! Paugh! Wann wird ein weiser Prophet auftauchen und eine Lehre der Eugenik verkünden? – der predigt, dass *Qualität und nicht Quantität* zur Verbesserung einer Rasse beiträgt – dass eine gute Geburt das rechtmäßige Erbe der Ungeborenen ist …

Mit dem Entschluss, meinen Mann aus voller Überzeugung zu schreiben, eilte ich nach Hause. Der Wind hatte gedreht und scharfe Schneeregentropfen schnitten mir ins Gesicht. Als Experience mich hereinkommen hörte, brachte sie mir eine Tasse Tee. Ich lächelte über die Lebkuchenhunde – allesamt Nachbildungen von Snyder –, die sie, wie sie mir erzählte, in der Hoffnung gebacken hatte, Boy zu unterhalten. Er war quengelig und ganz anders als sein fröhliches Selbst gewesen; sie befürchtete, es ging ihm nicht gut, obwohl er in diesem Moment ruhig schlief. Ich schlich auf Zehenspitzen in sein Zimmer und ließ ihn in Ruhe, da ich keine unnatürlichen Symptome erkennen konnte.

Nachdem ich den Brief geschrieben hatte, überließ ich mich der stillen Stunde: Es dämmerte, und mit der Nacht schien eine wohltuende Stille das Treiben des Menschen zu durchdringen. Im Schatten des Raumes schimmerten die weißen Gipsabdrücke wie Grabsteine, die einsamen

Wächter der Toten. Ich erinnere mich, dass ich bei dem Gedanken schauderte und sofort das Licht anschaltete. Hin und wieder schaute ich bei meinem Jungen vorbei. Als er endlich die Augen öffnete und mich anlächelte, drückte ich ihn so heftig an meine Brust, dass er aufschreien musste. Sein Bad vor dem Schlafengehen war immer das Signal zum Toben gewesen. Heute Abend schien er jedoch keine Lust zu haben zu spielen. Eine heiße, trockene Haut veranlasste mich, seine Temperatur zu messen. An der leichten Anhöhe fand ich nichts Beunruhigendes, und als Reaktion auf seine Stimmung legte ich mich neben ihn, um auf den Sandmann zu warten. Die ganze Nacht warf er herum. Am Morgen war die Temperatur besorgniserregend angestiegen. Ich habe nach dem Arzt geschickt. Er kam tagsüber zweimal. In der Nacht bekam Boy einen Krampf. Als der Arzt auf eine telefonische Vorladung hin eintraf, wirkte er ernst. Etwas umklammerte mein Herz. Mit fast übermenschlicher Anstrengung formulierte ich die Worte ... „Soll ich ... nach seinem Vater schicken? ...“ Der Arzt nickte. „Wie lange wird er brauchen, um hierher zu kommen?“ er sagte....

Kapitel XVI

Bei strömendem Regen und unter einem weinenden Himmel folgten wir dem kleinen weißen Sarg zum Grab – wir drei. Dort übergaben wir ihn im Beisein der maulwurfsgesichtigen Totengräber und des Mannes in professioneller Schwarzarbeit. Experience hatte mit einer Art Ehrfurcht gefragt, ob sie einen Pfarrer hinzuziehen sollte. Ich hätte bei dem bloßen Vorschlag schreien können! Ein Minister? Unter welchem Vorwand? Platthafte Euphemismen zu murmeln, die vom Gebrauch abgenutzt sind – ein Aufsatz, um mich mit scheinbarem Trost zu trösten, der wie ein Grammophon geschliffen wurde: „Sei mutig, mein Kind! Er ist in eine bessere Welt gegangen" oder „Der Herr gibt und der Herr." nimmt weg" oder noch einmal: „Du bist nicht allein in deinem Kummer; andere Mütter haben es zugelassen, dass ihre Lieben entfernt wurden" und so weiter, und so weiter. Wörter! Wörter! Wörter!...

Als sie ihn ins Grab legten, hielt mich sein Vater fest und zitierte mit vor Tränen zitternder Stimme ehrfürchtig: „Und aus seinem schönen und unbefleckten Fleisch mögen Veilchen sprießen." ... Und wenn die Erde hart gegen den Sargdeckel schlug und ihn für immer einschloss ... ihn nie wieder in meinen Armen zu halten – nie wieder seine Wange auf meiner zu spüren ... O, Tod! Dein Stachel ist in den Herzen derer vergraben, die zurückbleiben ... und ihn dann dort zurückzulassen ... allein ... in der schweren Stille der Toten ... so kalt ... ganz widerstandslos, sein schelmisches Lachen verstummte ... seine Lippen, einst rot, jetzt blau und eingefallen ... die wachsartigen Lider mit dicken Fransen beschattet ... mein Junge ... mein Junge ... dessen Kommen wir beklagt hatten, dessen kleines Leben sich so eng verbunden hatte sich um mein Herz, als wäre es ein Teil von mir geworden – der bessere Teil ... Nun ... er hatte nicht lange gezögert ... Junge ... *Junge* ...

In der überwältigenden Trauer, die mich überkam, erschien mir das Leben wie eine Leere, ein leeres, schwerfälliges Ding, mit Augenblicken des innehaltenden Denkens, einer gnädigen Taubheit der Verzweiflung, einem Geräusch, einem vertrauten Anblick, einer Flut von Erinnerungen, einem Strom von Tränen, die sich alle so schnell überlagerten, dass sie einander folgten. Eine der unverzeihlichsten und am meisten übelgenommenen Kränkungen für die Leidenden ist der gleichmäßige Ton, mit dem die Welt gefühllos und gleichgültig ihren Weg geht. Man möchte, dass sie stehen bleibt, aufpasst, sich aufregt ... Als Will also ankündigte, dass es ratsam wäre, sich fast sofort wieder seiner Gesellschaft anzuschließen, hatte ich das Gefühl, dass ein Frevel begangen werden würde. Seine Rolle wurde von einem Ersatzmann gespielt, der, wie Ersatzleute es tun, weder auf die Notlage vorbereitet noch ihr gewachsen war, mit der er plötzlich konfrontiert war. Will drängte mich, ihn zu begleiten, und wies darauf hin, dass ich meinen

Kummer nähren und die Wunde immer frisch halten würde, wenn ich allein in der Wohnung bliebe und ständig an meinen Verlust erinnert würde.

„Unzählige Schnüre, zerbrechliche Stränge voller Schmerz,

Die die Seele mit den Dingen der Zeit und der Bedeutung verbinden."

Der Gedanke, alles zu verlassen, was die Nähe seines Geistes in sich trug, war mir zuwider. Ich wollte mit meinem Kummer allein sein. Allmählich wurde mir klar, dass es das Beste war. Auch meine Erfahrung – eine einfache, ehrliche Seele – war durch die Plötzlichkeit und Schnelligkeit unseres Verlustes erschüttert. Ich beschloss, sie nach Hause zu schicken, damit sie sich ausruhen und etwas anderes sehen konnte. Was machte es schließlich schon aus, wohin ich ging? ... Boy war nicht da ...

Die Jahreszeit verging, eintönig und trostlos. Wills Hingabe an mich war der einzige Lichtblick in der Trübheit meines Geistes. Unsere gemeinsame Trauer hatte die Kluft zwischen uns überbrückt. Die ganze Sanftheit, die Zärtlichkeit in seinem Wesen schien wieder aufzuleben. Er hat mich nie verlassen, um Einladungen anzunehmen, von denen er wusste, dass ich sie nicht teilen konnte; So etwas wie die alte Kameradschaft war zwischen uns wiederhergestellt. Ich empfand eine Art Balsam in dem Gedanken, dass das Opfer, wenn der Tod meines Sohnes das Mittel gewesen wäre, meinen Mann und mich näher zusammenzubringen, nicht umsonst gewesen war – und doch – und doch ... im inneren Bewusstsein Aus tiefstem Herzen wusste ich die Wahrheit: Wäre ich dazu aufgerufen worden, mich zu entscheiden, wäre das Opfer kein Junge gewesen. Das Leben ist wirklich ein ständiger Kompromiss.

Die Saison war zu Ende, wir kehrten nach New York zurück. Da wir uns einen Umzug nicht leisten konnten – das Familienbudget war wie üblich defizitärer –, öffneten wir die Wohnung. Um über den wieder aufflammenden Schmerz nachzudenken, den die Erinnerungen in meinem ungehinderten Zuhause dämpften, sollte ich meinen Kummer zum Fetisch machen. Ich bat auch nicht um die Rückkehr der Erfahrung. Auch sie gehörte der Vergangenheit der Dinge an.

Will hatte beschlossen, sein derzeitiges Management aufzugeben und sich nach neuen Feldern umzusehen. Für die nächste Staffel sollte die Besetzung eingeschränkt und die Besetzung verbilligt werden, eine ausgedehnte Tournee mit One-Night-Stands. Der Sommer ging in New York zu Ende, und zum Glück war das Wetter, abgesehen von periodischen Wellen tropischer Hitze, nicht unerträglich. Will verbrachte einen Großteil seiner Zeit im Lambs' Club, wo er, wie er sagte, mit den Aktivitäten der Managerwelt in Kontakt blieb. Die Saison versprach, rückständig zu werden. Die Pläne schienen langsam zur Vollendung zu kommen. Die Langeweile machte sich an Wills Nerven und seinem Temperament bemerkbar, besonders als er von den Lambs suspendiert wurde, weil er seine Mitgliedsbeiträge nicht bezahlt hatte. Keiner seiner Kollegen kam ihm zu Hilfe. Dass der Theaterberuf eine brüderliche Organisation sei, ist ein weiterer weit verbreiteter Trugschluss. In einem überfüllten Beruf kann es keinen Geist der Brüderlichkeit geben.

Es wurde zweckmäßig, dass Will seinen Vater um finanzielle Unterstützung bat, ein Schritt, den er so lange wie möglich hinauszögerte, da der alte Herr seine widerwilligen Überweisungen stets mit Ratschlägen, Tadel und nicht wenig Schmähungen begleitete. Will konnte nicht verstehen, warum er nicht sofort „geschnappt" wurde, also drückte er es aus. Er hatte seine letzte Verpflichtung gut erfüllt, sich gut beworben (*siehe* den Presseagenten) und es schien, dass seine Dienste ganz natürlich gefragt waren. Er kommentierte die Aussage mehrerer Manager, nämlich: Sie hatten nichts in seinem Bereich. Es war offensichtlich, dass er durch seinen ausgeprägten Erfolg in einem bestimmten *Genre* von Stücken mit dem einen Heldentyp identifiziert wurde und die Manager ihn in keinem anderen „sehen" konnten. Manager sind, mit wenigen Ausnahmen, ein einfallsloser Haufen. Anders lässt sich die Flut von Theaterstücken, die nach demselben Muster gestaltet sind, nicht erklären: Wenn beispielsweise ein Regisseur mal gut, mal schlecht ein Stück auf die Bühne bringt, das sich um den Wilden Westen dreht, erscheinen sofort ein Dutzend solcher Stücke. Oder wenn ein Stück mit possenhaftem Aufbau ein Erfolg wird, ist das Publikum sofort mit einer Reihe von Farcen übersättigt. Dasselbe gilt für den Schauspieler. Wenn er sich erst einmal mit den Helden des romantischen Dramas identifiziert, fürchtet sich der Regisseur, ihm die Rolle im Kostüm anzuvertrauen, und umgekehrt.

Immer mehr beeindruckte mich die Flüchtigkeit des Erfolgs des Schauspielers. Der Schauspielerberuf ist bestenfalls ein aleatorischer Beruf und wie bei allen Glücksspielen zählen die Verluste die höchsten Punkte.

Es war im Herbst schon weit fortgeschritten, als Will unterschrieb und sofort mit den Proben begann. Der Star war eine gereizte kleine Dame, die dank ihrer Ehe mit einem Manager in ihre jetzige Position befördert worden war, eine Position, der sie weder durch Ausbildung noch durch Persönlichkeit oder Talent gewachsen war. Über mehrere Staffeln hinweg hatte der Ehemann und Manager große Summen in den Versuch investiert – und verloren –, eine Fangemeinde für seine Frau aufzubauen. Das jetzige Unterfangen war eine Art letzter Strohhalm. Dass es mehr oder weniger „Gefühl" zwischen dem Paar gab, zeigte sich an den häufigen *Waffenwechseln* persönlicher Natur bei den Proben. Obwohl er an die Gründlichkeit des Bühnenmanagements gewöhnt war, unter dem er in den letzten beiden Spielzeiten gearbeitet hatte, empfand Will die zufälligen Methoden seiner neuen Zugehörigkeit als beunruhigend und irritierend. Darüber hinaus verfügte der Ehemann, Manager und Direktor über malerische, wenn nicht sogar gebildete Sprachkenntnisse. Er pflegte im Mittelgang oder im hinteren Teil des Theaters zu stehen und den Mitgliedern auf der Bühne seine Anweisungen zuzurufen. Wenn, wie es manchmal vorkam, ein Mitglied sich unmissverständlich über die Kritikmethode des Managers ärgerte, gab diese Person nach und erklärte sich unter tränenreichen, wenn auch blasphemischen Appellen. An Eröffnungsabenden erschien der Manager als Reaktion auf die anhaltenden Rufe der Claque widerstrebend (!) vor dem Vorhang, um seine Anerkennung zu verneigen – in Hemdsärmeln – sein Gesichtsausdruck der Erschöpfung bildete einen scharfen Kontrast zu seinen Kiefern, die ein Stück Kaugummi bearbeiteten wie ein Ticketzerhacker in der Hauptverkehrszeit. Es scheint, dass die Eitelkeit von Schauspielern kein ausschließliches Attribut ist.

Der großstädtische Empfang des Stücks und des Stars war nicht gerade von uneingeschränkter Freude geprägt. Dem Manager-Ehemann gefielen die Meinungen der Presse nicht und erwiderte dies sowohl in gedruckter Form als auch auf der Bühne. Zwei grässliche Wochen in New York, in denen man vor einem tapezierten Haus oder leeren Rängen spielte, und das Unternehmen begab sich in die Kohleregionen. Weitere vierzehn Tage wurden damit verbracht, um freie Zeit zu kämpfen, die widerwillig an die Schwachen verteilt wurde, und das Unternehmen gab den Geist auf. Offensichtlich war Will in einen Kreislauf des Pechs geraten. Ich habe es mir zur Aufgabe gemacht, nach einer Verlobung zu suchen. Nicht nur wegen der materiellen Gegenleistung, sondern weil die Leere und Einsamkeit meines Lebens nicht mehr erträglich geworden war. Selbst gestellte Aufgaben verblassen. Mein Geist weigerte sich, mich auf die Studienrichtung zu konzentrieren, die ich skizziert hatte. „Und so wird der ursprüngliche Farbton der Entschlossenheit durch den blassen Schimmer des Denkens überdeckt.“ Die Karriere, die ich einst für mich geplant hatte, war auf dem Müllhaufen verlorener Illusionen verbannt worden. Ich konnte den Ton nicht berühren, der mich einst vor Ehrgeiz geweckt hatte.

Will begleitete mich bei meinen Besuchen bei verschiedenen Managern. Er bestärkte mich in meinem Vorhaben und ich war froh, sein Interesse zu wecken und ihn sozusagen aus der Fassung zu bringen. Seine Pechsträhne hatte an seinen Nerven gezehrt und sein Temperament gereizt. Ich hatte Grund zu der Annahme, dass er mehr trank, als ihm gut tat. Schließlich bekam ich ein Angebot für eine kleine Rolle in einer Musicalkomödie, die für eine Aufführung in New York vorgesehen war. Die Tatsache, dass ich nicht über eine große stimmliche Ausstattung verfügte, schloss mich nicht von der Rolle aus. Der Manager deutete an, dass ich meine fehlende Stimme durch Schönheit wettmachte, obwohl er es, soweit ich mich erinnere, als „Form“ bezeichnete. Das Gehalt sollte 35 Dollar pro Woche betragen. Die Kleider wurden gestellt – die, die mein Vorgänger getragen hatte –, obwohl ich aufgefordert wurde, meine eigenen Schuhe, Seidenstrümpfe und Handschuhe mitzubringen. In Wirklichkeit sollte ich nichts weiter als ein Showgirl sein, das ein paar Zeilen zu sprechen hatte.

Will war in der Nacht, in der ich mein Debüt gab, vorne. Nach der Aufführung gingen wir in ein Restaurant, um dort alles zu besprechen. Er gratulierte mir dazu, dass ich „damit durchgekommen" war, erzählte mir, wie „pfirsichfarben" ich aussah, und sagte lachend eine Schlange von Johnnies am Bühneneingang, Blumen und die üblichen Vergünstigungen des Chormädchens voraus … „Wenn du es wärst." „Ich bin nicht klug im Spiel, ich würde dir ein paar Hinweise geben", sagte er, „aber" … und hier streckte er seine Hand über den Tisch aus und tätschelte mir die Hände … „Ich schätze, du „Sind jeder Situation gewachsen, alter Kumpel … Bleiben Sie einfach stehen, bis ich wieder auf meinen Füßen lande, und dann können Sie es auslassen, wenn Sie möchten."

Ich war keinen heftigen Angriffen der Johnnys oder *der Viveurs* der Stadt ausgesetzt. Ein- oder zweimal erhielt ich eine Nachricht mit Blumen. Die Blumen vernichtete ich, die Blumen überreichte ich umgehend der unschönsten meiner fünf Garderobenkameradinnen. Sie trug die Blumen auf der Bühne und machte dem Spender, der eine der oberen Logen besetzte, schöne Augen, was mich sehr amüsierte und ihn verwirrte. Ich riet von Intimitäten aller Art ab, mit einer Ausnahme. Aber davon später mehr. Der Regisseur versuchte nie, mir unters Kinn zu hauen oder mich „Baby" zu nennen, wie er es mit anderen Mitgliedern der Besetzung tat. Ich hatte meine kleine Auseinandersetzung mit ihm bei der Probe, als er versuchte, mich auf seine Art anzuschreien. Ich hielt abrupt inne, das Orchester verstummte in Missstimmung, und als ich zur Bühnenvorhalle ging, modulierte ich meine Stimme, sodass sie ihn leise, aber wirkungsvoll erreichte, wo er hinten im Theater stand. „Mr. M——", hatte ich gesagt, „wenn Sie noch weitere Vorschläge machen möchten, tun Sie das bitte in einer weniger anstößigen Art und Weise. Ich habe ein gutes Gehör und glaube, dass ich über eine durchschnittliche Intelligenz verfüge." Es trat eine bedrohliche Stille ein, und der Zuchtmeister ging den Gang hinunter. Hinter mir hörte ich ein zustimmendes Gemurmel der Mädchen, die unter ihm gelitten hatten. Warum der Tyrann seine Meinung änderte, erfuhr ich nie. Jedenfalls wurde die Probe fortgesetzt. Später zog mich der Manager wegen des Vorfalls auf. Der Manager war ein unterentwickelter kleiner Mensch – als ob ihn eine Erbkrankheit im Keim erstickt hätte – in allen seinen Zügen eindeutig semitisch. Will kannte ihn seit der Zeit, als er das Kurzwarengeschäft gegen die Arbeit als Theatermanager aufgegeben hatte; ich glaube sogar, dass er bei den ersten Versuchen des Managers in diesem Bereich dabei gewesen war.

Ein Merkmal, das im Nachhinein am meisten hervorsticht, war meine Anpassungsfähigkeit an meine Umgebung. Zustände, die mich einst schockiert hatten, hinterließen keinen Eindruck mehr. Offensichtlich war die feinere Kante meines Wesens abgestumpft. Die Dinge erschienen mir in einer Art unpersönlichem Licht. Mein jetziger Weg war aus der Notwendigkeit heraus gewählt worden; ein Teil des Gesamtsystems und doch etwas Besonderes. Der alltägliche Kreis von Sorgen und Pflichten ging weiter, aber das Leben, das wirkliche Leben, lag vorerst brach. Gelegentlich, wenn ich mich dabei ertappte, in den Slang und die Fachsprache zu verfallen, die ich von meinen Kollegen übernommen hatte, grübelte ich ein wenig und zog mich mit einem scharfen Kandaren hoch. Aber wie gesagt, ich war nicht mehr beunruhigt oder beeindruckt von den Zuständen, die einst das Blut in meine Wangen getrieben hatten.

Die ungezwungene Vertrautheit zwischen den Geschlechtern, die ich im „legitimen" Zweig des Theaterberufs schon beklagenswert genug fand, nahm in der Welt der komischen Oper eklatant zu. Ich habe gehört, dass zwischen Unmoral und Unmoral unterschieden wird, aber ich kann keine geringfügige Abweichung vom allgemeinen Ergebnis erkennen. Vulgäre Geschichten voller Schmutz machten die Runde. Jede neue wurde begrüßt und weitergegeben. Wenn eine ihre Missbilligung verriet, indem sie den *Erzähler ignorierte* , wurde sie ausgelacht und danach als „sehr im Rampenlicht" bezeichnet. In den Ankleideräumen war persönliche Bescheidenheit eine unbekannte Größe. Nicht selten traf ich „zusätzliche" Herren, die für eines der Mädchen die Dienstmädchen verrichteten. Einmal, als ich auf der Eisentreppe zur Bühne ausrutschte und mir den Knöchel verstauchte, hob mich ein kräftiger Bühnenarbeiter hoch, trug mich in meine Garderobe und, bevor ich merkte, was er vorhatte, hatte er mir den Schuh ausgezogen und war gerade dabei, mir den Strumpf auszuziehen, als ich protestierte. „Oh, na ja, wenn Sie so pingelig sind –", sagte er, als er hinausging …

Einer der schädlichsten Einflüsse, mit denen ein Mädchen, das versucht, den richtigen Weg zu gehen, zu kämpfen hat, ist das ständige Thema „Männer" und „Geld". Der Mann hinter dem Geld ist in der einen oder anderen Form die Grundlage aller Gespräche zwischen Sängerin und Sängerin. Von einem Mann ausgewählt zu werden, der über die nötigen Mittel zum Heiraten verfügt, oder, falls dies nicht gelingt, in einer „vornehmen" Wohnung untergebracht zu werden und die Mädchen ihrer Bekannten „auf den Kopf zu stellen", ist die Hoffnung, die im Refrain ewig entspringt. Mädchenbrust. Selbst in schwierigen Zeiten, wenn der Champagnerhunger mit Bier gestillt werden muss, träumt sie von Diamanten. Wenn man in den Kulissen steht und auf das Stichwort wartet, hört man einen Austausch von Scherzen wie diesen: „Ich habe gehört, Sie waren letzte Nacht in der Abbaye … Wo haben Sie ihn abgeholt? … Sagen Sie, nicht wahr? Glauben Sie alles, was er Ihnen erzählt! Henny weiß alles über ihn und sagt, dass er Russell Sage für einen kleinen Kerl zu Tode gehäutet hat!" Oder ... „Ich war heute bei Morrisheimer. Sie haben einen Ausverkauf von Modellen. Ich habe einen dreiteiligen Samtanzug für fünfunddreißig Dollar, weniger als siebzig Dollar." ... „Sagen Sie! Er muss gut zu Ihnen sein. Warum stellen Sie mich nicht einigen Ihrer Gentlemen-Freunde vor?"

Ich fragte einmal eine sehr berüchtigte Chorsängerin, wie sie dazu gekommen sei, in den Beruf einzusteigen. „Oh", antwortete sie, „meine Familie war arm, aber respektabel. Wir waren eine große Familie, und ich, der Älteste, musste mithelfen. Ich bekam nicht viel zur Schule, und nachdem ich es versucht hatte „Ein halbes Dutzend Dinge, wie Zimmermädchen zu sein, in einem Restaurant zu warten und solche Geschäfte, ich bin zu der Tatsache gelangt, dass ich nicht schlecht aussehe. Das ist alles, was ich hatte." Die Bühne war der beste Ort, um es ihnen zu zeigen.

Meine Umkleidekabinenkameradinnen waren typische Showgirls; maniéré, selbstbewusst und immer paradox. Es war schmerzlich offensichtlich, dass sie sich über dem Chor fühlten, obwohl einige von ihnen gerne vergaßen, dass sie diesen Kurs erst vor Kurzem abgeschlossen hatten.

Eines dieser Mädchen heiratete später einen englischen Baronet. Seitdem habe ich mich gefragt, wie man mit der Schwiegermutter des Baronets umging. Eines Abends lernte ich sie im Ankleidezimmer kennen, wohin sie gekommen war, um die Garderobe ihrer Tochter auszubessern. Sie war ein Prachtexemplar der gefälligen Bühnenmama. Sie ist in rostiges Schwarz gekleidet und ihre beleibte Figur wölbt sich durch schlecht sitzende Korsetts. Man könnte sie mit der Art Putzfrau verwechseln, die man in den großen Bürogebäuden der frühen Morgenstunden sieht, aber niemals, niemals würde man sie für die Mutter von ihr halten dies in der Nähe von Vere-de-Vere. Mit ihrer Redseligkeit bis zum Wahnsinn erzählte sie Ihnen die Familiengeschichte, den Grund und die intimen Details des vorzeitigen Abgangs ihres Mannes und die großen Hoffnungen, die sie in das „Weiterkommen" ihrer Tochter hegte. Manchmal brachte sie ihr jüngstes Kind mit, ein kleines Mädchen von sechs Jahren, das bereits als Kinderschauspielerin debütierte. Wie alle Kinder der Bühne war sie frühreif und höchst unkindlich. Bei der Verabschiedung von Gesetzen, die den Schutz von Kinderarbeitern zum Ziel haben, wird versucht, eine Ausnahme von deren Anwendung auf das Bühnenkind herbeizuführen. Dass der Kinderschauspieler besser bezahlt wird, dass er oder sie weniger Stunden und unter hygienischeren Bedingungen arbeitet als Kinder in anderen Berufen und Berufen, kann nicht bestritten werden. Aber ist das wirtschaftliche Wohlergehen des Kindes die wichtigste und einzige Überlegung? Ist der physische Schutz die einzige und höchste Vollendung, die man sich wünschen kann? Was ist mit der spirituellen, moralischen Seite des

Bühnenkindes? Wenn die Umwelt den starken Einfluss auf das menschliche Leben hat, wie wir glauben, dann sollte das Bühnenkind aus seiner ansteckenden Umgebung entfernt werden. Die alte Lehre von der Wirkung von Pech und Befleckung ist hier am besten anwendbar.

Ich habe an anderer Stelle auf die Ausnahme hingewiesen, die ich in meiner Abschreckung von Intimitäten machte. An jenem Morgen bei der Probe, als ich die Art der Kritik des Regisseurs übel nahm, war unter anderen, die meinen Auftritt guthießen, ein Mädchen, dessen Gesicht mich sofort anzog. Sie war hübsch und weniger gewöhnlich als der Durchschnitt des Chors. Sie hatte etwas Individuelles an sich. Sie sah gepflegt aus, und mir war aufgefallen, dass ihre Kleidung weder so neu noch so extravagant war wie die ihrer Kollegen. Auch ihre ruhige, kultivierte Art und ihr gutes Englisch beeindruckten mich. Als wir uns besser kennenlernten, wartete sie manchmal nach der Vorstellung auf mich, und wir gingen zusammen zur U-Bahn-Station, wo sich unsere Wege trennten. Später hatte ich sie gebeten, an einem Sonntag mit mir zu Abend zu essen, als Will auf einer Wochenendreise mit dem Auto unterwegs war. Sie schien die häusliche Atmosphäre zu genießen und besuchte mich in der Küche, während ich das Abendessen zubereitete. Da ich das Gefühl hatte, dass wir uns das mit unserem geringeren Einkommen nicht leisten konnten, hatte ich auf eine Dienerin verzichtet. Und da Will selten, wenn überhaupt, zu Hause zu Abend aß, waren meine Haushaltspflichten nicht allzu belastend.

„Das ist es, wonach ich mich immer gesehnt habe – ein kleines Zuhause ganz für mich allein", hatte Leila mit einem wehmütigen Lächeln bemerkt … Es war nach dem Abendessen und wir hatten es uns für ein Gespräch gemütlich gemacht.

„Dann, im Namen des gesunden Menschenverstands, liebes Mädchen, warum sind Sie auf die Bühne gegangen? Das Leben zu Hause und eine Bühnenkarriere sind so gegensätzlich wie die Pole."

„Und doch gelingt es Ihnen, beides auf ziemlich charmante Weise zu verbinden", erwiderte sie.

„Absurd! Ich strebe keine Karriere an, und was das Privatleben betrifft … mein liebes Kind, das ist nichts weiter als Vorwand. Die Hälfte der Zeit sind wir nicht zu Hause und die Wohnung muss entweder vermietet werden oder geschlossen bleiben. Man weiß nie von einem Tag auf den anderen, wann die Möbel ins Lager gepackt werden."

„Ja … ich nehme an, Sie haben recht … Wie kam ich dazu, auf die Bühne zu gehen? … Nun, ich nehme an, es war, weil ich eine Karriere irgendeiner Art anstrebte … Ich wollte *etwas tun* ; Sie wissen, wie leer und oberflächlich das Leben eines durchschnittlichen Mädchens ist, mit dem endlosen Kreislauf von Partys, Besuchen, Luxusjobs und dergleichen. Ich war auch eine Einzeltochter. Vater war wohlhabend und in die Angelegenheiten der kleinen Stadt, in der wir lebten, vertieft. Nach seinem Tod dachte Mutter, sie würde gern reisen. Wir gingen ins Ausland. Dort war es, wo mich die Vorstellung einer Karriere stärker packte. Das einzige Talent, das ich vorweisen konnte, war die Musik. Ich hatte immer bei unseren Hauskonzerten und kirchlichen Veranstaltungen gespielt und gesungen ... Aber Mutter ermutigte mich nicht in meinen Ambitionen. Sie argumentierte, da Vater uns ein angenehmes Leben hinterlassen hatte, warum sollte ich mir den Kopf über die Arbeit zerbrechen? Außerdem sagte sie, meine erste Pflicht sei ihr gegenüber, solange sie lebte. Dabei blieb es also ... Wir trieben einfach von Ort zu Ort ... vegetierten ...“

„Manche Eltern sind so“, bemerkte ich.

Leila stützte ihr Kinn in die Handflächen und fuhr fort: „Nach dem Tod meiner Mutter beschloss ich, diese Karriere zu verfolgen. Ich kehrte ins Ausland zurück, um zu studieren ...“ Wahrscheinlich kicherte sie ein wenig bei der Erinnerung ... „Natürlich sagten die *Lehrer*, ich hätte eine großartige Zukunft vor mir ... mit Fleiß und Geduld ... unendlicher Geduld. In der Zwischenzeit muss ich studieren – und horrende Preise für mein Schulgeld zahlen. Das Einkommen, das mir bisher gereicht hatte, reichte unter dem neuen Regime nicht sehr weit. Ich hielt es für notwendig, in die Hauptstadt zu ziehen, da ich mir der Gefahr eines solchen Umzugs bewusst war, aber meine Ängste mit dem Traum von meiner großartigen Zukunft beruhigte ... Nun, Liebling, die großartige Karriere ist, wie du siehst, im Refrain zu Ende gegangen ... Und außerdem lebe ich von meinem Gehalt.“ Sie nahm Wills Gitarre und begann darauf zu klimpern. "Was ich nicht verstehe", fuhr sie nach einer Weile fort, "was ich am meisten fühle, ist die Tatsache, dass ich mich scheinbar nicht aus der Situation herausziehen kann. Ich sehe, wie andere Mädchen sich in bessere Positionen hocharbeiten; ich weiß, dass ich besser singen kann als jede von ihnen... Da war Miss Nelson, deren Nachfolgerin Sie waren. Als ich hörte, dass sie in den Ruhestand gehen würde, ging ich zum Manager und fragte nach ihrem Platz. Er schickte mich zum Musikdirektor, der mich singen hörte, sich positiv äußerte und sagte, er würde dem Manager Bericht erstatten. Das war das letzte, was ich davon hörte, bis zur Probe aufgerufen wurde und ich erfuhr, dass Sie engagiert worden waren... Sagen Sie mir ehrlich, was ist los mit mir? Warum komme ich nicht weiter? Liegt es daran, dass ich keinen *Einfluss habe* oder daran -" Sie beendete ihren Satz nicht, sondern wechselte zu einem anderen... "Nehmen Sie zum Beispiel unsere Primadonna: Vor drei Jahren spielte sie eine Rolle, die nicht größer war als Ihre. Und jetzt sehen Sie sie sich an! Meine Stimme ist so gut wie ihre, wenn nicht besser, aber ich kann sie nicht dazu bringen, mich auch nur als Zweitbesetzung spielen zu lassen." ...

Eine Vision der Primadonna zog vor meinen Augen vorbei; eine geschmacklos hübsche Frau, deren plötzlicher Aufstieg zum Ruhm ihr leeres Köpfchen verdreht hatte. Eitel, ungestüm, übertrieben, die Spuren der Ausschweifung hinterließen bereits ihren unauslöschlichen Stempel. Immer wenn ich sie sah, prächtig in Zobel gekleidet, ihre juwelenbesetzte Goldnetzbörse baumeln lassend, fiel mir der Kommentar eines bekannten Clubmitglieds zur Tugend ein: „Ich messe die Keuschheit der ungeschützten Frau immer an der Größe ihrer Goldnetzbörse; je größer die Tasche, desto geringer die Tugend."

Leila, die unbedingt ihren Geist und ihr Herz entlasten wollte, fuhr fort: „Als ich in den Refrain ging, hatte ich die Wahl zwischen diesem und Macy's. Natürlich hatte ich Dinge über das Leben gehört, aber ich sagte mir, dass ein Mädchen das will." Ich kann in jedem Lebensbereich geradeaus voranschreiten. Ich hatte all diese Leitsätze auf der Zunge: „Tugend ist ihr eigener Lohn" und „Dann lasst uns aufstehen und tun, immer noch mit Herz für jedes Schicksal." „Erreichen, immer noch verfolgen, lernen, zu arbeiten und zu warten" oder so ähnlich … Willie Stewart – Sie kennen das kleine schwarzäugige Mädchen, das links neben mir spielt – sie war es, die mir mein erstes Auge schenkte -Eröffnung Als sie sah, dass ich neu im Geschäft war, kam sie kurz nach der Eröffnung zu mir und fragte mich, ob ich nicht ein paar Herren treffen wollte, dass sie gebeten worden sei, einige der Mädchen zu einem Beefsteak mitzubringen Die Party, die an diesem Abend stattfinden sollte , dankte ihr und sagte ihr, dass ich nicht gehen wollte, während sie mich ein wenig abschätzte, und gab mir dann den folgenden Rat: „Schau her, du Engelskind." Ich gehe besser nach Hause und zur Mutter. Dies ist kein Ort für die Tochter eines Pfarrers. Wenn Sie nicht den Verstand haben, das Risiko einzugehen, wenn es Ihnen auf einem silbernen Tablett serviert wird, dann kann ich nur sagen, dass Sie Unrecht haben. Manager wollen die Mädchen, die beliebt sind, und der Weg, beliebt zu sein, besteht darin, sich unter die Leute zu mischen. Denken Sie daran, dass Sie, soweit ich das beobachten konnte, in diesem und auch in keinem anderen Geschäft nichts umsonst bekommen. Es heißt aufgeben – *aufgeben auf der ganzen Linie* , und selbst dann ist es nur die schlaue Dame, die bekommt, was auf sie zukommt!'"

„Willie hat einen sehr großen Goldbeutel, das ist mir aufgefallen", sagte ich.

„Und einen Mantel aus Robbenfell", fügte Leila hinzu. Dann sprang sie auf und schlug heftig auf die Sofakissen ein... „Es sind nicht die Kleider und solche Sachen, die mich ansprechen. Es ist nicht die Tatsache, dass ich in einem schäbigen kleinen Zimmer lebe und versuche, über die Runden zu kommen; ich würde von einer Schachtel Uneeda-Kekse pro Tag leben, wenn ich irgendeine Hoffnung hätte, den leisesten Hoffnungsschimmer, dass ich am Ende sauber gewinnen könnte, allein aufgrund meiner Verdienste... Manchmal denke ich, dass ich falsch liege und dass sie recht haben –"

„Leila! Du denkst nichts dergleichen! Du weißt, dass du recht hast! Halte noch ein bisschen durch, du wirst sicher gewinnen! Mit einer Stimme wie deiner und deiner Schönheit wäre ich mir des Sieges so sicher, dass alles andere keine Rolle spielen würde – und das tut es nicht, Leila, nichts anderes zählt wirklich, wenn du das Beste aus dir herausholst!" Ich hatte mich in einen Zustand der Begeisterung hineingesteigert, in dem ich fast meinen eigenen Worten glaubte. Ich packte sie bei den Schultern und hielt sie auf Armeslänge von mir weg. Wir sahen uns in die Augen und versuchten, den Schleier zu durchdringen, hinter dem sich unsere wahren Gedanken verbargen.

Die Ferien standen vor der Tür, als Will den Vertrag unterschrieb, der für unser zukünftiges Leben eine so wichtige Rolle spielen sollte. Der Star war ausländischer Herkunft, hatte einen faszinierenden Akzent und einen stetig wachsenden Ruf als erotischer Darsteller. Unter dem Deckmantel des „hochgestochenen" Dramas schwelgte sie in der Darstellung abnormer Weiblichkeit. Ihre Begabung für „anzügliche" Szenen, denen sie eine verblüffende Authentizität verlieh, verschaffte ihr bald eine große, wenn auch nicht ganz intellektuelle Anhängerschaft. Will war mit seiner Rolle nicht ganz zufrieden, aber welcher Schauspieler ist das schon? Ich tröstete ihn damit, dass das Gehalt gut war und von der aktuellen Saison nur noch wenig übrig war.

Als Will unterwegs war und in der leeren Wohnung mir selbst überlassen blieb, erneuerten die blauen Teufel ihren Mietvertrag. Und als sich das Herannahen der Weihnachtszeit in den Schaufenstern und im Feiertagsrausch zu bemerkbar machte, steigerte sich mein Kummer um ein Vielfaches. Leila und ich waren damals viel zusammen. Die zunehmende Depression meines kleinen Freundes verstärkte meine eigene nicht, sondern spornte sie zu einer besseren Stimmung an. Gemeinsam machten wir einen Rundgang durch die Geschäfte oder stapften durch den Schnee im Central Park. Manchmal verweilten wir, um den jungen Leuten beim Schlittschuhlaufen auf dem Eis zuzusehen ; Wieder spannten wir uns zur Heiterkeit der kleinen Leute an Schlitten. Wenn ich alleine von einer Matinée nach Hause kam, folgte ich einer Gruppe von Kindern, die vor den Feiertagen an einer Umfrage teilnahmen. Ich stand dicht neben ihnen und lauschte ihrem Geplapper und der sehnsüchtigen Erwartung eines Besuchs vom Weihnachtsmann ... Wenn die Tränen kamen, schluckte ich schwer. Niemand war in der Nähe, um darauf zu achten. In der Abgeschiedenheit meines Zuhauses kämpfte ich alleine dagegen an.

Es war meine Absicht gewesen, am Weihnachtsmorgen eine Kiste mit Blumen zum Grab der lieben Person zu tragen. Als ich eines Tages auf der

Suche nach einer zögerlichen Wäscherin durch ein heruntergekommenes Viertel der East Side ging, blieben meine Schritte vor einem billigen Spielzeugladen stehen. Neben mir stand ein kleiner Junge, der sich an die Hand eines älteren Mädchens klammerte und den Blick auf die Darbietung darin richtete. Mit einer schmutzigen kleinen Hand, steif und rau vor Kälte, wischte sich der kleine Mann die Tränen aus den Augen und weinte. Sein abgewetzter Mantel, zu groß für seine magere Gestalt, seine Zehen schimmern durch seine Schuhe. Das Gesicht des Mädchens war spitz und alt, als hätte die Verzweiflung des Lebens bereits ihre Spuren hinterlassen. Es lag etwas unendlich Zärtliches in der Art, wie sie den Jungen an sich drückte, stumm seinen Kummer tröstete, ihre Augen halb trotzig auf den mit Lametta verzierten Magneten des Schaufensters trafen und ihre Lippen zusammenpressten, um ihr aufrührerisches Zittern zu stoppen. Als ich mich schließlich dazu durchringen konnte, in ihre Gedanken einzudringen, sahen sie mich an wie erschrockene Kitze ...

Die Ouvertüre lief, als ich an diesem Nachmittag ins Theater stürmte. Mit Leilas Hilfe kam ich rechtzeitig zu meinem Stichwort. Und mit Leilas Hilfe habe ich die Spielsachen angezogen und den Baum gestutzt, und am späten Heiligabend haben wir gemeinsam einen großen Korb in die Autos gepackt und wieder herausgeschleppt, die schmuddelige Treppe hinauf, wo Maggie während ihres Aufenthalts für „meinen Bruder" das Haus geführt hat Mutter ging zur Arbeit... Es war das Angebot des Jungen, nicht meins...

Kapitel XVII

Als ich eines Abends kurz nach Neujahr nach der Vorstellung aus dem Bühneneingang kam, empfing mich der Hintertürwärter mit der Mitteilung, dass ein Herr auf mich warte. Bevor ich eine Antwort formulieren konnte, tauchte eine massige Gestalt aus der Dunkelheit auf. Ich erkannte Mr. F. aus Chicago. Die Art, wie er mir die Hand reichte, war etwas Verlegenes, obwohl es seinem Griff nicht an Freundlichkeit mangelte. Von den beiden war ich der Selbstbeherrschtere. Auf meine höflichen Fragen nach seiner Familie murmelte er etwas davon, dass es ihnen gut gehe, vermutete er, und wechselte abrupt das Thema, indem er mich bat, „in ein Taxi zu steigen und irgendwo etwas zu Abend zu essen". Ich verstand nicht, warum ich so bereitwillig nachgab. Auf dem Weg zu Rector's – er selbst hatte das Restaurant ausgesucht – tauschten wir Höflichkeiten aus. Ich glaube, ich bedauerte die Tatsache, dass ich nicht für den Anlass gekleidet war, und er hatte mit einer schmeichelhaften Rede geantwortet, die meine Eitelkeit besänftigen sollte. Nachdem er die teuersten Gerichte der Speisekarte bestellt hatte, lehnte er sich in seinem Stuhl zurück, spielte mit seiner Gabel, sah mich forschend an und brach dann in Gelächter aus. Das Lachen war nicht angenehm für das Ohr; es hinterließ eine unangenehme Befürchtung. Er beugte sich mit vertraulicher Miene über den Tisch und lächelte fragend …

„Erinnerst du dich an das letzte Mal, als wir zusammen zu Abend gegessen haben?"

Ich nickte und entlockte mir ein Lächeln.

„Perfekt", antwortete ich.

Ein Schweigen, während Herr F. seltsame Hieroglyphen auf die Windel malte. Nach einer Weile warf er die Gabel mit der Miene, als würde er unangenehme Erinnerungen abschütteln, beiseite und lehnte sich in seinem Stuhl zurück.

„Erzähl mir etwas über dich", befahl er. „Wie benutzt dich die Welt? Was zum Teufel hat dich jemals auf die Bühne der komischen Oper geführt? Ich konnte meinen eigenen Augen nicht trauen, als ich dich heute Abend sah, und natürlich meinte der Name auf dem Programm das Nichts für mich. Ich habe meine Freunde geschüttelt, als die Aufführung vorbei war, und den Hintertürwächter interviewt. Er sagte mir, dass Sie im Privatleben Mrs. Hartley wären ... Nun, was ist die Antwort?

„An meiner gegenwärtigen Beschäftigung ist nichts Geheimnisvolles. Mr. Hartley hatte diese Saison nicht besonders viel Glück, und als sich die Chance bot, ein wenig auszuhelfen, habe ich sie ergriffen ... das ist alles ... Ich nehme an, Sie wissen, dass wir unseren Jungen verloren haben ..."

„Ja – ja ... ich wusste es natürlich." Sein Ton war knapp, aber ich verstand, dass er zögerte, sich weiter mit dem Thema zu befassen. Die Rückkehr des Kellners beendete ein schmerzliches Schweigen. Danach hielt Herr F. ein Feuerwerk voller Klatsch und Fragen rund um das Bühnenleben aufrecht. Aber unter der Oberfläche spürte ich es und half ihm stillschweigend dabei, dem Thema aus dem Weg zu gehen, von dem ich wusste, dass es ihn beschäftigte. Von Zeit zu Zeit erreichten mich Gerüchte über einen erneuten Bruch mit seiner Frau. Tatsächlich war es Will, der mir die Nachricht von ihrer endgültigen Entfremdung mitgeteilt hatte. Er vertraute die Einzelheiten des jüngsten Ausflugs der Dame in das Reich des Illegalen mit der sagenhaften Miene an: „Da! Habe ich nicht vorhergesehen, was passieren würde?" und ein Schulterzucken. Ich bin mir nicht sicher, ob es nicht Wills Absicht war, mit sich selbst als Opfer von Umständen zu sympathisieren, über die er keine Kontrolle hatte. In der Tat hatte ich das Gefühl, dass die gelegentlichen Ausbrüche von Vertraulichkeiten, die er mir entgegenbrachte und in denen er ganz offen über die Indiskretionen gewisser Löwenjägerdamen sprach, in der Hoffnung gemacht wurden, mir die Fallstricke vor Augen zu führen, mit denen ein Mann in seinem Leben konfrontiert ist Beruf ist umgeben. Oder war es Eitelkeit oder der Wunsch, die alte Flamme der Leidenschaft anzufachen, die er einst entfacht hatte – eine Leidenschaft, die, wenn man die Paraphrase verzeihen kann, nun „zahm war und auf das Urteil wartete"?

Irgendwie – ich bin mir nicht sicher, wie es zustande kam, da die „gemachte" Konversation bestenfalls unzusammenhängend ist und keine Abfolge hat – löste eine zufällige Bemerkung eine Herausforderung von Herrn F. aus, der mir anbot, eine Wette abzuschließen, dass ich dabei war falsch. „O nein", hatte ich geantwortet, „ich möchte nicht, dass Sie verlieren; außerdem zahlen Sie Ihre Spielschulden nicht sofort. Wussten Sie, dass Sie mir nie die Schachtel Süßigkeiten geschickt haben, die ich in Cincinnati von Ihnen gewonnen habe? Mr . F.... du bist kein guter Sport!" Mit Schrecken wurde mir klar, dass ich mich in flachem Wasser befand. Ich kann nicht sagen, dass Sie kein guter Sport sind – nach dieser Leistung in Cincinnati." ...

Ich errötete, unternahm aber einen heldenhaften Versuch, meine Stimme zu beherrschen. „Ich glaube nicht, dass ich dir folge." Herr F. schlug die Blasen in seinem Glas auf und sah zu, wie sie an die Oberfläche kamen, bevor er antwortete.

„Natürlich haben Sie von ihrer neuesten Affäre mit dieser italienischen Opernsängerin gehört ... Nun, dieses Mal habe ich sie mit der Ware erwischt ... Den Kindern zuliebe lasse ich sie sich scheiden lassen ... .." Er hörte auf, die Stirn zu runzeln, und betrachtete mich mit einem amüsierten Lächeln. „Sagen Sie mal, kleine Frau, Sie haben mir dort in Cincinnati wirklich alles angetan, nicht wahr? ... Ich nehme an, Sie fragen sich, wie ich dazu gekommen bin? Nun, ich habe ihr das Geständnis abgerungen; das würde ich tun Ich habe sie nicht scheiden lassen, bis sie mir die Wahrheit gesagt hat, und dann habe ich es bei ihrer Schwester besprochen, die eine ziemlich gute Sorte ist ... Mein ganzes Leben lang hatte ich einen tief verwurzelten Respekt vor einem Sport. ... Wenn ich in dein hübsches kleines Gesicht schaue und an die Arbeit denke, die du dir im Handumdrehen ausgedacht hast – dann ziehe ich meinen Hut vor dir, das ist alles! ... Schau mal, kleine Frau: wenn überhaupt Geht jemals etwas schief zwischen dir und dem hübschen Bill – und das dachte ich mir, als ich dich heute Abend auf der Bühne sah – wenn du jemals einen Freund brauchst, tippe einfach auf die Leitungen. Da ist meine Clubadresse ... und, wenig Dame – haben Sie keine Angst, dass ich eine Gegenleistung verlange – folgen Sie mir?

Als ich einige Zeit später in der Garderobe meine Umhänge anzog, war ich überrascht, als meine kleine Freundin Leila hereinkam und dem Dienstmädchen ihre Garderobe überreichte. Sie errötete ein wenig überrascht, als sie mich begrüßte: „Warum, Mrs. Hartley! Ich wusste nicht, dass Sie hier sind! Wo saßen Sie? Warum haben Sie mir nicht gesagt, dass Sie kommen?“

„Ich wusste es selbst nicht. Ich fand einen alten Bekannten vor, der wartete, und der wollte natürlich sehen, ‚wo die Soubrettes rumhängen‘.“

„Wie lustig! Mein Kommen kam auch unerwartet. Ich werde dir morgen alles darüber erzählen.“ Sie eilte davon, ein wenig eifrig, dachte ich. Als ich auf einen Wink von Herrn F. ohnmächtig wurde, sah ich, wie Leila in einen hübschen Pelzmantel gekleidet wurde.

Ich sagte mir, dass es mich nichts anginge; dass Leila ganz genau wüsste, was sie tat, und dass jeder Ratschlag von mir nicht nur nicht befolgt, sondern auch missbilligt würde. Sie ging mir bereits aus dem Weg Auf meine Bitten, dass ich einsam sei – ob sie nicht bei mir zu Hause zu Abend essen würde? –, antwortete sie mit stets bereiten, aber albernen Ausreden und Ausflüchten. Ich sah sie nach der Vorstellung hübsch gekleidet aus ihrer Garderobe kommen, in ein wartendes Taxi steigen und davongewirbelt werden. Die Situation ging mir nicht mehr aus dem Kopf. Einmal nahm ich allen Mut zusammen und ging in ihre Pension, nur um zu erfahren, dass Miss Moore vor einem Monat weggezogen war. Die neue Adresse bekam ich vom Hintertürsteher, und als meine kleine Freundin wegen einer Krankheit nicht mehr mitspielen konnte, nutzte ich die Gelegenheit, sie zu besuchen.

Es war eines dieser kleineren Apartmenthotels in den West-Vierzigern; Ohne Herausforderung wurde ich im Aufzug hochgehoben. Das farbige Dienstmädchen, das vorsichtig die Tür öffnete, sagte, sie wisse nicht, ob ihre Herrin mich sehen würde. Etwas in meinem Verhalten veranlasste sie jedoch, beiseite zu treten und mich eintreten zu lassen. Die Zimmer waren geschmackvoll, wenn auch billig eingerichtet. Leila lag auf einer Couch, auf Kissen gestützt und in einen zierlichen Seidenkimono gekleidet. Sie war überrascht und errötete ein wenig, als sie ihre Hand ausstreckte. Das Dienstmädchen stellte mir einen Stuhl hin.

„Ich – ich dachte, du hättest mich vergessen", stammelte sie, als ich die Blumen anbot, die ich mitgebracht hatte. „Wie gut von dir!"

„Es sind nur Sekunden, Leila, aber das Beste, was ich mir leisten konnte." Und im Vergleich zu den großen amerikanischen Schönheiten, die in einer Vase in der Nähe ruhten, wirkten sie auf jeden Fall abgenutzt.

„Es ist ein schrecklicher Tag, nicht wahr? Lass mich eine Tasse Tee holen, oder vielleicht möchtest du einen Highball …"

Ich habe beides abgelehnt. Das Dienstmädchen ist verschwunden. Leila wand sich auf ihren Kissen hin und her …

„Es tut mir leid, dich krank zu sehen, Leila", wagte ich es, um das Eis zu brechen.

„Oh, ich bin nicht wirklich krank … nur eine leichte Erkältung. Ich bin ein bisschen erschöpft und der Richter – das heißt – der Arzt meinte, ich sollte mich eine Weile ausruhen. Ich gehe nicht zurück ins Theater diese Saison.... Es ist furchtbar nett von dir, dass du dich um mich kümmerst...."

„Leila?" Ich sagte schließlich... „Leila, ist es das wert?"

„Ist was wert-—".…

„All das." Ich deutete auf die Wohnung, das Klavier, das Seidennégligé – und den Ring an ihrem Finger … „Ist es den Preis wert, den Sie bezahlen?", fragte ich sanft. Sie hob die Schultern.

„Ich weiß nicht!" Ihr Tonfall war halb fragend, halb trotzig … „Ich *weiß* , dass der andere Weg die Opfer, das Geizen und die gemeine Geizhalsigkeit nicht wert war. So konnte ich nicht weitermachen – das konnte ich nicht! Ich bin jung; ich möchte einige der guten Dinge des Lebens genießen, solange ich noch jung bin … und ich war einsam. Ich passte nicht in meine Umgebung."

„Ich verstehe, Leila... Vielleicht schätze ich die Einsamkeit, die Rebellion besser, als du denkst... Du siehst andere Mädchen, die die schönen Dinge des Lebens genießen und scheinbar glücklich sind. Aber Glück ist schließlich rein relativ, und was ihr Glück ausmacht, könnte nicht zu deinem Glück führen, Leila, liebes Mädchen, könntest du dich nicht dazu entschließen, noch eine Weile durchzuhalten? Du würdest den richtigen Mann treffen, heiraten und dich in deinem kleinen Eigenheim niederlassen, nach dem du dir, wie du mir erzählt hast, schon immer gesehnt hast.

"Die richtigen Männer heiraten keine Chormädchen. Ausnahmen sind selten. Und was für Männer sind das, die ein Mädchen außerhalb des Chors *heiraten* ? Alte, abgenutzte Schurken, fast senil von ihrem ausschweifenden Leben. Sie sehnen sich nach etwas Jungem und Frischem als Lebenselixier. Manchmal ist es ein junges Blut mit Geld; ein schwarzes Schaf der Familie, das trinkt und Sport treibt, und am Ende gibt es eine Scheidung, wenn nichts Schlimmeres... Ich könnte keinen Mann wie einen von diesen heiraten... Es ist ein Fehler, zu wählerisch zu sein..."

„Ist – ist – er verheiratet?“

„Er – oh … Ja, er ist verheiratet – in gewisser Weise. Seine Frau und er haben seit Jahren nicht mehr wirklich zusammengelebt. Der Familie zuliebe wahren sie den Schein … Sie versteht ihn nicht …“

„Hat *er* Ihnen das erzählt – und Sie *glauben* es?“

„Aber ich weiß, dass es wahr ist! Sie würden es auch glauben, wenn Sie sie jemals sehen würden. Er hat sie geheiratet, als er jung und arm war.“

„Ich nehme an, dass sie sich damals geliebt haben; wahrscheinlich hat sie damals gespart und gezockt, um ihm zu helfen – um ihm zu helfen, dorthin zu kommen, wo er heute ist.“

„Davon weiß ich natürlich nichts. Aber ich weiß, dass ich ihn bewundere; er hat einen wunderbaren Verstand. Es ist ein Privileg, mit einem Mann wie ihm in Verbindung gebracht zu werden. Wenn Sie ihn kennen würden, würden Sie nicht so schlecht über die – die Vereinbarung denken.“

Ich verließ meinen Stuhl und setzte mich neben sie auf die Couch.

„Liebes Mädchen“, sagte ich und legte meine Hand in ihre, „verstehen Sie mich nicht falsch. Ich sitze nicht zu Gericht und kritisiere Sie auch nicht. Aber ich möchte, dass Sie an die Zukunft denken. Haben Sie jemals an die Zeit gedacht, wenn Sie nicht mehr jung sind? Haben Sie nie diese Art von Frau gesehen, die man in Restaurants oder Hotelkorridoren herumlungern sieht, in der Hoffnung, einen Mann aufzureißen, irgendeinen Mann, egal, was für einen Mann, solange er ein bisschen Geld hat? Diese Frauen kommen in die Jahre, werden fleischiger und verbergen die Spuren der Zeit und der Ausschweifungen mit Rouge, Haarfärbemitteln und noch mehr Ausschweifungen. Sie kämpfen gegen das Leben und ziehen das Schlimmste davon ab, haben ins Leben nur das Schlimmste gesteckt: Sie werden aus den Armen eines Mannes in die eines anderen geworfen: immer weiter abwärts, immer tiefer, bis – bis – was bleibt? Die Straße, das Arbeitshaus oder Selbstmord … Haben Sie daran gedacht?“

„Nein! *Nein! Nein!* – und ich will nicht daran denken!“ Sie schlug heftig mit den Fäusten zusammen … „Ich bin es leid, an die Zukunft zu denken! Ich

habe mein ganzes Leben lang nichts anderes getan, als in der Zukunft zu denken und zu leben – und jetzt werde ich aus der Gegenwart alles herausholen, was es gibt – alles, was es gibt, und sei es nur ein hübsches Kleid, nur eine leuchtende Blume! Welchen Anreiz hat ein Mädchen wie ich, brav zu sein? Geh weg! Geh weg, bitte, und kümmere dich nicht um mich!"
...

Als ich auf dem Heimweg die Fifth Avenue hinaufging, spuckten die Geschäfte und diversen Schneidereien ihre Arbeiterinnen aus: blasse Mädchen, zumeist ärmlich gekleidet. Hier und da eine hübscher als die anderen, die in ihrem Kleid die angeborene Liebe zur Schau stellte; sie ging mit kecken Blicken und einladenden Augen an den gut gekleideten Flaniererinnen vorbei; sie träumte von den Seiden, die sie den ganzen Tag in der Hand gehabt hatte; sie sehnte sich nach den Annehmlichkeiten des Lebens, die nur mit Geld zu kaufen sind... Ist es letztlich eine Frage der Moral oder der Wirtschaft, die diese Mädchen auf Abwege führt? Wie meine kleine Freundin es formulierte: „Welchen Anreiz haben sie, den rechten Weg einzuschlagen?"

KAPITEL XVIII

WILL'S Saison endete vorzeitig. Mein eigener versprach, bis weit in die Sommermonate hinein zu laufen. Wills Rückkehr war von einer glücklicheren Stimmung und entsprechend guter Laune geprägt. Er war für das kommende Jahr wieder verlobt, und die Tatsache, dass seine Großmutter mütterlicherseits kürzlich gestorben war und ihm ein kleines Erbe hinterlassen hatte, das ihm im Laufe des Sommers übertragen werden würde, befreite ihn von den Sorgen um Geldangelegenheiten, die dazu geführt hatten habe ihn unterdrückt. Mit der für ihn typischen Verschwendung investierte er in eine komplett neue Garderobe – die er bezahlen musste, als das Erbe eintraf. Er dachte auch darüber nach, ein Auto zu kaufen, obwohl ich mich bemühte, ihn darauf hinzuweisen, dass eine Reise ins Ausland eine bessere Investition wäre, wenn er sein Geld ausgeben müsste.

Es war schon weit fortgeschritten im Juni, als ich – mit einem stillen *Te Deum* – den Hinweis ausgehängt sah. Eine dieser tropischen Hitzeperioden war über New York hereingebrochen und beendete die Opernaufführungen abrupt. Es war eine willkommene Erleichterung, mehrere Tage am Stück zu Hause bleiben zu dürfen. Ich machte mich daran, meine Sommergarderobe neu zu ordnen. Da Will noch immer den Kauf eines Autos im Sinn hatte, verbrachte er viel Zeit außer Haus und probierte verschiedene Automarken aus.

Während einer solchen Wochenend-Hejira kehrte John Gailbraith aus dem Ausland zurück. Er war erst am Morgen von Bord gegangen und, nachdem er sich in einem Hotel in der Innenstadt niedergelassen hatte, zu uns gekommen. Ich begrüßte seine Ankunft mit Freude. Unsere langen Gespräche, der Austausch von Ideen, sein wacher Geist erfrischten und stimulierten meinen eigenen. Will bemerkte einmal lachend, dass ich mich zu einem wahren menschlichen Fragezeichen entwickelt habe. Aber anders konnte ich unseren Freund nicht dazu bewegen, über sich und seine Kunst zu sprechen. Er war viel gereist und erzählte, sobald er sich mit dem Thema beschäftigte, von seinen Erlebnissen in fremden Ländern. Mein Interesse blieb am *Leben*. Dann waren da noch seine Arbeit und seine Leistung. Lange dauerten die Diskussionen und die Kritik an der „Superschöpfung" und den Gedanken und Ideen, die zu ihrer Konzeption geführt hatten.

Bisher war ich nicht geneigt, meine eigene Arbeit wieder aufzunehmen, die ich aufgrund des Todes meines Sohnes aufgegeben hatte. Jetzt, unter dem Einfluss der Ermutigung und des Mitgefühls meines Meisters, verstärkte sich der alte Ehrgeiz. Im Laufe des Sommers kamen wir, um viel von John Gailbraith zu sehen. Tatsächlich wurde er ein Teil unseres täglichen Lebens. Eine spürbare Aufrichtigkeit, eine Reinheit des Geistes und der Sprache, gepaart mit einem ruhigen Humor und der Gabe mitfühlenden Verständnisses machten ihn bei seinen Freunden beliebt. Will teilte meine Meinung, sonst hätte er uns nicht so ständig zusammengebracht.

„John Gailbraith ist einer der wenigen Männer auf der Welt, denen ich die Ehre meiner Frau anvertrauen würde", hatte er eines Tages gesagt. Ich hatte Will getadelt, weil er mich so oft zum Vergnügen oder zur Gesellschaft auf unseren Freund geworfen hatte. Es war für Will zur Gewohnheit geworden, seinen Freund so zu begrüßen: „Alter Mann, wenn Sie heute Abend nichts Besseres zu tun haben, gehen Sie mit meiner Frau zum Abendessen aus, ja? Ich habe eine Verabredung, mir eine Theateraufführung anzuhören." „Oder: „Ich sage, Jack, alter Junge, kümmere dich um die Frau, während ich weg bin, und ich weiß, dass es eine Strafe ist, das arme Mädchen mitzuschleppen." " (Will hat mich übrigens selten gebeten, ihn auf diesen Autofahrten zu begleiten.) Bei einer solchen Gelegenheit hatte ich Will zurechtgewiesen, dass er John Gailbraith eine Verantwortung aufgebürdet hatte, die ihm vielleicht nicht gefiel. „Vielleicht gibt es andere Freunde, denen er sich widmen möchte; außerdem ist es klug, dass ich so ständig in seiner Gesellschaft und ohne meinen Mann gesehen werde? Sie wissen, wie bösartig die Welt ist. Die Leute werden sagen –"

„Oh, verdammt! Ich glaube mit Bernard Shaw: ‚Sie sagen – was sagen sie? Lassen Sie sie sagen!' Die Leute werden immer etwas finden, das sie kritisieren können, solange ich zufrieden bin, dass es niemanden etwas angeht, Mädchen, dass mir jemand etwas wegnimmt. Und er verwarf das Thema.

Mein Mann ermutigte mich nicht nur zu der Idee, unter der Anleitung des Bildhauers zu arbeiten, sondern entwickelte auch eine Begeisterung, die mir den Atem raubte. In einer seiner impulsiven Stimmungen mietete er ein Atelier von einem Künstlermitglied des Players' Club, der vorhatte, für ein Jahr ins Ausland zu gehen. „Es ist genau das, was sie braucht; etwas, das sie beschäftigt. Außerdem kommt jede noch so kleine Freude, die ich ihr bereiten kann, zu ihr, nach der Art und Weise, wie sie daneben gestanden hat, als ich Pech hatte. Das ist nicht bei jeder Frau so." kann ihren Mann unterstützen, nicht wahr, alter Mann?" Und Will legte mit einem amüsierten Augenzwinkern seinen Arm um meine Schultern. Er war dieser Tage in bester Laune.

Bevor ich das Studio für bewohnbar erklärte, wurde gründlich geschrubbt und gereinigt. Will sagte, ich sei kein echter Künstler. Es ist mir nicht gelungen, Kunst und Schmutz synonym zu finden oder einander zu konnotieren.

Das Gebäude, in dem sich das Studio befand, befand sich in einer kleinen Straße oder, genauer gesagt, in einem Vorort in der Nähe der unteren Fifth

Avenue, nur einen Steinwurf vom Washington Square entfernt. John Gailbraith sagte, es sei sein Lieblingsteil der Stadt. Es gehörte mir. Manchmal spazierten wir nach dem Mittagessen in einem nahegelegenen Restaurant über den Platz oder setzten uns auf eine der Bänke. Unsere faulenzen Nachbarn waren interessante Studien im wirklichen Leben. John zeigte die verschiedenen ausländischen Arten auf und verglich sie mit ihren Landsleuten auf ihrer heimischen Heide. Zu anderen Zeiten ließ ich unsere frischgebackene Köchin einen köstlichen Lunchkorb zubereiten, den ich ins Studio trug, und zur Mittagszeit, während John den Tee kochte, deckte ich den Tisch. Hier verweilten wir, vertieft in die Diskussion, die mit den Tagen immer offener und intimer wurde. Ich fühlte mich nicht mehr eingeengt oder verzogen. Die Expansion war zu einer fast messbaren Sensation geworden. Während unseres bunt gemischten *Gesprächs* wurde ein Thema scheinbar stillschweigend tabuisiert. Es gab nie einen Hinweis oder eine Anspielung auf meine ehelichen Angelegenheiten. Was auch immer John Gailbraith über Wills Fehltritte dachte oder wusste, er gab keine Andeutung davon. Es war nicht möglich, dass er nichts von den verschiedenen *Verbindungen* meines Mannes gehört hatte . Tatsächlich machte Will selbst keinen Versuch, die Aufmerksamkeit bestimmter Frauen zu verbergen, die unter fadenscheinigen Vorwänden bei ihm zu Hause anriefen. Er scherzte leicht über ihre Indiskretionen und kommentierte die Tatsache, dass er „im Sinne eines Matinée-Idols zum echten Ding wurde". Die Zeit nach dem Tod meines Sohnes, in der Will sich mir mit etwas von der Sanftheit unseres frühen Ehelebens gewidmet hatte, war nur von kurzer Dauer. Und wenn ich meine Augen und Ohren vor den wiederkehrenden Schwächen seiner Treue verschloss, dann deshalb, weil ich immer noch hoffte, dass er eines Tages meine Liebe brauchen würde. Ob John Gailbraith glaubte, dass zwischen meinem Mann und mir eine Einigung bestand, konnte ich nur vermuten. Dass er mich im Licht einer gefälligen Frau betrachtete, bescherte mir viele unangenehme Momente, doch ich konnte das Thema nicht ansprechen. Die liebevoll erzählte Wahrheit ist, dass ich in diesen Sommermonaten glücklicher geworden bin als je zuvor – wie viele Jahre waren vergangen, seit Will und ich in der kleinen möblierten Wohnung glücklicher Tage den Haushalt geführt hatten? ...

Als Wills Abwesenheit von zu Hause immer häufiger und länger wurde, bemühte ich mich, seine Rückkehr mit einem freundlichen Wort und einem heiteren Gesicht zu begrüßen. Und wenn ich manchmal Johns Augen auf mir spürte – diese großen grauen Augen mit der breiten Iris und den schwarzen Lidern –, bemühte ich mich umso mehr, sie zu verbergen.

Manchmal kam Will mit einer lauten Party im Schlepptau auf uns zu und bestand auf einem spontanen Abendessen in der Werkstatt. Der Vorschlag wurde von den Frauen stets mit Freude aufgenommen, denn für sie war das

Atelier ein „Sesam öffne dich" für verbotene Früchte und freie Meinungsäußerung, während es für die Männer Nacktmodelle und Bacchanalien bedeutete.

Einmal brachte Will seinen Star mit, um die winzige wirbelnde Figur zu sehen, die der Bildhauer erst vor kurzem fertiggestellt hatte, um die Kritik zu widerlegen, dass seine Arbeit nur in großen Größen wirksam sei. Die Dame hatte sich als *Kennerin ausgegeben* und den Wunsch geäußert, Johns Arbeit zu sehen. Ich glaube, ich habe sie auf den ersten Blick gehasst. Sogar in der Bewegung ihres Körpers und in der Reckung ihres langen, dünnen Halses, aus dem ein scharfer Kiefer ragte, lag etwas Schlangenartiges. Sie faszinierte und stieß zugleich ab. Da sie in Gegenwart von Fremden von Natur aus reserviert war – und die Dame von Natur aus am anderen Geschlecht interessiert war – hatte ich Gelegenheit, sie zu studieren. Meine eingehende Betrachtung blieb nicht unbemerkt. Tatsächlich war sie sich ihrer selbst immer bewusst, obwohl sie sich ihrer selbst anscheinend nicht bewusst war.

Beim Abschied hielt sie plötzlich inne und wandte sich an mich: „Und Sie sind also *Meesus* Hartley... Was für schöne Augen Sie haben... solche... wie *heißt das Wort? Ja, verworrene, verworrene Tiefen... und die Schatten!... Wenn ich ein Mann wäre, würde ich mit Meesus* Hartley schlafen ..." Sie warf John Gailbraith einen Blick zu und ließ dann die Lider über die Augen sinken. Aber die Andeutung war nicht verloren gegangen. Das war nicht so gemeint.

„Madame hat eine angenehme Art, sich auszudrücken", sagte ich gedehnt und begegnete dem gekünstelten, weit aufgerissenen Babyblick ihrer Augen mit einem ähnlichen Ausdruck. Suggestion ist heimtückisch wirksam. Von dem Moment an, als der Stern meines Mannes den Samen fallen ließ – gedankenlos oder böswillig, wer soll das sagen? – schlug er Wurzeln. Die ruhige Oberfläche, über die ich in den letzten Monaten geglitten war, brachte mein Gleichgewicht durcheinander und störte es. Die alte *Kameradschaft* zwischen John Gailbraith und mir wich einer Selbstbefangenheit meinerseits. Ich fühlte, was, so stellte ich mir vor, das Gefühl gewesen sein könnte, das Mutter Eva überkam, nachdem sie vom Baum der Erkenntnis gegessen hatte. Zum ersten Mal während unseres Geschlechtsverkehrs betrachtete ich John Gailbraith als Mann – ich selbst als Frau. Ich ertappte mich dabei, wie ich jede Andeutung seinerseits erwartete, vorwegnahm und abwehrte, die als Vorspiel zur Zärtlichkeit ausgelegt werden könnte. Meine Haltung wurde gezwungen, unnatürlich; seine wurde gnädiger, sanfter, taktvoller. Vielleicht analysierte er meine Stimmung als natürliche Folge eines Klatsches, der den Namen meines Mannes mit dem des „Stars" in Verbindung brachte. Dass er Mitleid mit mir hatte, heizte mein – und sein – Haupt an. Ich war froh über die Gelegenheit, die ihn als Antwort auf einen Brief eines potenziellen Gönners nach Washington führte, und ließ mich mir selbst überlassen.

Mit mathematischer Präzision fragte ich mich: Warum sollte ich zulassen, dass die Andeutungen einer nicht desinteressierten Frau eine Freundschaft trübten, die mir lieb geworden war und die ich mein Leben lang zu bewahren hoffte? War Freundschaft zwischen Personen unterschiedlichen Geschlechts nicht möglich? Kann es keine Beziehung zwischen Mann und Frau geben, die vom Geschlecht losgelöst ist? Hatte dieser Mann mir durch Blick oder Wort etwas anderes als Freundschaft zu verstehen gegeben? Hatte ich ein anderes Gefühl zu erkennen gegeben oder empfunden als das, das ich angedeutet hatte? Warum sollte ich dann zulassen, dass die Verbindung durch einen rein vermeintlichen Bruch zerrissen wurde? Ich beschloss, nach Johns Rückkehr in die Stadt den Faden dort wieder aufzunehmen, wo ich aufgehört hatte. Dieser Entschluss war tröstlich.

Die Zeit war gekommen, als ich mit dem Akt eines Jungen in Marmor beginnen sollte. Es sollte meine Winterarbeit sein und ich wollte unbedingt damit weit kommen, bevor John wieder ins Ausland ging. Ich sah seinem Weggang mit echtem Bedauern entgegen. Will hatte sich immer mehr von mir entfremdet: Ob absichtlich oder nicht, ich war nicht bereit zu antworten. Die unerbittliche Prüfung ging weiter. Was hielt mich an meinem Mann fest? Habe ich ihn trotz seiner Untreue, seiner immer größer werdenden Vernachlässigung und seinem Egoismus immer noch geliebt? Oder waren es die zärtlichen Erinnerungen an unsere Jugendliebe, an deren Altar ich anbetete und die schwelende Glut mit Weihrauch verletzter und zerstörter Illusionen nährte? Könnte ich nicht doch mit Geduld, Hingabe, Toleranz und zielstrebiger Zielstrebigkeit seine wandernden Schritte zu mir zurückführen? Wenn das Leben jetzt unfruchtbar wäre, was sollte es ohne ihn sein? Nein, ich muss meinen Trost in meinem Stolz auf ihn finden; Ich muss meinen Trost ausschöpfen, um ihm zum Erfolg zu verhelfen. immer mit der Hoffnung – Hoffnung! – dem Versprechen vollgestopft!

Es war mir zur Gewohnheit geworden, meine innere Unruhe mit ans Grab meines Sohnes zu nehmen, um dort, in der Stille und Nichtigkeit des Lebens, Balsam und Kraft zu finden. Zu einer solchen Mission brach ich eines Tages Ende September auf. Unter dem frühherbstlichen Dunst lagen die Wiesen mit Goldruten und flauschiger Spitze des Taschentuchs der Königin bedeckt. Beruhigt durch dieses Stelldichein mit meinem Liebsten kehrte ich in die Stadt zurück, bereit, den Kampf aufzunehmen. Als ich am Grand Central Station ankam, beschloss ich, Wills Club anzurufen, in der Hoffnung, herauszufinden, dass er während meiner Abwesenheit zurückgekehrt war. Während ich anhielt, um die Maut zu bezahlen, blickte ich mich lustlos im Warteraum um. Eine vertraute Gestalt ließ mich vorwärtsgehen und dann wieder zurückweichen. Dort kamen mein Mann und sein „Star" durch den Bahnhof. An den Handtaschen, die er trug – eine davon erkannte ich als seine – war zu erkennen, dass sie direkt aus dem Zug gekommen waren. Ich erinnerte mich, dass Will erwähnt hatte, dass der Star vor kurzem ein Landhaus gekauft hatte. Und außerdem fiel mir wieder ein, dass Wills Stimme, als er mich am Samstagabend anrief, er sei in einem türkischen Bad und würde den ganzen Tag dort bleiben, wie aus der Ferne klang, als ob die Nachricht über eine große Entfernung kam. Sonntag und Montag waren vergangen, ohne dass ich etwas von ihm gehört hatte. Jetzt verstand ich, wo er gewesen war.... Ich sah ihnen nach, wie sie in einer Kutsche davonfuhren.... Dann nahm ich ein Auto nach Hause.

KAPITEL XIX

Es war mir noch nie in den Sinn gekommen, dass eine Scheidung die einzige Lösung sei. Für mich war eine Scheidung immer ein Eingeständnis eines Scheiterns – eines Scheiterns des Ehelebens. Als mir mein Sohn weggenommen wurde, hatte ich die Illusion gehegt, dass unsere Differenzen in seinem Grab begraben lagen; dass eine Umstellung unseres Ehelebens unmittelbar bevorstand... Scheidung! Um ihm seine Freiheit zu geben; mich ohne Anker, Ballast oder Kompass auf die Welt zu lenken ... Eine Art Schrecken befiel mich – nicht der Schrecken, für meinen Lebensunterhalt auf meine eigenen Ressourcen angewiesen zu sein, da ich für meinen Unterhalt nicht auf meinen Mann angewiesen war, Eine Überlegung, die viele Frauen davon abhält, eine Bindung zu lösen, die ihnen zuwider geworden ist – aber der Schrecken der Einsamkeit. Ich hatte diese Bitterkeit bereits gekostet – sollte ich jetzt davon übersättigt werden? Wenn mir nur Boy erspart geblieben wäre! O Gott, wie schade das alles ist!... Und doch gab es keinen anderen Weg. Die Farce der Ehe weiterführen; Sich ihm zu unterwerfen und dabei nur Ekel und Abscheu zu empfinden, war nichts weniger als Prostitution. Und hatte ich nicht bereits das Beste, was in mir war, prostituiert? Die zersetzenden Einflüsse um mich herum machten sich bereits bemerkbar. Sogar John Gailbraith hatte die Veränderung in mir bemerkt und unter dem Deckmantel freundlicher Absichten darauf hingewiesen. Wenn ich etwas aus den Trümmern retten möchte, muss ich sofort damit beginnen – bevor es zu spät ist. Ich hatte gesehen, wie Frauen, gute Frauen, stärkere Frauen als ich, unter der Belastung der Vernachlässigung und Einsamkeit zusammenbrachen ... Nun, ich sollte nicht zusammenbrechen. Stolz sollte mich stützen... Die Zukunft... nein, ich wagte noch nicht, an die Zukunft zu denken. Es ließ mich in meinem Vorhaben zittern und ins Wanken geraten   einem Vorhaben, das ich meinem Mann bei seiner Rückkehr mitteilen wollte.

Als ich am nächsten Morgen früher als sonst im Atelier ankam (Will hatte sich noch nicht blicken lassen, und die Verzögerung bestärkte mich in meinem Vorhaben), stellte ich fest, dass John noch nicht vom Frühstück zurück war. Sein kleines Schlafzimmer, das auf das eigentliche Atelier hinausging, stand offen, und ohne neugierig sein zu wollen, blieb ich in der Tür stehen. Eine Kohlezeichnung fiel mir ins Auge. Es war mein eigenes Abbild. Im Zimmer verstreut lagen weitere Skizzen in verschiedenen Entwicklungsstadien. Ich wandte mich ab und schloss die Tür hinter mir. Eine warme Röte durchströmte mein Innerstes. Ich sagte mir, es sei eine Schande, mich dort einzumischen, wo ich nicht hingebeten worden war ... Die verschiedenen Modelle meines Sohnes standen im Zimmer und winkten mir zu. Ich fuhr mit den Fingern über den kleinen Kopf, die schmollenden

Lippen und legte meine Wange in stiller Begrüßung an seine. Die Schleusen spannten sich und pochten, drohten durchzubrechen... Eine Hand schloss sich über meine... Ich kannte die Hand... In meiner völligen Gedankenversenkung hatte ich ihn nicht hereinkommen hören... Ich beugte mich vor und presste meine Lippen auf seine Hand... Wir standen da und sahen uns an. Etwas von dem Schock, den ich empfand, spiegelte sich in seinen Augen... „Margaret... Margaret", hatte er gesagt... und ich, ganz unnachgiebig, hatte den Trost in seinen Armen gesucht...

Einige Zeit später stellte er einen Stuhl für mich auf und zwang mich sanft nach unten ... immer noch zitternd unter dem Schock der Offenbarung – Offenbarung nicht dessen, was ich getan hatte, sondern dessen, was ich *fühlte* ! Das falsche Gefühl, das mich an die Vergangenheit der Dinge gefesselt hatte, erschütterte mich mit seinen letzten krampfhaften Keuchen ... Er saß vor mir, seine Hände umklammerten meine, und las die Verwirrung in meinem Kopf: Verwirrung, die allein durch Sprache zerstreut werden konnte. ..

„Ich möchte, dass du weißt, was in meinem Kopf und meinem Herzen vorgeht ... Zweifel, eine große Frage überschattet alles andere. Ich frage mich: Kann eine Frau mehr als einmal lieben? Gibt es eine Liebe zur Jugend, eine Liebe zu ..." Reife?... Siehst du, ich bin mir nicht sicher, ob ich dich wirklich liebe. Ich habe Angst, dass meine Einsamkeit, mein verletzter Stolz, mein unbefriedigtes Leben mich dazu gebracht haben, Trost zu suchen Trost, weil ich dich respektiere und bewundere, dass wir freundschaftlich sind und viel gemeinsam haben. Aber Liebe verlangt mehr als Kameradschaft, Respekt und Bewunderung .... Ob ich bereit bin zu geben Was Sie verlangen, ist die Frage. Ich kann Ihnen nicht alles geben, was eine Ehebeziehung mit sich bringt. Verstehen Sie, dass ich das Gefühl habe, dass es nichts weniger als Unanständigkeit ist? Vielleicht wird die Zeit die Perspektive ändern. Aber ich weiß es nicht, John, ich weiß es nicht! Ich möchte nichts versprechen, worüber ich mir nicht sicher bin. Dann ist da noch Ihre Seite. Kann ich alles geben, was ein Mann von der Frau erwartet, die er zu seiner Frau macht? Was habe ich zu geben? Die Blüte meiner Weiblichkeit, die glühende Leidenschaft der Jugend ist für immer verschwunden. Was übrig bleibt, befriedigt dich vielleicht nicht ... Es ist richtig, dass du sofort weggehst ... aber ich werde einsam sein ... Gott und mein Herz allein wissen, wie einsam ich sein werde ... "

"Margaret, ich danke dir für deine Offenheit. Sie verstärkt nur meine Liebe zu dir. Ich schätze und respektiere das Gefühl, das dich dazu bringt, mich jetzt wegzuschicken. Aber opfere dich nicht einer prüden Bescheidenheit; mache keinen Fetisch aus der Vergangenheit. Bewahre deine zarten Erinnerungen, wenn du willst, aber entferne sie von Überbewertung... Du fragst, was du zu geben hast... Glaubst du, dass, weil die Blüte deiner

Weiblichkeit, deine erste Leidenschaft und ihre Erfüllung einem anderen gehörten, nichts mehr zu geben übrig ist? Soll ich geben, gibt irgendein Mann, was er von einer Frau als Vorrecht seines Geschlechts verlangt? Siehst du, kleine Frau, wir sind die Opfer einer falschen Erziehung. Es gibt einen Standard für Frauen, einen anderen Standard für Männer. Es ist dieser fehlerhafte Doppelstandard, der für so viele unglückliche Ehen verantwortlich ist. Eines Tages wird sich das alles ändern. Es gibt sogar heute noch Anzeichen für das Erwachen... Befreie deinen Geist ein für alle Mal von dem Gespenst, dass die Vergangenheit zwischen uns stehen wird. Verdumme deine Frausein mit einem Sentimentalismus, der der Fluch Ihres Geschlechts ist. Das Leben liegt vor Ihnen. Die Mutterschaft, nach der Ihre Natur schreit, ist Ihr rechtmäßiges Erbe. Schauen Sie nach vorn, Liebes. Bleiben Sie dem Besten treu, das in Ihnen steckt ... und denken Sie daran ... ich warte ..."

Ich verabschiedete mich von ihm – und blieb noch. Seine starken Hände umklammerten meine noch einmal und hielten mich dort fest ... Stumm sahen wir uns in die Augen ... und so fand mein Mann uns ... Unangekündigt hereinzukommen – ob absichtlich, war von geringer Bedeutung. Wir erschraken nicht; stattdessen glaube ich, dass er mich fester hielt und dem Hohn des anderen mit einem klaren Blick begegnete ...

„Lass die Hand meiner Frau fallen! Lass sie fallen, sage ich!" Will hob seinen Stock, um zuzuschlagen. Ich hörte ihn knacken und sah die Splitter in der Hand des anderen. Sie ballten die Hände und starrten einander an ...

„Es ist nicht nötig, sich in Heldentaten zu ergehen", warf ich ein ... „Denken wir daran, dass wir darüber reden – vernünftig."

Pour-Parler " vorzubereiten, kam mir der ironische Humor der Situation zu Hilfe. Wills Haltung hatte etwas absurd Theatralisches: sein stentorisches Atmen, sein Gang durch den Raum, eine gewisse betonte Überlegtheit in der Art, wie er sich von Hut und Handschuhen befreite. Ich hatte ihn das in "starken" Szenen auf der Bühne oft und oft tun sehen. Ich hatte das Gefühl, als würde ich auf ein Stichwort warten...

"Also!" Will begann, nachdem er seinen Stuhl fest in die Mitte gestellt hatte ... „So missbrauchen Sie also mein Vertrauen in Sie beide! ... Mein Gott, wo ist Ihr Sinn für Ehre? Wenn ich Ihnen nicht so bedingungslos vertraut hätte, würde es das tun." „Es ist nicht so schlimm ... aber mich absichtlich von hinten zu schlagen!" Er stand auf, schritt nach links und wieder zurück. „Und du – meine Frau! *Meine Frau!* Ich hätte es nicht von dir geglaubt! Ich hätte es nie für möglich gehalten, dass meine Frau mich so täuschen könnte ... Ich wurde davor gewarnt ... Ich' Man hat mich gewarnt, dass so etwas passieren könnte, aber ich weigerte mich, auf Klatsch zu hören ... und niemand hatte den Mut, mir die Wahrheit zu sagen ... Es ist die gleiche alte Geschichte ...

ein Ehemann ist immer der Letzte einer , der von der Untreue seiner Frau hört... Margaret *Margaret!!!*

Er blieb stehen und wedelte tragisch mit der Hand in Richtung der Models von Boy...

„Wie konntest du nur... Wie konntest du nur!... Hier, direkt vor den Augen unseres kleinen Sohnes! Schämst du dich denn nicht, empfindest du keine Ehrfurcht vor der Erinnerung an dieses heilige Kind?... O mein Gott! Frau!...“

Die Erwähnung des Kindes elektrisierte mich … seine billige Trauer war abstoßend …

„Hör auf damit! Hör auf zu schauspielern! Ich bin krank, *krank* , *todkrank* vom Theater! , wenn du handeln musst!... Du würdest es nicht von deiner Frau glauben... *von deiner* Frau... Glaubst du, dass *deine Frau* nicht aus Fleisch und Blut und aus Gefühlen besteht wie andere Menschen? *etwas von deiner Frau* zu erwarten ? Wie kannst du es wagen, mit dem Namen meines Sohnes zu zaubern? ... du, frisch aus den Armen dieser – dieser Kreatur!“

Will musterte mich aufmerksam.

„Oh … also, du hast dir Klatsch angehört, nicht wahr? Ihr habt unter euch über mich geredet, ist es das? Zweifellos hat unser Freund hier sein Bestes getan, um dich aufzuklären, oder? Ich habe genug davon …“

„Du sollst bleiben und mir zuhören! … Es mag Sie überraschen, zu erfahren, dass unser Freund hier nicht einmal angedeutet hat, dass er von Ihrer offensichtlichen Liaison wusste … Es könnte Sie schockieren, zu wissen, dass es Ihre Frau war , die Guttapercha-Puppe, die die erste Zärtlichkeitserklärung abgegeben hat, und ich bin froh, ich bin froh, dass ich noch so viel echte Leidenschaft hatte, ich bin froh zu erkennen, dass ich schließlich immer noch ein Mensch bin, fähig zu fühlen“ … (eine plötzliche Müdigkeit überkam mich und ließ mich schlaff und erschöpft zurück). „Das Problem ist – du bist so von der Fäulnis um dich herum durchdrungen, dass du alles nach deinem eigenen Maßstab beurteilst … Schluss damit! … Jede weitere Diskussion wird in der Privatsphäre unseres Hauses geführt. … Es tut mir leid … es tut mir leid, Sie dieser demütigenden Szene ausgesetzt zu haben.“ Meine letzten Worte waren an den Mann gerichtet, der groß, hager und blass zusah – und wartete. Unter Tränen streckte ich ihm meine Hand entgegen … „Auf Wiedersehen“, sagte ich und ließ sie zusammen.

Es war dunkel, als Will zurückkam. Ich hörte, wie er leise die Flurtür hinter sich schloss. Er kam in das Zimmer, in dem ich lag, und setzte sich neben mich.

„Mädchen … ich habe dir etwas zu sagen …" Seine Sprache wirkte etwas belegter und ich roch den Alkohol in seinem Atem. Sein Ton war freundlich und ich spürte, wie mein Groll nachließ.

"Erstens, lass uns nicht wieder den Kopf verlieren … es hilft nichts … Gailbraith und ich haben darüber gesprochen … und das Freundlichste, was ich tun kann, ist, dir die Scheidung zu geben … Das klingt kaltblütig, nicht wahr, unter uns? … aber es ist das Einzige … das einzig Richtige. Gailbraith sagt, ich spiele nicht fair zu dir; ich ruiniere dein Leben und betrüge dich um ein Glück, das ich dir selbst nicht geben kann … und ich denke, er hat recht … Ich denke, Gailbraith hat recht … Wir haben uns ziemlich weit auseinandergelebt – das ist mir jetzt klar … aber - ich möchte, dass du mir glaubst, wenn ich sage, dass du die einzige Frau bist, die ich je geliebt habe - oder je lieben werde. Der Rest sind nur - Erfahrungen; einige davon sind faszinierend, solange sie andauern, aber keine davon ist echt. Niemand wird dich jemals in meinem Herzen ersetzen … das ist sicher … Es ist zu schade - zu verdammt schade … Es ist dieses höllische Geschäft! Es sollte ein Gesetz geben, das Schauspieler daran hindert, heiraten…. Nun zum geschäftlichen Teil: Ich weiß, dass Sie keine Namen als Korrespondenten mitbringen werden. Das regeln wir später. Ich gebe Ihnen jetzt eine Pauschale – sie kann nicht so hoch sein, wie ich es gerne hätte, denn es ist nicht mehr viel übrig. Wenn meine Saison beginnt, zahle ich Ihnen ein wöchentliches Taschengeld, bis – bis zu dem Zeitpunkt, an dem Sie darauf verzichten können. Ich werde meinen Anwalt aufsuchen – morgen, und die Dinge mit ihm klären … Glauben Sie nicht, dass es für Sie besser wäre, für ein paar Tage wegzugehen, um dem Zeitungskracher zu entgehen?"

Ich nickte. Ich konnte nicht sprechen….

„Na, alter Kumpel … nimm es nicht so schwer … Ich denke, das ist fürs Erste alles. Ich bin im Club, wann immer du mich brauchst … Gut – gute Nacht, Mädchen … und Gott segne dich …"

In den folgenden Tagen kam ich mir vor wie ein ruderloses Schiff auf rauer See. John Gailbraith sah ich nicht wieder. Er stach wenige Tage nach der Szene im Studio in See. In einem Brief, den er mir vom Schiff schrieb, teilte er mir mit, dass er sich mir nicht aufgedrängt habe, da er meine Wünsche kenne und respektiere. „Bleib dir selbst treu, das ist alles, worum ich bitte", hieß es in dem Brief, „und wisse, dass ich mich an alles halten werde, was du als das Beste für dich entscheidest."

Nachdem Will die Papiere für die endgültige Scheidung zugestellt hatte, verließ ich die Stadt. Diese elenden Tage verbrachte ich in Eisenbahnzügen, Schnellzügen und Fliegern. Ich bin aus einem ausgestiegen, um in ein anderes einzusteigen. Das Gefühl, irgendwohin zu gehen, entsprach meiner Stimmung. Als ich erschöpft und entspannt nach New York zurückkehrte, genoss ich die Ruhe dort, wo einst mein Zuhause gewesen war ... Will hatte sich bereits im Club niedergelassen. Der Abbau der Wohnung war eine nervenaufreibende Aufgabe. Erinnerungen, bitter und süß, drängten einander auf den Fersen, „so schnell, dass sie folgten". Will hatte eine Liste mit Büchern und Schmuckstücken hinterlassen, die verpackt und in seinem Namen eingelagert werden sollten. In einem alten Koffer, der unter Staub und Schmutz im Mülleimer unter der Treppe vergraben war, fand ich endlose Andenken an mein Eheleben. Fotos, Briefe, meine Hochzeitsblumen; Pressemitteilungen, sorgfältig aufbewahrt in einem großen Sammelalbum; Kostüme, die ich in den frühen Tagen unseres Kampfes für Will angefertigt hatte; Der erste Schuh des Jungen ... Diese Inschrift auf der Rückseite eines großen Fotos, das Will mir am Tag unserer Verlobung geschenkt hatte: „An Girlie von ihrem Jungen – bis der Tod uns scheidet und sogar in der Ewigkeit." ... Briefe, voller Hoffnung und Ängste und immer – Liebe ... Tränenüberströmt sammelte ich die Symbole des Wracks ein und zündete ein Streichholz an. Ich sah zu, wie sie verbrannten ... und zu Asche zerfielen ... Asche ...

∗   ∗   ∗   ∗   ∗   ∗   ∗

Ich saß hinten im düsteren Theater, wohin ich mich unbemerkt geschlichen hatte, nachdem das Licht gedimmt worden war. Ich hatte ihn als eine Art Abschiedsgruß kennengelernt. Morgen das offene Meer ... eine neue Welt ... Seine Stimme begeisterte mich wie zuvor: Ich lächelte über vertraute kleine Tricks und Manierismen ... Seine Gesichtszüge waren etwas gröber geworden; seine Gestalt nahm Fleisch an, aber es war derselbe Will ... derselbe gutaussehende Liebhaber meiner Jugend. Die Szene verschwand aus meinem Blickfeld ... Ich lebte wieder in der Vergangenheit; aller Groll war tot, eine große Zärtlichkeit und ein großes Bedauern – Bedauern, dass es so sein sollte. Leise schlich ich mich davon, während das Licht gedimmt wurde. „Gott segne dich, Liebling", flüsterte ich in meinem Herzen, „Gott segne und beschütze dich, Liebling."

DAS ENDE